新时代文学批评丛书

吴义勤　主编

碎片化时代的逆时针写作

陈培浩　著

山东文艺出版社

图书在版编目（CIP）数据

碎片化时代的逆时针写作/陈培浩著. -- 济南：山东文艺出版社，2024.3

（新时代文学批评丛书/吴义勤主编）

ISBN 978-7-5329-7049-0

Ⅰ.①碎… Ⅱ.①陈… Ⅲ.①中国文学—当代文学—文学评论—文集 Ⅳ.①I206.7-53

中国国家版本馆CIP数据核字（2023）第243092号

碎片化时代的逆时针写作
SUIPIANHUA SHIDAI DE NISHIZHEN XIEZUO

陈培浩　著

主管单位	山东出版传媒股份有限公司
出版发行	山东文艺出版社
社　　址	山东省济南市英雄山路189号
邮　　编	250002
网　　址	www.sdwypress.com

读者服务	0531-82098776（总编室）
	0531-82098775（市场营销部）
电子邮箱	sdwy@sdpress.com.cn

印　　刷	山东华立印务有限公司
开　　本	710毫米×1000毫米　1/16
印　　张	16
字　　数	200千
版　　次	2024年3月第1版
印　　次	2024年3月第1次印刷
书　　号	ISBN 978-7-5329-7049-0
定　　价	65.00元

版权专有，侵权必究。如有图书质量问题，请与出版社联系调换。

开辟文学批评的新时代

——"新时代文学批评丛书"总序

吴义勤

党的十八大以来,中国特色社会主义进入新时代,中国文学也翻开了崭新的一页。置身新时代新征程,面对丰富的史诗性伟大实践,广大作家胸怀"国之大者",牢记初心使命,深入生活,扎根人民,与时代共振,与人民共情,用心用情用功书写新时代的中国故事,展现中国人民昂扬的精神风貌,谱写了新时代文学的辉煌篇章。

文学批评与文学创作是文学发展的车之两轮、鸟之两翼,一个时代的文学发展既需要广大作家的笔耕不辍、创新创造,也需要批评家的积极呼应、理论引领。在新时代文学不断攀登高峰的历史进程中,新时代文学批评也发挥了至关重要的作用,取得了丰硕的发展成果,形成了独特的新时代文学批评景观。习近平总书记高度重视文学批评工作,近年来就繁荣新时代文学批评发表了一系列重要讲话,做出了一系列重要指示批示。我们策划这套"新时代文学批评丛书",就是要全面学习贯彻落实总书记关于文学批评的讲话与指示批示精神,一方面旨在呈现新时代文学批评的基本样貌、发展成果,另一方面也希望从中获得推动文学批评发展的经验和启示,为推动新时代文学理论批评建设和新时代文学繁荣提供有益的镜鉴。

本丛书遴选的作者都是长期持续坚守在新时代文学批评现场并卓有成就的优秀批评家。从年龄结构上，他们涵盖了"60后""70后""80后"，这也是当下文学批评的主力军；从批评对象的文学门类上，覆盖了小说、诗歌、散文等多个当下最具影响力的艺术门类，可以说是对新时代文学的全面阐释和研究。通过这套批评丛书，读者一方面可以深入了解新时代文学批评的丰富实践，同时可以通过文学批评了解新时代文学发展的基本风貌和历史特征。

在内容上，本丛书侧重于遴选研究新时代文学的评论文章，以对新时代十年来具有代表性的作家作品、有广泛影响的新文学现象、引人关注的文学热点事件以及文学发展中存在的症候性问题为主要研究对象，是对围绕新时代文学展开的文学批评成果的一次全面梳理和集中展示。我们希望以出版批评丛书的方式，深入总结文学批评发展的历史经验，同时吸引更多研究力量来增强对新时代文学研究的力度和深度。

本丛书的出版要感谢山东出版传媒股份有限公司副总经理李运才、山东文艺出版社社长徐迪南，他们提供了非常多的支持和帮助，也提出了许多富有建设性的意见和建议。新世纪之初，我曾和山东文艺出版社共同策划出版了一套"e批评丛书"，在学术界产生了良好的反响。今年，又再次在山东文艺出版社出版这套"新时代文学批评丛书"，可谓是一种极为特殊也极为难得的缘分，也体现了山东文艺出版社多年来一直积极参与、支持中国当代文学批评事业发展的出版精神。在此，我代表丛书编委会向山东文艺出版社表示衷心的感谢并致以崇高的敬意。

两套丛书虽然出版时间不同，但在内容上又有着一种延续性和整体性。"e批评丛书"着力呈现的是二十世纪九十年代文学批评的发展成果，也是当时年轻的"60后"批评家的一次集体亮相。"新时代文学批评丛书"更侧重于展现新世纪尤其是新时代以来的文学批评成果，参与作者既包括了"e批评丛书"中的部分作者，又吸纳了"70后""80后"等新生批评力量。两套丛书虽然侧重点不同，但形成了一种巧妙的呼应，构成了一种互补关系，具有了批评史意义上的"整体性"，某种意义上，它们就是一种特殊形态的近三十年来中国文学批评的发展史。

当然，对于新时代文学批评成果的总结展示并不意味着我们回避当下文学批评存在的问题。新时代以来，随着时代语境和文学生态的不断变化，文学批评面临着更为复杂严峻的形势和挑战，文学批评如何更好地发挥作用，真正成为助推文学发展的"磨刀石"和"利器"？这是所有文学批评者面临的共同课题和任务。出版这套丛书，我们一方面意在梳理总结这一时段文学批评发展的成果和经验，同时也希望能够从中析出当下文学批评发展存在的一些问题，以史为镜，为未来更好地推动中国文学批评发展，更好地发挥文学批评引导创作、推出精品、提高审美、引领风尚的作用提供启示和帮助。

新征程是充满光荣与梦想的远征，新时代文学正在我们面前浩浩荡荡地展开，作为文学发展的重要一翼，中国文学批评也正在砥砺前行，积极开辟一个文学批评的新时代。

是为序。

碎片化时代的
逆时针写作

目 录

001　第一辑　逆时针

002　碎片化时代的逆时针写作
014　游牧于地方性与总体性之间
　　　　——文学与地域三题
028　瘟疫叙事和因诚向善的精神哲学
　　　　——新冠时期读《鼠疫》
037　诗生六扇窗
048　耳朵·鸟鸣·辩证法
　　　　——读诗三札

061　第二辑　论虚构

062　论虚构

074　"当代文学"："重写"的故事

086　乡土能否疗愈城市

094　从"城市文学"到"新城市文学"

108　从个体到共同体的美学转型

113　科幻与新的历史想象力

118　长篇经典：小说如何与时间相遇

122　金庸·鲁迅·莎士比亚

131　孤独的辩证法和麦家的意义

137　第三辑　能动性

138　《人生海海》："转型"或是"回望"

158　《烟火漫卷》：叙事装置、灵的启示和善的共同体

172　《修改过程》：一组漂亮的假动作之后……

179　"现实主义当代化"中的"格非经验"
　　　——从《月落荒寺》说起

192　《应物兄》："现实主义"及总体性之悖论

205　《喜剧》：典型、总体性和能动性之辩

223　水墨现实主义和"厚"的历史书写
　　　——读王尧长篇小说《民谣》

碎片化时代的
逆时针写作

第一辑

逆时针

碎片化时代的逆时针写作

一

先讲一个故事。

大概十年前,临近春节,广州某大学一名热爱文学的学生正在为春运购火车票发愁,彼时他正在一家影响尚如日中天的南方媒体实习。此间发生的一件小事影响了他日后的人生选择:他无意听见一位资深社会新闻记者与几个实习生的对话,实习生同样为春运票发愁,老记者不以为意,"多大的事儿,我打个电话给火车站的朋友帮你们拿几张"。这件事让这个还满脑子理想主义的青年人有点蒙,为社会正义积极奔走和使用关系为身边人解决问题的是同一个人。当然,老记者是好人,这样的事儿在社会上也屡见不鲜。年轻人说,这件事让他感到不舒服,只是因为它发生在一个以理想主义而为人称道的媒体内部。于是他想,本来干这一行就是奔着理想来的,既然现在理想主义已经不存在了,大家在私底下用的都是现实的方式做现实的事情,那为什么不直接奔着现实利益更大的事情去呢?

高中时,年轻人迷恋米兰·昆德拉,还因此耽误了一年才考上大学;大学时,每天喝酒写诗,相信文学是伟大的事业,也以一些段子和故事在网上收获了一批粉丝,中文系才子的自我感觉强烈。实习的这段经历让年轻人毕业后直接去了北京从事广告文案。2012年,年轻人参加了上海的一档电视脱口秀节目《今晚80后脱口秀》,写稿、策划,有时也上场讲脱口秀。2016年1月,湖南文艺出版社出版了这个年轻人写的文集《笑场》,既有早已在网上广为流传的《扯经》,也有一些充满奇思妙想的短篇小说。《笑场》面世之后,命运像大部分文学书籍一样——成了一部几乎无人问津的滞销书。谁能想到，2020年4月，磨铁图书策划出品的《笑场》百万册纪念版隆重上市。2016—2020年，这四年间发生了什么？《笑场》翻身记的背后是其作者影响力的火箭式蹿升。《笑场》百万册的背后，包含着丰富的社会文化信息。

现在很多人应该知道，年轻人叫李诞——脱口秀明星、《吐槽大会》《脱口秀大会》等综艺节目总策划。在流量通吃时代，李诞成了《奇葩说》等当红综艺节目导师，上无数通告，客串带货节目，几乎无所不能。2020年，上海作协吸纳的新会员名单中，一个叫李瑞超的名字赫然在列，一时竟成了新闻。此李瑞超，正是李诞本人。当然，他还是百万畅销书作家。在我看来，这不是一个普通娱乐谐星的诞生，它折射出我们今天文学所处的社会位置及文化生产的诸多症候。

做一个不很恰当的类比：一百多年前，在日本经受幻灯片事件创伤之后，鲁迅愤而弃医从文，并在中国新文化运动乃至现代文化转型过程中奠定了自己的地位，成为中国现代文学史源头式的人物。一百多年后，文学青年李瑞超受到火车票事件的创伤，转而弃文从娱，打造了《吐槽大会》《脱口秀大会》等综艺，以著名喜剧人的身份获得广泛影响力，轻而易举地使《笑场》破圈，跻身百万畅销书作家行列。无疑，鲁迅的弃医从文与李诞的弃文从娱，这两件事就文化意义而言绝不可同日而语，但它们恰如其分地说明了文学在不同年代所处的社会位置及其对人吸引力的转变。

在火车票事件中，表面上似乎是理想主义青年李瑞超被双标现实所"教诲"，转而选择了更务实的生活目标；实质上则是他意识到不但在文学领域，就是在新闻这样的文化领域已经无法迅速获得个体社会影响力转而选择了更能"建功立业"、自我实现的工作领域。

很难简单评价李诞的选择。当我在路上听着各种陌生人会心地搬运着"宇宙的尽头是铁岭"这个梗时，我不得不承认，娱乐行业对人们日常生活的影响力远超文学，因为我在大学中文系课堂上不断面对很多学生不知格非为何人的尴尬。"宇宙的尽头是铁岭"是北大才女李雪琴2020年在《脱口秀大会》上所创造的梗，这个梗通过网络转眼便传播于街头巷尾，而李雪琴也因参加李诞策划的这一娱乐综艺而火遍全网。

我相信李诞的故事已然包含着这个时代文化境遇的秘密。

"娱乐至死"这个概念已经无法完全说明这个时代的文化转型了。尼尔·波兹曼于1985年出版的名著《娱乐至死》描述的是电视时代的精神枯萎。下面这段话经常被人引用："尼采说过，任何哲学都是某个阶段生活的哲学。我们还应该加一句，任何认识论都是某个媒介发展阶段的认识论。真理，和时间一样，是人通过他自己发明的交流技术同自己进行对话的产物。""印刷术树立了个体的现代意识，却毁灭了中世纪的集体感和统一感；印刷术创造了散文，却把诗歌变成了一种奇异的精英的表达形式；印刷术使现代科学成为可能，却把宗教感情变成了迷信；印刷术帮助了国家民族的成长，却把爱国主义变成了一种近乎致命的狭隘情感。"

波兹曼想要弄清的是，随着人类的主流媒介从印刷媒介到电视媒介的转型，人类的认识论、价值观乃至整个精神生活将发生怎样的改变。显然，波兹曼的立场是不无悲观的。事实上，台湾作家李敖曾非常直接地表达了与波兹曼相近的观点：电视使人弱智。文字阅读和影像阅读对于主体有着极为不同的塑形，印刷媒介要求主体调动其更多的思考、推断和想象力，因而成长于文字媒介语境的主体整个心智水平远高于从视觉影像媒介环境中成长起来的主体。用波兹曼的话便是："思考无法在电视上得到很好的表现。在思考过程中，观众没有东西可看。思考不是表演艺术，而电视需要的是表演艺术。原本具有高超语言驾驭能力和政治见解的人现在屈服于电视媒介，致力于表演水平的提高而不是表达他们的思想。电视节目需要的是掌声，而不是反思。"

电视是视觉媒介，但电视时代依然是单向型的线性视觉媒体时代。简单说，在电视时代，你可以迷恋电视，但对电视节目的选择权却是有限的。你只能按照电视台安排好的节目及播放流程来观看。由于主体与电视之间是一种单向的信息输出，主体可获得的电视节目资源依然相对不足，所以电视媒体的出现并未导致印刷媒体的塌方式毁灭。在电视时代，电视媒体和纸媒在影响力上是并驾齐驱的。但互联网的普及使人类与信息之间的关系发生了本质性的改变。通过互联网，主体的信息选择权获得了巨大的扩展。有限的电视节目跟互联网提供的海量信息相比简直就是一滴水与大海的区别。更重要的是，在互联网时代，主体获得了对信息的巨大选择权。你不再需要按照电视台规定的时间，准时准点地在电视机前等候节目的大驾光临。相反,那些网络资讯不过是随时等候你检阅的臣民和临幸的嫔妃。在互联网1.0时代,由于带宽和网速等原因,人们在网络上获取的主要是文字或图片内容,视频内容尚未兴起。彼时,电视并未被整合进网络中。人们对于互联网充满了乐观的想象,尼尔·波兹曼对电视媒介塑造弱智主体的担忧并没有被迁移到互联网上。但是,随着几年前4G时代的来临,视频内容逐渐成了互联网上的重要内容,影像媒介对平面化主体的塑造效应前所未有地凸显出来。

  回到李诞及其节目的走红这个话题,我们不能忽略一个重要因素:在中国,人们最早知道的脱口秀可能来自香港演员黄子华的"栋笃笑";而大陆的脱口秀则是王自健通过东方卫视带进公众视野的,李诞并非创始人。但王自健的没落和李诞的崛起背后,其实是电视媒介的没落和互联网视觉媒介的兴起。我们也不能忽略,《吐槽大会》《脱口秀大会》的背后站立的是巨无霸一样的互联网巨鳄腾讯集团。在平台资本主义时代,这可能才是至关重要的因素。

  绕这么远,我要强调的是,今天谈论纯文学的阅读和写作,无法回避我们身处的世界正在发生的媒介、技术和日常经验的巨大变化。我们无法抽象地谈论碎片化时代纯文学应该如何。相反,我们应该去追问,碎片化的表象究竟根植于一种什么样的社会转型?在这种新生的社会场域中纯文学将居于一种怎样的位置?然后才是,我们该如何继续热爱纯文学?

二

  这里面有个有趣的话题,即文体的政治。什么意思呢?我们今天觉得小说是所有文体中最高级的,一百多年前可不是这样,那是一个以诗文为大道的时代。进入20世纪之后,诗歌总体上没有小说风光,因为小说被赋予了新"国民"之重任,与现代民族国家转型相联结。但诗歌也有过高光时刻,以《青年作家》所在的四川省为例,据《一九五八年中国民歌运动》[①]

---

① 天鹰:《一九五八年中国民歌运动》,上海文艺出版社1978年版。

载：到 1958 年 10 月为止，四川省 141 个县、市共编印了 3733 种民歌小册子。当然，不仅四川这样，这股新民歌热烧遍全国：安徽省巢县司集乡一共有 267 个诗歌创作小组，参加的人数达到一万三千多人；1958 年从 3 月到 10 月底，上海列车段的"旅客意见簿"上，旅客们写下的诗歌有五千三百多首。1980 年代是另一个诗歌乃至文学的黄金年代，那个时代最风光的是诗人。如今，依然能听到过来人所谓 80 年代女孩子的目光都被诗人们吸引光了的感慨。但这不是重点，重点是在这个时代，诗歌不仅不如小说，已经不如段子了。所以，聪明如李诞，写诗没有突围，编段子突围了，走到了无数人的面前。

诗歌下沉、段子上升折射了什么？段子和诗歌虽然使用着相同的现代汉语，甚至它们就来自同一作者，但它们属于两种不同的语用范畴，有不同的语言哲学，支撑它们的更是不同的社会文化。由此，我们甚至可以区分出诗歌社会和段子社会。诗歌社会是属于前现代和现代的，段子社会却是属于后现代的。不是说前现代和现代社会没有段子，后现代社会没有诗歌，而是诗歌和段子各自所处的社会位置发生了巨大变化。前现代社会说学逗唱的只是伶人，后现代社会却可以成为明星。

崇尚诗歌的社会，通常是集中型的社会。这个社会有一种基本的预设：它相信世界有最伟大的秘密藏在语言中，只有少数天才者才能得以靠近。诗被视为语言的皇冠，编制语言皇冠者，便是我们文化的心脏和奥秘的守护者。诗人由此被赋魅。李白为什么那么傲气，天子呼来不上船，不是因为他个人桀骜不驯，而是因为背后有一种文化在为他撑腰。现代主义诗人同样底气十足，读者不多不要紧，因为他们认为诗是要献给"无限的少数人"的。由于现代社会里面语言构造文明心脏的功能没有丧失，诗人依然可以傲然地居于文化英雄的地位。只是在段子社会中，社会结构和语言功能已经重构，这个无深度的碎片化社会天然地拒绝深度的、整体的、崇高的、可思的语言。

诗是一种秩序化语言，或者说诗的成立有赖于一种等级化的语言体制，只有相信语言内部存在着优雅与粗鄙、伟大与低下、辽阔幽微与流于表面等区别，人类才需要立诗以尽圣言。这个"圣"的内涵不断变化，但诗的存在无疑确认了这样的信念：有一种"更……"的生活和伦理寄存于语言中，等待诗的提炼。而段子显然是一种平面化的语言，平面化并不意味着段子低难度，事实上好段子和好诗一样令人绞尽脑汁、遍寻不得。段子根植于一种取消"更"的语言和文化，世无圣言甚至正言，需要藏身于"更"的深处，表象即深度，一切皆可付诸一笑，一切皆应戏谑以对。郑重、中正、邈远、思深虑远在段子中皆不合时宜。段子获得文化资本，成为文体流通中的硬通货，折射着我们时代的文化症候的悖论：一方面，我们的生活充满种种新生的疑惑、困难和问题，现实召唤一种"更"的深度语言；但另一方面人们的生活又如此沉重，需要段子及笑声的拯救，遂匆忙地投身于语言和身心的泡沫化景观中。

纯文学在整个社会处于何种位置？不需要大范围的实证数据，仅凭一种直接的观感就能得出答案。1980年代初，《人民文学》《收获》等杂志的销量，往往轻松就过百万册。现在呢？已经到了不能跟杂志主编谈销量的时代。这是一个不能说的数字，不是商业机密，而是羞于启齿。单就"文学性"来说，当代文学无疑在进步，而且进步不小；可是时代的文化结构也在变，当年不那么完美的文学万众期待，如今越来越好的文学却少人问津。而我们只能接受文学就在这个变动的文化结构中的事实。四十年前，电影尚且稀缺，电视尚未普及，遑论后来眼花缭乱的网络游戏和综艺，只有读书。四十年沧海桑田，其中很重要的一条便是技术带来了娱乐方式的极大丰富。其结果是，一方面，在整体的文化结构中文学这块蛋糕越来越小；另一方面，文学的内涵也发生了巨大的变化，纯文学成了文学这块小蛋糕上面一根小小的蜡烛，蛋糕的主体部分叫作网络文学。

近年有一个非常值得留意的现象，娱乐明星为纯文学带货。比如流量明星在微博上推荐班宇，遂使班宇的小说销量大增；如网络带货头部主播为麦家的《人生海海》《风声》带货，每次都是三万册秒光，成了书籍销售事件。这说明，纯文学如今居于一个极为狭小的社会空间中，与广大的读者间隔着无数堵墙。纯文学是"地方性的"，娱乐才是"普遍性的"，不经过娱乐普遍性之桥，纯文学就很难抵达受众。这是我们时代的文学现实。

三

可是，当我们谈论纯文学，先要知道说的是哪个纯文学。

很多时候我们谈纯文学，跟文学自律性紧密联系在一起。这是一种将文学的任务和目标设定为形式探索，拒绝外部政治或社会附加的文学观。这种纯文学观其实就是20世纪80年代的产物。那个时候提出纯文学这个词，是为了拯救一种内在性的文学价值，一种在很长时间里被庸俗的政治社会学所污染的文学。是什么样的观念背景构成了纯文学这一概念的土壤？要求文学"纯"，其实就是要求文学从政治话语中剥离出来的独立性，要求生命拥有内在自主的可能性。因此，"纯"其实在彼时标举的不仅是文学文本，更是文学相对于政治的独立价值。换言之，纯文学不是一种绝对的价值，而是因应着不同历史条件做出的文学选择。1980年代初，要求文学"纯"，不仅是文学的，还是政治的；其振聋发聩，很多时候不是因为文本本身，而是文本所指向的历史条件。一旦时代语境改变，当年纯文学所挑战的文化障碍消失，背后的历史条件不再，此时再将纯文学的价值绝对化，就不但不"先锋"，甚至很"老朽"了。这意味着，随着时代的斗转星移，永远只活在形式实验中的纯文学将很快难以为继，并引发新的反思。正是在这种背景下，1980年代现代主义文学的重要推手李陀在21世纪初率先反思纯文学。1980年代的纯文学诉求，是一种以退为进的策略，一种以内涉外的方案，一种通过强调文学自律性来抵达文学他律性效果的理论方案。先锋文学和叙事实验为什么在1980年代受到巨大欢迎，就是因为它的自律性方案恰好切中了时代的思想症候。进入21世纪，当纯文学挑战的观念已不存在，将"怎么写"视为文学的全部就显得与现实格格不入了。

然而，今天提纯文学，说的无疑是另一层含义，也是基于新的问题指向。这个纯文学其实指的是与类型文学、通俗文学、消费文学相对的，具有更高语言和文化抱负的文学写作，也经常被称为严肃文学或雅文学。上面谈到的纯文学概念，区别的是承载了很多政治、社会等他律性功能的文学；这里谈到的纯文学，与之相对的则是那种以读者和市场为主要目标和诉求的写作。这样区分当然是笼统的，其包含的"精英主义"偏见也经常被批判。比如说，你自称为纯文学，那你是否在暗示网络文学不"纯"？你自称为严肃文学的时候，凭什么认为拥有广大读者的写作就是不严肃的、低俗的、不雅的？凭什么认为流行文学中就不能产生优秀乃至卓越的作家？像曾经的金庸，现在的刘慈欣。甚至于，"留之于青山，传之于后代"不过是一种幻觉。没人看或极少人看，被现时代淘汰，就将永久地被历史所淘汰。所有今天所谓的纯文学，都是从过去的俗文学中转化而来的。这种反驳如此振振有词，理直气壮，仿佛世间根本不该有不能被即刻读懂的文学存在。然而，正因今时今日，某种不能被即刻读懂的文学已经被挤压至几近无声的境域，以至于我们必须重新为纯文学一辩了。

四

20世纪以降，"……死了"的呼声不绝于耳。从"上帝死了""主体死了"到"作者死了"，其中，当然少不了"文学死了"。后现代主义理论更是为文学已死提供了言之凿凿的论证。哪里有什么确定的文学？文学不过是特定时代文化建构和塑形的结果。别说唐宋所理解的文学跟我们现在所理解的不一样，"五四"时代所理解的文学跟现在也不一样，甚至1980年代所理解的文学跟现在也早迥然有别。

"一切坚固的都烟消云散了"，文学亦复如是。伊格尔顿举过一个例子，他说你别以为只有价值判断才是主观的，就是所谓的事实陈述也可能是主观的：

> 讲述一个事实，例如"这座大教堂建于1612年"，与记录一个价值判断，例如"这座教堂是巴洛克（baroque）建筑的辉煌典范"，当然是有显著的不同。但是，假定我是在带着一位外国观光者游览英国时说了上面的第一句话，并发现她对此感到相当困惑呢？她也许会问，你干吗不断告诉我所有这些建筑物的建造日期？为什么要纠缠于这些起源？她可能会接着说，在我们的社会中，我们根本就不记载这类事件，我们为建筑物分类时

反而是看它们朝西北还是朝东南。上述假设有什么用呢？它可能将会部分地证明潜在于我的描述性陈述之下的不自觉的价值判断系统。

即使是事实陈述，依然主要是由主观价值判断所构造的，一切都是建构的，哪来永恒稳固的纯文学的形式与价值呢？这种解构主义的立论曾在很长时间中带给我困扰，它振振有词，难以反驳；但假如它成立，那我们赖以投身的文学便被抽空了。我们做这些干吗呢？关于这种困惑我终于在T.S.艾略特处得到了解答，在《诗的社会功能》和《传统与个人才能》这两篇著名文章中，艾略特给了我继续从事文学研究的信心。

艾略特有一个很有趣的观点，他认为一首诗如果能被同时代读者迅速接受，那说明这首诗并没有为其时代提供新的东西。全新的、创造性的质素都只能被逐渐接受，因此必有一个"读不懂"阶段；相应地，一首诗在同时代便拥有很多读者是不正常的，诗只需要拥有稳定的少数读者。艾略特真是纯文学的好辩手，谁说文学必须入口即化，立等可取地在传播中兑现价值呢？

虽说在现代性直线的时间轴上镶嵌了无限向前的价值，文学必然要被不断更新的时代所改写，但是艾略特的文学观中，却提供了一个与"未来已经开始了"（哈贝马斯关于现代性的经典论述）构成逆时针效应的"传统"。艾略特认为，一个诗人，"不仅最好的部分，就是最个人的部分，也是他的前辈诗人最有力地表明他们的不朽的地方"。艾略特的传统不是一个凝固不变要求后来者去追随或墨守的对象，如果那样"'传统'自然是不足称道了"，传统是每个人最终都会汇入其中的历史秩序。"现存的艺术经典本身就构成一个理想的秩序"，即使是最新、最具颠覆性的作品，也不过是使这个秩序发生了微小的变化。由于新的加入，"每件艺术作品对于整体的关系、比例和价值就重新调整了"，然而那个在微调中不断充实的传统与其说被颠覆了，不如说在不断丰富中一直稳固。中外文坛上，很多作家在出场之际，大都不惜以断裂的宣言声称自己的独一无二，这些宣言或者仅是无稽之谈，或者也确实存在着跟以往风格有所区别的美学创新。然而，所有的创新都无法脱离于艾略特流动而稳固的传统秩序。

当后现代主义背倚一往无前的现代性时间对文学否定的时候，艾略特却以流动而动态的传统观再次赋予文学以肯定性。固然时代不断在改写着文学的定义，但人之为人，就在于人在接受时代的改写和塑形的同时，仍有足够的心智来搭建从历史通往未来的汇通之桥。在艾略特这里，传统不是凝固的，因而也不是单纯过去性的；传统是动态的，是从过去通向未来，也是从现在联结过去的通道。这也意味着，传统不是现成的等待认领的，传统召唤着真正的同时代性的阐释。阿甘本在《何谓同时代人》中说："同时代性就是指一种与自己时代的奇特关系，这种关系既依附于时代，同时又与它保持距离。更确切而言，这种与时代的关系是通过脱节或时代错误而依附于时代的那种关系。过于契合时代的人，在所有方面与时代完全联系在一起的人，并非同时代人。之所以如此，确切的原因在于，他们无法审视它；他们不能死死地凝视它。"时代是一架不断解离与历史和现实关联，要飞入全新时间境域的火箭，真正的同时代人，不是同步于这架火箭的解舱行为，而是在时代之新变和转型中找到使此再重新汇入传统之可能者。

因此，传统的意识，既是一种当代意识，也是一种历史意识；既是一种发掘当代问题的意识，也是一种创造新途径，使当代和历史重新关联、沟通而成新的文化共同体的意识。

五

在碎片化的时代，我们为什么还需要纯文学？我们为什么还需要诗？既然很多诗并不能为大众所读懂，那它对大众有什么意义？在一个文化民主化的时代，大众有权选择自己的阅读和爱好，诗注定要因大众的疏远而逐渐消亡。一种趋时的强势的声音如是说。

但是，T.S.艾略特可能会有不同的回答，大众尚读不懂的诗未必就跟大众没有关系。因为"诗总能传达某种新的经验或某种对熟悉事物的新的理解，或者表达某种我们经历过但无法言传的东西，它们可以开拓我们的意识面，改善我们的感受性"。艾略特甚至说："诗人作为诗人，对本民族只负有间接义务；而对语言则负有直接义务，首先是维护、其次是扩展和改进。在表现别人的感受的同时,他也改变了这种感受,因为他使得人们对它的意识程度提高了;诗人使得人们更加清楚地知觉到他们已经感受到的东西,因而使得他们知道了某些关于他们自己的知识。但是诗人并不只是一个比别人更有意识的人;他作为一个个人与别人也不同,与别的诗人也不同。他能使读者有意识地分享他们未曾有过的经验。这就是仅仅追求怪异的作家同真正的诗人之间的差别。前者的感情可能独特但无法让人分享,因此毫无用处;后者则开掘别人能够利用的新的感受形式。并且在表达它们的同时,诗人发展和丰富了他所使用的语言。"艾略特的论断掷地有声:"诗的最广义的社会功能就是:诗确实能影响整个民族的语言和感受性。"

换言之,虽然某些具体的人可能读不懂诗,但是一个民族的语言和感受性却受到诗歌深入而微妙的影响。因此,你可以不懂诗,却不能否定诗的意义。很多人的眼里只有眼前意识、当下意识,眼下时髦什么就追逐什么;却没有历史意识和传统意识,殊不知时间一往无前,时代逻辑不断重置,但文化却是累积的。假如只有逐新原则,每一个时期都将过去推倒重来,那文化何以建设,文明何以确立呢?

碎片化时代的纯文学这一命题其实蕴含着在时代之变中如何坚持文学之常的理论命题。一方面,我们不能否认时代和科技推动下文学所面临的巨变。这种变既是文学在社会场域中位置之变,也是文学从媒介到形式到审美的巨大转型。但另一方面,我们在认识论上认识到变量,却不意味着我们在价值论上必须站在趋时趋变的一边。移动互联网时代的到来使人们的时间碎片化,有感于大众阅读习惯的变化,有人惊呼以后别说长篇小说,就是以前万把字的短篇小说也没人读了,大家都应该写适合手机阅读的三千字以内的微小说、袖珍小说。碎片化阅读的时代,有人趋时而变,去做新的形式和审美探索,这本无可厚非;但不能将趋时的实践绝对化,须知,在趋时的文化实践之外,更需要有逆时针的文化坚守。碎片化时代的纯文学写作,便是逆时针的文化实践。这里的纯文学,指的不是专做形式实验的文学,而是指怀抱更高的文化理想的写作。

事实上,不管是顺时针的写作还是逆时针的写作,都可能有真品和赝品。归根结底,区分真品、赝品的标准在于创造性或复制性。一般而言,为市场写作者，更愿意去寻找类型，揣摩配方；而为了文化理想而写作者，则承受着影响的焦虑，渴望跳过前人的脚印。因此，纯文学写作追求深度，追求创造性，追求生命的辽阔与幽微的阐释；而流行性写作则追求入口即化、力图满足最大面积读者的口味，如此的写作焉能不在求新求真求深求广的理想上打折扣？现实传播的规律显示，往往越浅薄的东西越流行，而越深刻的内容越小众。偶有例外，以中国为例，譬如金庸、麦家、刘慈欣等，这些作家的写作无疑是富于创造性的，也获得了市场的广泛认可。但这些个例各有其特殊性，并不能否认浅薄比深刻易于传播的一般性。如今不乏那些在市场上志得意满的网络作家以指点江山的口吻要求纯文学彻底退出历史舞台，殊不知虽有金庸等有价值的流行性写作，但支撑这些写作价值的，却是其所接受的纯文学及更深广的文化资源。

　　显然，纯文学不是献给有限的少数人，供少数文化精英显示精神优越性的；但是，纯文学也绝不是即将被碎片化时代淘汰的明日黄花。在越来越快，越来越非中心化、去深度化的时代，纯文学将以逆时针的文化选择，肩负着将当下与传统相连接，重构一套民族可共享的语言感受结构的重任。纯文学在我们的时代，进不能安邦与定国，退不能日用于民生；但纯文学越来越站在思的一边，它恢复我们对世界的感受力。通过纯文学，主体建立与自我、时代和世界的复杂关联。纯文学关乎一个完整的现代文化人格，是现代教养的重要构成，也关乎一个民族从历史通往未来的文化可能。在此时此刻，看不到时代转型的滔天巨浪是幼稚的，但因此便放弃对共享历史与未来的传统的追求，放弃对纯文学理想的坚守，则更是一种投入了虚无主义的迷雾之中的浅薄行为。

游牧于地方性与总体性之间

——文学与地域三题

一

2018年12月8日,诗人杨炼应邀到潮州与笔者进行了一次对话,他提出了一个在场听众都觉得很不好理解的观点:他倡导潮汕诗人进行方言诗写作,而且他希望不对方言进行普通话化的改造,借助土音或注音的方式创造一种当代中文现代诗的新可能。我当时回应说,方言是传递地域文化的最直接媒介,方言入诗也构成了从古到今一条非常突出的脉络,但在现代民族语言已经形成的背景下,方言入诗不能不考虑传播的范围。在方言区以内,当读者不需要借助注释来把握一首诗时,它当然能够拓宽和丰富诗歌的表意方式,但当读者需要借助注释来理解一首诗时,我对这种方言诗的有效性表示怀疑。杨炼则认为方言为方言区作者提供了不可替代的资源,用改良过的方言只能写出等而下之的诗歌。话题没有再深入下去,但它激起了我的思考。

事实上,谈论文学与地域,可能无法绕过文学与方言这个子命题。我尝试着理解杨炼的逻辑,在他那里,借助注音来完成的方言现代诗更像是一场诗歌的行为艺术,可以用之开创新的表达,同时也是以方言挑战已经定型化的普通话表达的先锋行为。我想这种观念跟杨炼长期作为一个旅居国外的中文诗人的处境有关。在这种世界文学处境中,使用汉语普通话写作,还是使用汉语方言写作,其实都是用一种世界性"方言"写作,无论如何都要借助于"翻译",所以他反而没有"读不懂"的焦虑。如此看来,我和他观点分歧的来源就在于彼此立论框架的差异：他在世界文学的背景下思考，我主要在中国文学的背景下思考。

回顾这次对话，我依然以为，在中国语境中写作，很难不考虑中国文学的问题框架。比如我们谈到方言文学问题，虽然从明清以至20世纪以降，有一大批方言文学存在，但它们却是迥异的历史背景和文化逻辑的产物。今天讨论这个问题，我想探讨的是，在当下语境中，什么样的方言或方言性写作才是有效的。

不妨拉一个并不完全的方言文学谱系：明清时期，冯梦龙的《山歌》、张南庄的《何典》、韩邦庆的《海上花列传》、李伯元的《海天鸿雪记》、张春帆的《九尾龟》；19世纪末诠释圣谕的传教士小说；"五四"前后刘半农的《江阴船歌》、刘大白的《卖布谣》、徐志摩的方言诗；1940年代"走向民间"和"民族形式"背景下袁水拍的《马凡陀的山歌》、李季的《王贵与李香香》、阮章竞的《漳河水》；新中国成立之后周立波、赵树理和山药蛋派的方言小说；八九十年代以来韩少功的《马桥词典》、贾平凹的《秦腔》、莫言的《檀香刑》、阎连科的《受活》、张炜的《丑行或浪漫》、李锐的《无风之树》、金宇澄的《繁花》……这些被共同归于方言文学名目下的作品其实具有极为不同的发生动机和审美倾向，甚至于方言文学这一命名能否成立都有待探讨。比如，我们能否把使用了一定方言词汇的作品都归入方言文学？假如不能的话，使用了多大比重的方言词汇便属于方言文学？这个标准如何界定？依据何在？

事实上，已有学者指出方言和文学方言乃是两个完全不同的概念："方言是口语，是一种声音语言、听觉语言，而作品中的方言则是书面语，是一种视觉语言。"① 文学作品借用了方言词汇创造的是一种存在于书面的文学方言，将文学方言透明化地等同于现实中的方言，投射着复杂的文化动机，也忽略了将方言文学化的中介。换言之，方言并非文学的充要条件，方言为何文学、方言如何文学才是问题的重点。

不难发现，明清以降，方言一直是一种被想象、被投射的对象，方言被委以重任大概基于如下三种文化逻辑：第一种是基于大众化传播考虑的

---

① 张延国、王艳：《文学方言与母语写作》，《小说评论》2011年第5期。

功用化文学方言观,晚清传教士的方言小说、无产阶级文学大众化推动下对方言的重视都有鲜明的传播目的性。1942年,毛泽东在延安文艺座谈会上的讲话号召"文艺工作者的思想感情和工农兵大众的思想感情打成一片。而要打成一片,就应该认真学习群众的语言"。在识字率十分低下的战争时代和解放区,这种人民喜闻乐见的"群众语言"就现实地指向了各个边区的方言。在20世纪中国的无产阶级文学谱系中,方言土语和"大众化""民族形式"等文艺导向内在地镶嵌在一起,被赋予巨大的文化意义,成为与阶级情感紧密相连、最具正当性的优先语言。

方言被委以重任的第二种文化逻辑来自现代转型过程中知识分子投射的文化想象。文学借用方言是一个古已有之的现象,但文学方言成为被重视的审美现象,则是一个现代事件。无论是冯梦龙的《山歌》还是张南庄的《何典》都仰仗"五四"学者的发掘而得以重新面世,前者功在顾颉刚,后者得益于刘半农,二人都是"五四"时期北大歌谣采集运动的热心人。有趣的是,冯梦龙对山歌的倾心,也投寄着相当知识分子化的主张,即是他的"情教论",所谓"借男女之真情,发名教之伪药"。民间的方言山歌多写男女情事,不过是一种写实,却被晚明文人投寄了反封建的文化意义。同理,"五四"文人对于方言山歌民谣也有着一份执着的现代想象。胡适曾在《〈海上花列传〉序》中说:"方言的文学所以可贵,正因为方言最能表现人的神理。通俗的白话固然远胜于古文,但终不如方言的能表现说话人的神情口气。古文里的人物是死人,通俗官话里的人物是做作不自然的活人,方言土语里的人物是自然流露的人。"这里表面说的是文学效果,其背后却渗透着一种以方言为媒介而进行的文化叛逆。不妨说,冯梦龙的《山歌》是中国文艺史上第一次由文人自觉地以方言为中介对既定文化秩序提出挑战;至于"五四"时代,方言被倚重所希望达成的,周作人借助意大利卫太尔的话说得清楚:"根据在人民的真感情之上,一种新的'民族的诗'也许能产生出来。"方言进入现代学者意义视野,正跟晚清以至"五四"时期"言文一致"和锻造现代中国民族语言的历史诉求紧密联系在一起。

方言被委以重任的第三种文化逻辑跟新时期文学寻求差异化文化资源有关,但更重要的还是跟作为日常语言的现代民族语言成型之后,作为精神照明的现代文学语言尚未完成有关,此间最突出的成果当属韩少功的《马桥词典》。《马桥词典》是一部以"方言词典"为结构的作品,"我是依据上述这些词目来虚构的。因此,与其说这些词目是马桥的产物,倒不如说马桥在更大程度上是这些词的产物"①。与以往那些以方言为语料的小说不同,《马桥词典》是以方言为对象和方法而建构了一个可以由方言去透视和省思的马桥空间。马桥人活在方言所构筑的文化疆界中,他们的时空观和生命观,也都被马桥话给定了。他们的淳朴可爱和呆痴落伍,他们的通达自然和与世隔绝,也都为马桥方言所庇护和规限着。于是,《马桥词典》不仅是一部借用了方言资源的小说,还是一部把现代与方言的巨大张力作为问题带到我们面前的作品:一方面,"语言是存在的家园",在马桥之外的更大世界,我们将建造一种怎样的可供居住的语言世界?另一方面,深具方言性的马桥越来越成为一个普遍现代性世界的他者和零余者,我们既不可能回到马桥,也不能简单地改造马桥,我们该如何在马桥与外面世界,在方言与普通话,在差异和统一间,去保持一种必要的张力和平衡呢?《马桥词典》就是这样一部激活了方言性内部的现代作品,它指向的不是文学如何使用方言的修辞问题,而是全球化时代和未竟的现代性内部的思想难题。它所开启的当代文学方言性难题,至今依然是一个无法回避的思想空间。

《马桥词典》使文学如何化用方言变成了文学如何激活方言性的问题。显然,方言性远比方言具有更大的涵盖性和哲学可能。说到这里,我想海德格尔的这段话依然值得倾听:"德国人称各地区不同的说话方式为Mundarten,'方言'(意即不同的口型),甚至这一简单的事实也几乎不曾被认真思考过。那些不同不只是也并非首先是由于语言器官不同的运动形式所致。地貌,即大地本身,总是在其中不同地说。嘴不只是有机体的身体的一种器官;身体和嘴是大地涌动生长的一部分。我们芸芸众生正是在大地的涌动生长中获得自身的繁荣,也正是从大地的涌动生长中获得了我们稳固的根基。失去了大地,我们也就失去了根。"②

---

① 韩少功:《马桥词典》,作家出版社1996年版。
②〔德〕海德格尔:《在通向语言的途中》,商务印书馆2004年版。

海德格尔所说的"方言",正是一种方言性。方言的差异并不来自身体器官不同的运动形式,方言作为一种有根的语言,正是根植于生命存在的大地。这大地,不是社会学意义上的乡村土地,而是海德格尔哲学中作为人安居四元素"天地人神"之一的大地。现代人精神上的流离失所,跟失去存在的大地有关。现代世界,按照海德格尔所说,科学正顽固地把自身设置为一种"元语言","元语言学即是把一切语言普遍地转变为单一地运转的全球性信息工具这样一种技术化过程的形而上学"。科技作为世界元语言的倾向到了全球化时代,其风尤烈。因此,我们谈论地域和方言,不是谈论某种具体的、功用化的地域和方言,我们是想重申哲学意义上的方言性,一种打破霸权、保留差异、保留主体省思、并体恤自我生命来路和精神根系的可能性,在此意义上,方言性根系大地,事关生命。

二

文学有地域性,似乎已成共识,这背后有一个源远流长的知识谱系。就中国而言,近代以来文学与地理的关联论述成为一时风潮,最经常被提到的是刘师培的《南北文学不同论》。刘师培说:"大抵北方之地,土厚水深,民生其间,多尚实际。南方之地,水势浩洋,民生其际,多尚虚无。民崇实际,故所著之文,不外记事、析理二端。民尚虚无,故所作之文,或为言志、抒情之体。"这里的分析其实相当简陋,主要依据的是一种古代中国经验。请想想,1980年代之后被经济大潮冲刷的中国南方,谁会说南方人"民尚虚无"而不切实际呢?恐怕恰恰相反。不过,以地理之南北来论述艺术之差异,古已有之。程千帆先生在《文论十笺》中认为刘师培的《南北文学不同论》渊源来自东汉班固的《汉书·地理志》;田晓菲的《烽火与流星:萧梁王朝的文学与文化》一书则力图证明所谓北方粗犷豪放、南方温柔感性并非客观事实,而是彼时南北政治对峙格局下文化建构的结果,这种建构在南北朝时期开始形成,到公元6世纪基本成熟,并在隋唐时代定型下来,《隋书·文学传序》被视为南北文学话语成型的标志。此后历代用南北地理来阐释艺术差异的不绝如缕。北宋画家郭熙在《林泉高致》中写道:"近世画手,生吴越者写东南之耸瘦,居咸秦者貌关陇之壮阔，学范宽者乏营丘之秀媚，师王维者缺关仝之风骨。"与刘师培同代的梁启超在《中国地理大势论》中也说："燕赵多慷慨悲歌之士，吴楚多放诞纤丽之文。"在学者吴键看来，近代中国文学地理话语兴起基于这样的背景：

  清末民初，一方面由于西方"地理环境决定论"的传入，一方面基于本土学人力图通过"土地"认同来构建国族意识的需要，地理与民族、地理与学术的论述一时间甚嚣尘上。在此时代思潮之中，"文学与地理"也成为彼时文论中的重要话题，并赫然列于学部颁布的作为"中国文学门"教学大纲的"中国文学研究法"之中，从而作为一种主流话语进入了教育再生产。①

谈及近代西方文学地理话语则不能绕过斯达尔夫人于1800年出版的《论文学》，全称为《从文学与社会制度的关系论文学》。《论文学》叙述并探讨了欧洲古希腊、古罗马一直到18世纪各国的文学，涉及哲学、道德、宗教等领域，着重分析了南方文学和北方文学。斯达尔夫人认为"存在着两种不同的文学，一种来自南方，一种源出北方"，希腊、意大利、西班牙和路易十四时代的法兰西属于她所谓的南方；而英国、德国、丹麦和瑞典则属于北方。斯达尔夫人强调自然环境对文学的影响，南方清新的空气、稠密的树林、清澈的溪流和北方荒凉的山脉、高寒的气候将决定了生于斯、长于斯者的文学观念和审美趣味：

  南方文学公认的创始者雅典人，是世界上最热爱独立的民族。然而，使希腊人习惯于奴役却比使北方人习惯于奴役容易得多。对艺术的爱、气候的美、所有那些充分赐给雅典人的享受，这些可能构成他们忍受奴役的一种补偿。对北方民族来说，独立却是他们首要的和唯一的幸福。由于土壤硗薄和天气阴沉而产生的心

---

① 吴键：《"文质"与"南北"：刘师培〈南北文学不同论〉探析》，《文艺理论研究》2015年第6期。

灵的某种自豪感以及生活乐趣的缺乏，使他们不能忍受奴役。

这段如今看来不无地理本质主义的论述对泰纳影响巨大，为泰纳的文学发展三要素说开辟了道路。我不想从学科角度去论述 20 世纪中国文学地理学的成型和成果，却想指出，如今的文学地理学话语中始终包含着本质主义和反本质主义的张力。我感兴趣的是，假如我们引入文学地理学视野的话，该如何破解这二者产生的纠缠，警惕它们各自的局限呢？

所谓本质主义是指我们赋予一个复杂丰富的对象以确凿统一本质的思维方式，比如我们说中国人是怎么样的，上海文化是怎么样的，男性气质是怎么样的等，不论是国民性、地域性还是性别特质，当我们做出统一界定时，都很难逃脱本质主义的牢笼。因此，在后现代主义的理论资源中就释放出一种强劲的反本质主义诉求，要求解构对事物统一扁平的定义所形成的遮蔽。本质主义最大的局限在于，它在说出一部分的时候同时也掩盖了另一部分，它在敞开的同时也在制造着新的遮蔽。被本质所覆盖的部分成了意义的中心，未被覆盖的部分成了被压抑在本质之外的幽微他者。因此，反本质主义坚持认识论上的多元性，反感认识上的"少数服从多数"，认为少数并不应该因为数量上的弱势而被取消存在的合法性，或被归入到多数的集合之中。所以反本质主义通常要求打破秩序、消解中心、尊重差异。反本质主义的使命在于打破多数形成的霸权或定见，在于让被本质所压抑和囚禁的少数、零余和他者合奏于众声杂语的沸腾和丰盈之中。问题在于，本质主义是一条确定的道路，反本质主义则常常是一个无以定型的愿景。

回到文学的地域性。以"西部文学"为例，当有人深情赞叹某种雄阔、粗粝、大漠孤烟直、长河落日圆式的西部性时，就会有人不屑地质疑：是否真的有一种确定的西部性呢？如果有的话，那么西部地理所覆盖的雪域高原、新疆戈壁、古丝绸之路、内蒙古草原、河西走廊、三秦大地、六盘山区、腾格里沙漠和塞北河套地区究竟如何分享了一种相同的西部性呢？正如刘大先所言："就国家政治规划所设定的'西部大开发'战略来说，涉及的省、自治区、直辖市：重庆、四川、云南、贵州、陕西、宁夏、甘肃、青海、内蒙古、广西等，实际上几乎囊括了从南到北几乎三分之二的中国版图。如此宏大的图景中包含了不同地域、民族、文化的因素，这种多元性完全超乎一般带有本质主义色彩的概念框定。西南的稻作文化与西北的游牧文化之间以及佛教、伊斯兰教与萨满教、道教之间的差异，很难以某种统摄性的话语将其一言以蔽之。"①

　　我注意到一种有趣的错位：身居中原、东部的学者常为西部文学折服，反而是身居西部的作家、学者却常对确定的西部文学表示怀疑。且举一例：著名文学史家、文学评论家陈思和先生对西部文学青睐有加，在他担任《上海文学》主编时，推出了包括"甘肃小说八骏"在内的一批具有鲜明西部特质的作家。2011年年底在北京举办的甘肃文学论坛小说八骏研讨会上，在谈到严英秀作品时他指出"说实话，这些作品并非我期待看到的西部文学的风格"。这引起了严英秀的深思，并撰文《"西部写作"的虚妄》提出反思。严英秀承认"地域资源，肯定是写作的一大宝藏。同时，就算不以地域生活为显性的主题元素，任何作家的创作里，也都会毋庸置疑地留下自己植根故土的明显胎记"，但是她更想指出今天"已经不存在这样一个整齐划一的'西部作家'的群体。生活在西部的作家同样面临的是普遍的中国性境遇，没有谁因为'西部'而可以置身事外，逍遥在千年的牧歌想象中，没有谁不被裹挟进强大而盲目的现代化洪流中，从根本上说，并不存在一个一成不变的'西部'，'西部'本身已面目模糊。因此，西部作家写作时遇到的问题和别处的作家一样，是千头万绪，难以一言以蔽之"。严英秀的观点在宁夏学者牛学智那里得到呼应，在他看来，强调"西部中心化、西部形象特殊化主体性"的"西部人文话语"不过是"话语的惯性繁衍"，"深埋在西部现实深层的文化现代性诉求，反而被强势的、正面的，乃至似乎'正宗'的西部话语遮蔽了"。②这意味着，一种具有确定本质的西部写作事实是脱离于真正在场的西部生活的，它更多是来自于某种西部以外的想象。

---

　　① 刘大先：《"西部文学"的发现与敞亮》，《青海民族学院学报（社会科学版）》2007年第2期。

　　② 牛学智：《"西部形象""西部话语"与文化现代性失落》，《中国当代文学研究》2019年第3期。

萨义德在《东方学》一书中指出，西方关于遥远而古老的东方的知识已经构成了一种可以称为"东方学"的学问，这种学问并非关于真实东方的客观描述，更多地投射了西方对东方情调的想象。事实上，关于西部及西部文学可能也存在着一种类似的西部学。严英秀、牛学智等人的反思，透露着一种反西部学的立场。

但问题或许不应止步于此。在本质主义和反本质主义、西部学和反西部学之间，我并不愿做简单的二元取舍。当反本质主义者质疑一种确定的文学地理时，我们依然不妨这样提问：文学地理话语必须绝对被摒弃吗？如其不然，我们该在什么样的限度中重新使它获得有效性？在反本质主义成为一种新的思维上的"政治正确"时，我们且不要那么急着将本质主义清扫进历史的垃圾堆。请想一下，学者刘禾犀利地将"国民性话语"批驳得"体无完肤"之后，为何作为一种建构产物的"国民性话语"依然具有相当的阐释力，并依然被广泛应用而具有生命力呢？再想一下，当田晓菲言之凿凿地指认"南北文化差异"只是一种南北朝政治对峙的产物时，何以这套话语在政治统一的唐宋明清依然具有市场呢？当我们将西部文学视为一种想象和建构时，我们该如何去解释昌耀、沈苇等作家身上那种与西部无法分割的文学特质呢？因此，或许不是西部性之有无的问题，而是我们是否有能力去解释西部性如何发生的问题。我们固然反对一种简单凝固的套路化西部性，但彻底否认西部性的存在，恐怕也不准确。

在文学这件事上，或许我们应该将地域性的发生与作家个体的精神结构一起考虑。必须看到，文学地理对写作的影响并非绝对，作家与地理之间既可能是正相关关系，也可能是负相关关系，或者零相关关系。一个作家与地域文化之间是否产生了心灵互动和化学反应，是否为其长居地文化所化，这是地域性是否进入其写作内部的依据。对有的作家而言，他/她是被地域文化所选择的人，其心灵与地域的互动互渗从幼年就已经开始；但在全球化时代，由于封闭成长环境的打破，信息来源的多样性使有的作家可能成为地域文化的绝缘体，终生不跟独特的斯土斯民相感应。一个深入地域性的作家可能写出杰作，一个去地域性的作家同样可能走得很远，他更自觉地将自身置于普遍性的现代性文化谱系中。全球化时代下，地域文化烙印在作家的身上并不必然发生，更不是杰出写作的充要条件，但也切莫因此否认经由地域性抵达文学的可能。

我想起我的朋友王威廉,他自大学求学于广州中山大学,已居南方多年。他的写作一直以对荒诞、异化、城市或未来的书写为人关注,这些似乎是超地域性的。但他多次跟我坦陈心迹,指出他写作最核心的部分其实跟他从小在德令哈长大的西部经验有关。他说,你到西部去看一看就会知道,那种戈壁连天的荒凉,会塑造一个作家的精神底色。我想地域对作家的这种"塑造"未必是显性的,地域文化必须经由作家的个体精神结构而发生,与各种其他因素交互,才若隐若现地浮现为写作的某种面影。我的作家朋友中,曾长期生活于藏区的卢一萍,来自广西的朱山坡,来自海南的林森,来自潮汕的林渊液、陈崇正和林培源,来自云南的冯娜……他们的写作并没有被某种地域所决定,但地域对他们的写作却有着隐秘的馈赠。我想强调的是,在去根化的全球化时代,文学地理依然是一种重要的精神资源,但文学地理必须进入个人化程序而成为一种精神地理。文学地理具有某种想象性,并不应成为否认作家创造一种精神地理的理由。

三

人类学家乔治·巴特森在对印尼巴厘岛文化的研究中发现一种独特的"原"文化。这里的"原"与"峰"相对,指一种避免臻于高潮点而保持持续强度的自震动之域,在巴厘岛文化心理中,"某种持续的强度之'原'取代了(性)高潮的到来"。这种独特的"原"取向与无限风光在险峰的"高潮"取向不同,它强调的是"强度稳态化"。这一发现化入了德勒兹和加塔利合著的《千高原:资本主义与精神分裂》一书,并获得了更深的哲学方法论意味。德勒兹认为,一部书就是一千个高原,一本好的书应当"不具有客体,也不具有主体,它由以多种多样的方式形成的材料、由迥异的日期和速度所构成"。德勒兹对象棋和围棋的比较佐证了这种强调差异的去中心化思想:"象棋的棋子是被编码的;它们具有内在性和各种内在属性,由此而衍生出它们的运动、出境和对峙。它们是有个性的;马就是马,卒就是卒,象就是象。每一个都是被赋予了相对权力的陈述的主体,这些相对权力在表述的主体身上。"围棋的棋子则未被事先赋予某种身份及由身份派生出来的行动语法，每颗棋子在开始时具有身份的平等性，它们的差异是在特定的情境中生成的。

在上述方言和地域议题中，其实都渗透了一统与差异、普遍性与地方性、集中与零散之间的张力和纠缠。后现代主义的问题意识在于，它反对一种假"普遍性"之名的统一秩序，将普适性的范式视为一种神话或知识霸权。因此，它更强调对个案的深描和阐释，主张无数的"个别"和所谓的"一般"拥有同等的地位，更乐于打破中心与边缘的区隔而创造众声喧哗之境。后现代主义不乐见唯一的高峰，而希望游牧于"千面高原"之间；质疑范式的神话，而倾心于对"地方性知识"的激活。《地方性知识》是美国人类学家克利福德·格尔茨的名著，地方性知识对位的是全球化知识和普遍性知识，它在打破认识霸权和知识一体化的遮蔽方面确实成了一把方法论利器。

地方性知识提出了差异性主权和地方主体性的问题，在此视野中，差异和地方变成了一种不可替代的资源。如此便更能理解，诗人杨炼为何会将方言现代诗作为当代中文诗歌重要的探索方向。问题在于，不能跟某种共同体形成合奏的差异，真的具有必然且绝对的意义吗？回到写作中，对于拥有地方性身份和差异化资源的作家而言，他／她的写作一定要倚重差异去创造意义吗？至少上述提到的来自甘肃的藏族作家严英秀就拒绝了这种方式。标举地方性差异有可能是主体性的坚守，也可能呼应了更大的文化权力体系，差异的主体性与标签化的想象吊诡地成为一体两面。

一个作家要有大格局，一部作品要经典化，地方性知识的使用一定要置于对共同体精神难题的求索中。在我看来，阿来新近出版的《云中记》正是这方面绝佳的案例。一般来说，一部作品能否成为经典只能交给时间，但《云中记》却是罕见的一出来就具有经典品相的作品，很大原因在于阿来以卓越的文学和思想品质处理了"汶川地震"这一重大题材，由一个社会创伤议题直面了作为共同体的当代中国的共同精神难题。阿来具有藏人身份，具有独特的西部经验，阿来的写作当然隐秘地受惠于这些地方性知识，但他始终没有囿于地方性知识内部。他的代表作《尘埃落定》写康巴地区藏民生活的现代变迁史，土司制度、藏族神话、部族传说和神奇巫术虽然给作品带来某种传奇性，但阿来小说的核心价值并不在于描写这种地方传奇。洪子诚在《中国当代文学史》中写道:"他长期生活于乡镇之外的乡野,但也已完全融入现代社会。用汉语交流、书写,但作为母语的藏语,仍是他走出城镇之外的日常口语。他吸收异民族的文化养分,但藏族民间传承,他的思维、感受方式仍是他的根基。他进入叙事写作,但早期诗歌写作的经验也加入其间。从不同语言、文化、文类之间,他发现心灵、想象、表达上的异同,'边缘'身份和经验的体认,显然有助于感受和意义空间的开掘、拓展。因而,《尘埃落定》不仅是对特殊、诡异的风情习俗的展示。"换言之,阿来始终把书写放在地方性和现代性的交汇处,他的写作游牧于地方性和共同体相遇的地方。

出版于2019年4月的《云中记》故事并不复杂:汶川地震中云中村遭遇灾难,幸存者不仅要面对地震夺走亲人生命或自身完整身体这一事实,还要面对地理裂痕使云中村不能居住,全村必须整体迁徙这一现实。在云中村整体搬迁五年之后,云中村"非物质文化遗产继承人"——祭师阿巴无法抑制内心对于故乡亡灵的牵挂,重回云中村"履职"。小说以阿巴回到云中村的时间为线索和结构,从第一天、第二天和第三天写到第六月,最后阿巴随着云中村一起滑下悬崖峡谷,成了用生命守望故乡和亡灵的真正"祭师"。《云中记》的题材同样可以放在藏区地方性知识视野中来处理,但我们会发现,阿来并未过多地调动藏区的文化和语言资源。这部作品令人动容处,不在于他写阿巴及其祭仪中的独特地方性,恰恰在于阿来将这种地方性与共同体普遍的精神渴求有效地关联起来。

《云中记》表层是关于"灾难",中层涉及了"死亡与创伤",深层则关乎"安抚死而思考生"的生命尊严问题。《云中记》是一部安抚亡灵的作品,更是一部关于如何面对死亡的作品。小说中,阿巴对震后一同移民的老乡说,你们是照顾生者的人,而我是照顾死者的人,这里展示了一种对待亡灵的郑重态度。他不惜只身返回即将坠入峡谷的云中村,去为故乡的亡灵一一举行祭仪,并最终固执地与云中村一同消逝,更以一种偏执的姿态凸显了对亡灵世界的守护。如果《云中记》仅止于此,不过是书写了一个为古老文化认同殉葬的悲情故事,并无多少当代启示。《云中记》真正的当代意义在于:它通过阿巴的偏执对日益祛魅以致精神无枝可栖的现代世界提出了郑重的提醒。小说中,阿巴执拗地重建死亡的祭仪,其实是以个人艰巨的努力去直面现代社会由于死亡文化匮乏导致的巨大精神焦虑和皈依性难题。

从唯物主义角度看,亡灵的世界显然并不存在。但人类历史上为何有如此强大的亡灵文化?一个重要的解释是,将死亡视为生命绝对的结束,这是人类无法承受之重。因此,亡灵所勾连的彼岸世界便为现世提供了道德约束和精神皈依。人类的信仰系统发明了一整套祭祀仪式,正是人类托付自身存在的象征秩序。问题在于,正如波德里亚已经指出的,现代世界已失去与死亡进行"象征交换"的文化程序,因此死亡才成为一件现代个体心灵史上的恐怖事件。

在波德里亚看来,死亡在现代社会被"蒸发"了,这不是说现代社会不再有作为现实事件的死亡,而是现代科学将死亡处理为一个完全的生理终结,从而取消了安置死亡的文化位置:"从野蛮社会向现代社会的演变是不可逆转的:逐渐地,死人停止了存在。他们被抛到群体的象征循环之外。死人不再是完整的存在,不再是值得与之交换的伙伴。""老实说,人们不知道拿死亡怎么办。因为,在今天,死亡是不正常的,这是一种新现象。死亡是一种不可思议的异常,相比之下,其他所有异常都成无害的了。死亡是一种犯罪,一种不可救药的反常。死人不再能分到场所和时空,他们找不到居留地,他们被抛入彻底的乌托邦——他们甚至不再遭到圈禁,他们蒸发了。""如果说墓地不存在了,那是因为现代城市在整体上承担着墓地的功能:现代城市是死亡之城、死人之城。"①

现代社会一方面以科学展示了对死亡的傲慢,另一方面又把无数现代个体推入了不知如何面对死亡的惶然和恐惧中。过度强调生理死亡的不可逆性,无情地斩断了生与死之间的纽带和桥梁,死亡便成为一种生命的亏损,一个绝对的负值。这种现代的死亡观念导致了死越来越被潦草而简慢地对待,而个体又陷入了面对死亡越来越浩大的恐惧深渊。循着这个视角来看祭师阿巴,他便不是现代科学视野中执守于一种落伍文化的愚痴者,而是切中了现代性精神难题的觉者和勇者。

---

① 〔法〕让·波德里亚:《象征交换与死亡》,译林出版社2006年版。

阿来一直是深具自觉现代性意识的作家，这种意识兼具了思想的现代性和审美的现代性，这使他的所有地方性知识都具备了跟普遍性历史进程的可交往性。他深深地意识到云中村并非自给自足的世外桃源，现代化已经将云中村深深地镶嵌和裹挟进去：电灯、电视和轰隆作响的机器等现代器物都成为云中村基本的生活现实。器物的现代也伴随着文化和人心的现代：世代相传的祭仪变成了非物质文化，祭师阿巴成了必须接受人类学教授培训的非遗传承人——一套现代化的民俗知识正在取代古老世界隐秘流传的文化程序。阿来直面并对这种现代提出了疑问：因为这套现代知识并没有安置好死亡和人心。因此，小说中，阿巴看似决绝，但他其实也处在寻找身份的过程中。他不是像历代祭师那样从先辈那里天然地接过了"祭师"这种身份，他经由非遗传承人的激发，"一个人"走向了对"祭师"身份的认同，这种认同是经历了现代祛魅之后的重新复魅，因而便有了与"反思现代性"强烈的同构意味。阿巴不是在一套世代相传的地方性知识中抵达对死的敬重，他不是按部就班地接过一个古老的遗训，他为亡灵为神山也为自己重建的那套浩大的祭仪于是便有了"发明"性质，它看似顺流而下、赓续传统，实则横空出世、凝视当代，深植于当代性的焦虑和难题之中。他殉葬于故乡，不是一个被古老文化锁定而不能自拔的悲剧，而是具有鲜明当代启示的精神事件。

《云中记》是一部既有骨架又有血肉灵魂的作品。其血肉处，如少年阿巴醒来似懂非懂地看见正行祭仪的父亲在月光下无声舞蹈；如他在一朵鸢尾花突然的绽放中与妹妹的亡灵对话；如他对人死后能否变成一棵得了病啄木鸟愿意来医治的树的冥思；如他指导外甥仁钦为自己提前举行了一个庄重、哀而不伤的祭仪；如他最后和云中村一起滑入峡谷……皆令人动容甚至垂泪。一部小说，没有这些血肉是不能成立的。但《云中村》之所以重要，之所以被李敬泽称为阿来所有作品构成的宏大建筑上一块封顶的石头，恐怕还是来自他对于当代性精神难题的启示，来自他对于破解地方性知识和总体性思想之间复杂纠结的探索。

瘟疫叙事和因诚向善的精神哲学
——新冠时期读《鼠疫》

一

必须意识到疾病不仅是一种医学事实，同时也是一种人文现象。围绕疾病的讲述所形成的疾病叙事建构了疾病在生理和医学层面之外的文化和话语层面。简言之，疾病不仅是一种生理现实，也是一种叙事现实。疾病如何进入语言体系，如何被叙述和分享；人们为疾病建立一种什么样的语言，是一个涉及医学、社会学、伦理学等多个领域的重要问题。很多时候，人们不仅要面对疾病在生理学层面的重压，还要面对疾病在叙事层面的戕害。因此，建构一种更有人文性、更具生命共同体品格的疾病叙事就显得十分重要。

在我看来，疾病叙事的第一层面是关于疾病的文学叙事，诸如《鼠疫》《失明症漫记》等关于疾病的经典作品，提供了人类面对疾病时所提炼的现实和象征层面的经验。疾病的文学叙事并非一种关于疾病的普遍叙事，而是关于疾病的个别叙事，它凝聚了人类最具文学和思想禀赋的大脑关于疾病与生命与社会的有益思考，往往给人以启迪，是建构普遍性疾病叙事的宝矿。疾病叙事的第二层面是指从历史和思想角度讲述疾病史，并对疾病的文化机制做出的思想性论述。诸如《大流感：最致命瘟疫的史诗》《逼近的瘟疫》《下一场人类大瘟疫》《瘟疫与人》《黑死病：大灾难、大死亡与大萧条（1348—1349）》《医疗与帝国》《疫苗的史诗：从天花之猖到疫苗之殇》《宋代瘟疫的流行与防治》等关于疾病的历史研究属于此类；福柯的《疯癫与文明》、苏珊·桑塔格的《疾病的隐喻》同样属于此类。不过，后者更像是关于疾病叙事的叙事，换言之，它们反思的是疾病叙事形成的文化和历史机制。由此就涉及疾病叙事的第三个层面，最广大的人们在日常生活中讲述疾病、想象疾病时所依附或赖以支撑的语言文化秩序。在每一场严重影响着人类生活的疫情中，我们会发现，病毒戕害着数以万计的受感染者；同时病毒进入语言叙事之后所产生的恐惧，同样压迫着数以亿计的人们。本文仅以加缪的《鼠疫》为例，阐述疾病的文学叙事中最典型的瘟疫叙事及其所蕴含的精神哲学。伟大文学的疾病叙事，依然为我们今天建构普遍性的疾病叙事提供不竭的启示。

二

加缪的《鼠疫》是作为哲理小说而存在的，它不是用文学勘探瘟疫，而是以瘟疫为显影剂，揭示个体心灵及整个人类社会在极端条件下暴露出来的病灶。更重要的是，作为哲理小说，它关切的不仅是现实和社会学层面，而是个体和整个人类如何面对和克服瘟疫的精神伦理问题。正因此，《鼠疫》和《失明症漫记》都因其哲理性和象征性而获得了意义的普遍性。

对于文学来说，以瘟疫为对象和以瘟疫为背景是不同的。大名鼎鼎如薄伽丘的《十日谈》和马尔克斯的《霍乱时期的爱情》就是以瘟疫为背景的代表，其价值在于其他方面而非它们为人类认识瘟疫、书写瘟疫提供了什么独特的经验。以瘟疫为对象的作品也有不同的立足点，对于小说而言，以文学为媒介而进行一番瘟疫的医学、卫生及心理等方面的科普并非没有意义，但这种意义却并非文学上的。所以，文学的瘟疫叙事考验着作家对于人性、社会在极端条件下有何裂变的想象力，更考验着作家对瘟疫的思想和伦理勘探。同样是以瘟疫为对象，毕淑敏的《花冠病毒》书写了一场花冠病毒传染病迅速传播带来的社会恐慌及导致的社会危机。不过，在2002—2003年中国发生过SARS疫情之后，毕淑敏出版于2012年的《花冠病毒》与其说是预言，不如说是再现。同时，由于毕淑敏自觉采用了一种戏剧化的书写范式，这部小说的瘟疫叙事被导向了一种抗疫英雄战胜病毒的通俗冲突型叙事，其在再现现实和思想勘探方面并未提供新的创造。

文学来源于现实，经历过一次瘟疫，就会真实见证无数跌宕起伏、啼笑皆非、黑色幽默、方死方生、荒诞魔幻、百感交集的生活细节，再现性地写出这层真实固然非常考验笔力，但依然不是成就伟大作品的充分条件。相比之下，我之所以重读《鼠疫》，正是因为它不仅提供了关于瘟疫的预言性叙事，还提供了一种面对瘟疫的精神哲学。

作为诺贝尔奖获得者，阿尔贝·加缪广为人知，《鼠疫》也在其作品中占有重要地位。《鼠疫》以冷峻的笔调书写了1940年代一场大规模鼠疫在法属殖民地阿尔及利亚奥兰城的传播所催生的社会危机，小说对鼠疫时期的恐慌世相可谓穷形尽相。《鼠疫》主要通过里厄医生、志愿者塔鲁和帕纳卢神父对鼠疫的思辨而提供了一种面对鼠疫的精神哲学。仅肯定《鼠疫》对于人性和社会危机精微而卓越的预言性再现是不够的，《鼠疫》当然是有现实针对性的，如加缪自己所言，鼠疫在现实中指向的就是纳粹主义。但作品中鼠疫显然可以有更超越性的象征。事实上，当代的读者在对纳粹历史并不了然的情况下读这部作品，依然有共鸣，正是因为《鼠疫》具有超时代的象征性。

有必要提到1955年罗兰·巴特和加缪就《鼠疫》发生的论辩。那一年，加缪42岁，巴特40岁。同为法国文学翘楚，加缪要在两年后才获得诺贝尔文学奖而蜚声国际；巴特则要到1960年代才建立广泛批评声誉，1977年才当选为法兰西学院文学与符号学主席。巴特对《鼠疫》的批评包括三方面：一、认为《鼠疫》对抵抗运动存在的问题进行了不适当的移位，因为加缪用对鼠疫病菌的抵抗替代了对人的抵抗；二、认为加缪还忽略了抵抗运动的一个重要方面，他没有提到由德国人处决无辜人质的习惯而引发的道德问题。抵抗运动所进行的破坏活动可能是以15到20条人命为直接代价的，这对抵抗者的良心是极大的谴责；三、认为《鼠疫》拒绝承认正在发生的"历史团结性"。进而，巴特认为"《鼠疫》为反历史的伦理和政治孤立的态度奠定了基础"。批评可谓严厉，加缪当然"无法同意"，"虽不希望破坏我们的友谊，但请允许我说，我感到有点失望"。加缪认为《鼠疫》明显包含了欧洲抵抗运动反抗纳粹主义的内容，但"对《鼠疫》的解读应该是多层次的"。

加缪与巴特论争的主要分歧在于：巴特认为《鼠疫》作为反纳粹主题

的作品，必须秉持严格的历史化态度，不应由于文学化手段而导致对历史的误解。他的理由是，鼠疫跟纳粹之间不可类比。这不难理解，鼠疫作为传染病属于医学范畴，鼠疫之灾虽有人为因素，但跟以政治制度作为支撑的纳粹主义具有完全不同的性质。这种观点并非没有道理，它预设的前提是，既然是反纳粹书写，《鼠疫》必须有高度的现实和历史自觉，在文学修辞与历史真实之间，必须服从于后者。秉持这种历史化批评立场的人不在少数，事实上，日本著名学者小森阳一对村上春树《海边的卡夫卡》的批评就基于相似的历史化要求。因此，你可以理解，巴特很容易得出这样的结论：《鼠疫》中奥兰城的人们在面对鼠疫过程中的恐惧、冷漠怎么可以用来类比欧洲人面对纳粹时的"不抵抗"。他们的抵抗可能引致德军对更多无辜者的滥杀，巴特显然认为，加缪太缺少理解之同情了。巴特对《鼠疫》的批评还有文学伦理层面的，他对《鼠疫》"确立英雄主义的次要地位"的冷峻立场不太有共鸣，当然会觉得《鼠疫》太孤冷了，崇尚主体自我的精神作战，看不到历史团结性的可能。

有必要为加缪辩护。加缪和巴特最大的区别在于，二人对于文学书写的重心何在有着完全不同的理解。巴特认为重心应该放在被书写、被批判的对象上，因此文学修辞和想象服务于如何客观地认识和批判纳粹主义，任何逸出都可能导致对历史的误判；而加缪显然将重心放在面对灾难的人身上，不管纳粹主义和鼠疫在属性上有何等差异，它们在人群中激发的精神连锁反应却是高度相同的。因此，加缪试图以鼠疫为媒介来创设一个极端语境，测试极端条件下人的反应，更重要的是由此反问灾难条件下，成为人的可能。也许是因为《鼠疫》的出版时间跟"二战"离得太近了，人们刚刚从纳粹魔爪下摆脱，尚且惊魂未定，对于反纳粹题材的作品会提出非常苛刻的现实性要求，即使是思想睿智幽微如罗兰·巴特。应该说，基于历史化立场的书写和基于象征性立场的书写都应成立，前者不应成为取消后者的理由。事实上，《鼠疫》有自己更重要的贡献，那就是它作为一部哲理小说，构建了人类面对瘟疫的一种精神哲学。正因其超越性，即使纳粹主义已成历史，人们还会在种种瘟疫或灾难的情境来临时重新找到《鼠疫》，并从加缪所建构的精神哲学中一次次获得启示。

三

那么,《鼠疫》所确立的精神哲学是什么?

翻译家李玉民认为,"归还英雄主义其应有的次要地位"及"赋予真理其原本的面目"是《鼠疫》的两大关目,此语得之。《鼠疫》的主要人物——医生里厄、志愿者塔鲁和神父帕纳卢的世界观并不相同,但他们抵抗鼠疫过程中却重叠出一种以诚实为基础的精神价值。因此,以下这段话在《鼠疫》中至关重要:

> 不错,如果人真的非要为自己树立起榜样和楷模,即所谓的英雄,如果在这个故事中非得有个英雄不可,那么叙述者恰恰要推荐这个微不足道、不显山露水的英雄:他只有那么一点善良之心,还有一种看似可笑的理想。这就将赋予真理其原本的面目,确认二加二就是等于四,并且归还英雄主义其应有的次要地位,紧随幸福的豪放欲求之后,从来就没有超越过。同样,这也将赋予这部纪事体小说应有的特点,即叙述过程怀着真情实感,也就是说,不以一场演出的那种恶劣手法,既不恶意地大张挞伐,也不极尽夸饰之能事。

人们很容易将加缪《鼠疫》里的哲学简单地理解为冷漠和反英雄主义,甚至于罗兰·巴特竟得出"加缪否定历史团结性的可能"这样的结论。在我看来,《鼠疫》建立的精神哲学依然充满启示,我们有必要理解它的内在逻辑:一、以真为前提,英雄主义才有存在的意义,英雄主义才可能通向善。否则,英雄主义可能成为谎言社会捧杀精英、制造庸众的利器。二、英雄主义回归次要地位,让真理回归本来位置,不是否认英雄为社会献身的价值,而是认为每个个体都不该卸下自身的责任。潜台词是:鼠疫病毒在摧毁人,但每个个体有责任在认知上恢复自身成为人的条件。个体对自己生命责任的承担正是存在主义哲学非常重要的方面,虽然加缪一再否认自身作为存在主义哲学家的身份,但他被归于存在主义是有道理的;

三、《鼠疫》的精神哲学里，还包含着一种"西西弗斯推石上山"式的态度。小说中，塔鲁和里厄有一段对话：

> 塔鲁：您的胜利永远是暂时的，不过如此。
> 里厄：永远是暂时的，这我知道。这不成其为停止斗争的理由。
> 塔鲁：对，这不成其为理由。但是我不免想象，这场鼠疫对您可能意味的是什么。
> 里厄：意味连续不断的失败。
> 塔鲁：这一切，是谁教会您的，大夫？
> 里厄：是苦难。

这正是对向死而生，面向永恒的失败而进行抗争的存在主义哲学的绝佳诠释。存在主义的力量来源不在于预设胜利的目标，而是将生命理解为永恒的失败，但个体依然要面对此种失败去抗争。因此，不该将存在主义视为一种绝望颓废的人生观，这是一种洞察了生命悲剧但依然昂首前行的悲观的乐观主义哲学。这种哲学并非否认历史团结性及生命共同体的可能，而是呼唤建立一种个体对自身生命负责、面向苦难永恒抵抗的生命伦理。时至今日，它对我们的启示犹存。

理解《鼠疫》，就要理解"归还英雄主义其应有的次要地位"的意义。所谓"归还"和"次要"，意思是在抵抗鼠疫中，英雄主义并非需要打倒，但绝不应居核心地位，它应回归其原本的次要地位。既然英雄主义次要，那什么是最重要的？"赋予真理其原本的面目"最重要，换言之，以真诚的态度面对现实和世界最重要。正如小说中这句著名的话——"这一切里面并不存在英雄主义，这只是诚实问题"。

为何要归还英雄主义应有的次要地位呢？因为英雄主义的实质是少数人可以拯救无数人，英雄主义一方面将少数人绑架在英雄的位置上，另一方面又赦免了大多数人抵抗的责任。在加缪看来，这甚至可能产生邪恶——"过分重视高尚行为，结果反而会变成对邪恶间接而有力的褒扬。因为那样做会让人猜想，高尚行为如此可贵，只因它寥若晨星，所以狠心和冷漠才是人类行为更正常的动力"。因此，单凭英雄主义是无法抵抗鼠疫这样可怕的瘟疫的。不难发现，加缪将求真的"诚实"作为一种最重要的社会伦理，它甚至就是抵抗的起点、善的前提。因此《鼠疫》不断做出"如果没有真知灼见，也就没有真正的善良和崇高的仁爱"，"人世间的罪恶几乎总是由愚昧无知造成，如果缺乏理解，好心能造成和恶意同样大的危害"这样的判断。这里包含着一种"善基于真""因诚向善"的哲学立场，由此不难推出真理归位、英雄主义退居一旁的判断。

四

　　罗兰·巴特和阿尔贝·加缪虽有论辩，但他们的文学观其实各有其价值。强调文学想象严格遵循于历史，其实也是基于一种求真的伦理，它把抵抗纳粹这段历史现实看得无比重要，因而是警惕文学想象的逸出可能导致的对历史的误读。但加缪所求之真与巴特却有所不同，当他将求真伦理从历史对象而移诸个体心灵时，就产生了诚实的生命伦理，一种将诚实视为个体和社会最重要价值，可称为"以诚抗恶""因诚向善"的精神哲学。它不仅是反纳粹主义的伦理，也可以成为人类抵抗瘟疫、反抗恶的伦理，正是这种哲学使《鼠疫》获得了超越性和普遍性。

　　事实表明，我们依然没有从《鼠疫》"因诚向善"的精神哲学中获得必要教诲。所谓"因诚向善"，意味着诚是一切善的前提和起点，抽空诚实而建立起来的善很可能是无效甚至有害的。诚实这一似乎是为人处世的基本伦理，何以在加缪的精神哲学中具有这样重要的地位？很多人把诚实看得太简单了！事实上，诚实作为一种个体的日常伦理践行起来是非常艰难的，特别是当诚实被扩展为整个社会的精神伦理。

　　或许可以将加缪的"诚实"跟萨特的"自欺"观念结合起来看。萨特反对人的自欺状态，自欺是主体放弃成为自己而甘于成为平均数的蒙昧状态，与自欺相反，自为的主体勇于承担自由选择的责任，并在选择和承担中确认自我。相比之下，自欺地活着是更轻松的，因为自欺者的选择就是不选择，他不考究真假，只论多寡，跟着人群走，安全地活在最广泛的多数中。自欺的庸众是拜伦、克尔凯郭尔、鲁迅、萨特、加缪等不断批判的对象。加缪的诚实，其实正是反自欺。当谎言被体制授权时，选择诚实，意味着巨大的风险；选择诚实，意味着主体承担自为者的伦理责任。但正因此，诚实伦理才显示了它作为社会预警器的珍贵价值。我们也才可以理解索尔仁尼琴"一句真话比整个世界的分量更重"的含义。

　　加缪的诚实是面向个体发出的伦理召唤，但诚实如他，并非天真地以为诚实可以在社群中轻而易举地达成。相反，对于人性在鼠疫横行时代的怯懦、卑污甚至恶念，他是有充分理解的。他清楚地知道鼠疫会从人群身上带走了爱情和友谊，在他笔下，鼠疫一步步逼出一个恶质横生的世界。或许因此，罗兰·巴特才以为他否认了历史团结性的可能。然而，巴特误解了加缪，承认恶不意味着放弃善，这只是诚实的一部分，是抵抗恶的起点。

　　选择诚实，就是抵抗恶，既抵抗邪恶之恶，也抵抗平庸之恶。邪恶之恶，通常肉眼可见，它引人憎恨，使人恐惧。要求每个人勇敢抗暴、殉身不顾，这是对人之为人的恐惧不够诚实；但真正的诚实，不仅承认和理解人的怯懦和恐惧，也意味着主体会守护诚实内部自为和承担的伦理。因此，诚实未必体现为英雄主义，却已然包含了对邪恶的抵抗，诚实才是抵抗邪恶的最基础伦理。

　　既然诚实意味着自为和承担，诚实便最大限度地祛除了平庸之恶。阿伦特提出平庸之恶这个概念，和加缪一样是基于对纳粹的反思。平庸之恶何以产生，就因为主体卸下了选择和思考的责任重担，所谓有章可循无非是借体制之庞然大物来为自己免责。平庸之恶的可怕在于，每个人都觉得我不过是按章行事，我不过是遵循了"不得不做"的"正确的要求"，甚至于，我恪守了某种高度的专业性伦理。平庸之恶这个概念提醒人们，放弃了主体的判断和坚持，这种庸碌不仅可能成为恶的帮凶，同时也是恶的一部分。在某种意义上，甘于庸碌者首先就是不够诚实者，拒绝了成为诚实者必须承担的责任。诚实意味着面对沸腾的现实，始终不肯让体制的律令来替代良知和专业发出的判断。有时候，诚实不难，但有时候，诚实却可能要付出生命的代价。因此，诚实并非一种最低限度的伦理，诚实是真，是仁，也是勇者的伦理。以诚抗恶，因诚向善，是理解加缪精神哲学的重要通道，可能也是加缪为现代社会所提供的最宝贵的精神资源。

最后，我还想说说加缪的文体跟其精神哲学之间的关联。人们很容易就会发现加缪小说文体上的坚硬干瘦，这不是一种多肉多血多情的文体，它不能让一般读者血脉偾张或涕泪横流，这种近于风干的文体却包含了丝丝入扣的丰富思想纤维，它抽干了戏剧性的血肉，却准确地抵达了思想的筋骨。这种干瘦的文体，正是加缪诚实伦理的一部分。相比煽情，准确更诚实。

诗生六扇窗

一

小王子来到一个星球上,有一天突然发现他的睡眠丢了,他成了被偷走睡眠的人。小王子和丢失了的睡眠互相寻找。对于小王子,睡眠是身体王国不可或缺的一段城墙,只有找回它才能阻止精力源源不断的流失。对于睡眠,小王子是它走失的故国,是再也回不去的家乡。

这么多年,他们一直在神经衰弱的路上互相寻找,但药片不能为他们搭架走向彼此的桥梁。有很多个夜晚,小王子穿过药片之桥,遇见的却都是他不熟悉的睡眠。毫无疑问,这不是小王子要找回的那个。它们深沉、寡言,蹲在树下,头上的树叶都挂着微笑抑郁症者疲惫的笑容。

进入这样的梦乡,身体的缺口固然补上了,但身体的其他出口也被不由分说地堵了个严严实实,每一次从睡眠中回来,小王子都感到前所未有的迟钝和沉闷。显然,药片塞给小王子的是一个乏味无比者的睡眠,这种睡眠四方形、颜色灰暗且千篇一律。小王子曾经正经地向药片抗议,药片申辩说,它们也是被千篇一律地生产着,它们的道德观就是千篇一律,所以,它们已经是把最好的,也就是工业标准化的睡眠给了小王子。言语间还颇委屈的样子,小王子也很委屈地说,可是,我只要那个被偷走的睡眠,那个属于我的,和我亲密无间,轻快活泼,并且心心相印的睡眠。药片惊讶地望着小王子,然后无可奈何地说,睡眠与睡眠之间有颜色和性情的区别,这它还是第一次听说,即使它很想帮忙,很可能也没有办法,因为它们只负责为人们找到随便一个睡眠,并不负责寻找特定的某一个睡眠。意思是说,它们没有受过这方面的训练,小王子也就没了办法。

很多时候，小王子强烈地感到，那些他正在寻找的睡眠也过得并不如意。它们不是拥挤地塞在某人的睡乡中，成了嗜睡者沉重的生活压力，就是堵住了那个沉睡已久之人回到世上的路。可是它们也没有办法啊，它们也想让路，它们知道嗜睡者（人们叫他植物人）的亲人在心里有多埋怨它们这种拦路鬼，谁愿意扮演这种角色呢？可是，前面后面都堵住了，你试过在高速公路上堵车吧？睡眠老友说，就是这种感觉，尿急也只能忍着。

更多时候，它们在药片的引导下去为某个瞌睡人堵身体的缺口，但他对它们缺乏信任和默契，又或者说，他们本来在星座上就是互相排斥的。往往它们碰到的不是易怒的天蝎座，就是龟毛的巨蟹座，有什么办法呢？

有一天晚上，小王子推开门，倒在床上。黑暗中，他听到熟悉的声音，他知道那是他日夜寻找的睡眠，你回来了？小王子惊道。走失多年的睡眠老友说，我被绑架到了另外一个星球，为了重新回到这个家了，作为代价，我每天只能回来半小时。经过这么多年，我已经不是当年的我了，当你躺下时，我就得走了。我只能给你睡意，以及给你对我们当年情的永远追忆。

很多时候，寻找唯一睡眠的小王子，便是被抛在世上的诗人。

二

刘小枫先生做过一个比喻："在现实生活中，的确可能经常发生一个人偷另一个人心灵上的东西的事，例如，一个人对另一个人说爱他（她），得到了他（她）的感情，然后又转身走掉了，而他（她）却因为这些情话改变了自己的命运，从此跌入不幸，算不算心灵上的东西被偷窃？"

用偷窃来喻指感情中的负心行为，正如歌里面唱的"偷心"，常常被我们所认可，然则，感情负心又不是一种偷窃行为，爱情是一种特殊的相互租借心灵的行为。

所谓的单恋，人家并没来偷，你却孜孜不倦地把心送出去请求对方收下，是一种情爱送礼；所谓热恋，就正是上面讲到的心灵互借，你把珍藏了好久的心交给对方，也收下了对方热乎乎扑腾扑腾跳的那一颗，然后你们承诺一定保管好对方放在自己这的那颗心，从此宝贝万分地捧着互相倾诉思念。（当然，这种心灵互借在弗洛伊德那里叫作肾上腺素分泌过多。）

刘小枫先生所谓的感情偷窃，指的是两个人心灵互借之后，一方仔细地在自己的内心中腾出一块最柔软的地方安放，并如园丁浇花一样时时探视，同时相信自己借出去的那颗也受到同样的对待。这样想时，就有一股甜蜜感袭来，相信自己永远都不会去取回那颗借出去的心灵。忽一日，当他（她）检视内心时，却发现自己供放情人心灵的角落空空如也，原来那颗心已经不见了。更糟糕的是，同时还发现自己没有收回的那颗心并没有被好好安置，刹那间发现了它被随意地搁置在某个角落黯然磨损。

与其把这种经常发生的情感事故称之为偷窃，不如称之为信托违约、看护不力。问题是，情感世界的看护不力几乎和中国足球队防守罗纳尔多一样，至今依然是个世界性难题。

有这么两个忠诚值得信赖的人儿，他们互相租借心灵之后就决心永远看好自己的心灵门户，他们每天都去浇水，可是几年之后，他们比对方更清楚，放在对方那里的心已经枯萎奄奄一息了，或者早就偷偷溜走了，他们一点办法都没有，能做的就是依然每天去为那个空着的心灵盒子浇水。如果说看护不力是不道德的话，看护一个空盒子过力是否就是道德呢？

这是人类的情感困境。

资本主义时代以来人们以婚姻的形式将情感和性爱捆绑，把性爱欢愉作为对情感的私密奖励，身体如果没有盖上灵魂的印戳，就成了假冒伪劣产品，这似乎造就了情感生命不能承受之重。身体价值被让渡于灵魂以及贴上灵魂标签的种种庞然大物，身体被革命掉，只剩下干巴巴千人一面的笑容。20世纪以来，尼采们开始为身体松绑，脚步轻快的身体厌倦了灵魂这个步履蹒跚、啰里吧唆的老家伙的纠缠，扔掉了旧时代的包袱，生猛地在每一个黑夜和白天与陌生的身体不断纠缠欢爱，却突然觉得累：以前和灵魂在一起的时候，性爱本身就是欢愉，当撕掉了灵魂的眼罩之后，身体的眼睛却突然失明，它无法判断身体与身体的区别，它无法知道这次和下次的区别。甚至于，当性爱成了常态的时候，似乎不性爱才是新的快感之源。

所以，有一天，那对守着空盒子的人，发现他们跑掉不知所踪的心不知何时又跑回来了，这一次他们没有兴奋，他们老了。

说起来，情感事故是绝大部分人走向诗歌的起点。人们天然地以为，从情感事故中获得的伤痕，应该到诗歌中去疗愈。所以，这个世界上伟大的诗经常不是情感之诗，但最流行的一定是情感之诗。

余秀华的诗不甚为专业评论家所喜，奈何一直有前赴后继的阅读者；大众读者喜欢的徐志摩、林徽因、席慕蓉，全因诗里面有最能跟大众共鸣的情感。至于大师诗人叶芝、聂鲁达，最流行的也是《当你老了》和《我喜欢你是寂静的》这样的情感之诗。

因情感炎症而向诗索取一点精神抚摸和语言消炎药，此道恐怕千古之下而至于人工智能的未来时代，都将生生不息。

三

我有太久没有仔细地打量过黑暗了，我总是迫不及待地在黑暗近身时扯住灯光的衣角，像一个羞怯的孩子形影不离地拉着母亲的手。

我是突然才发现某个时刻的黑暗竟然如此沉默而谦卑，温文而友好。当我带着无以排遣的心事在老屋里独坐时，灯光总是显得太霸道，太多事，目光炯炯得仿佛想刺探些什么。所以，我本能地拒绝了灯光的围观。

我爱站在老屋的二楼，隔着玻璃看黄昏渐渐静寂，云霞如落花黯淡下去，只不知落下的花瓣由哪处土壤接住。生命的转折时刻总让人遐思并且神伤。终于一切就暗了下去，突然想起里尔克的诗：

> 在古老的房屋，面前空旷无阻，
> 我看见整个布拉格又宽又圆；
> 下面低沉走过黄昏的时间
> 以轻得听不见的脚步。
> 城市仿佛在玻璃后面溶化。

世事和心事都随着玻璃外面黄昏的脚步走远，溶化，只是在我一转身，才突然发现黑暗已经站在老屋里许久，得体的缄默，竟如一个会心多年的老友。黑暗中的红木桌椅依稀可辨，这么多年，它们清瘦的身子骨依然挺着，一切似乎并未改变。

黑暗中有一个滴滴答答的声音显得特别清晰，我于是意外地发现，那丢旧书的大纸箱里，还有一个不知道多久前的闹钟，依然晃晃悠悠、不慌不忙地走着。印尼的海啸去了又来，世界早已经天翻地覆，我撕掉了多少日历和往事，你却依旧慢悠悠地走着。可是，这么些年，除了定时来探视你的黑暗，有什么让你鼓起勇气，踩出这样看起来有滋有味的脚步声。

我的手在墙上摩挲，无意间按到了电开关，灯光汹涌而入，黑暗中美好的事物遁之无形。这一刻的灯光让我觉得太吵，不觉心生懊恼。可是且慢，生活难道不就是这样吗？温暖的事物总伴随着无心无肺的聒噪，而清净无尘的东西又总是太冷清、太孤单。人类本性怕黑，害怕孤独，所以便习惯又或者是需要灯光这场喋喋不休的倾诉。两个人总是说啊说啊，总有一刻会发现"相看两不厌"的，毕竟"只有敬亭山"。怕黑而睡觉不敢关灯的人们，因为害怕孤单的黑而始终亮着一盏废话之灯。

谁此时孤独，就将永远孤独，就将长读，长醒，写长长的信。这还是里尔克的诗吧，孤独，必须腾出空间来迎接你。你也许会馈赠我以丰盈的花园。对了，阿多尼斯的诗集就叫《我的孤独是一座花园》，封皮恰恰就是黑色的。

陈凯歌曾拍出一部精彩纷呈的电影，那就是《霸王别姬》，及至《梅兰芳》，就只剩下一句让人记住的话了，幸好还有这句话：谁毁了梅兰芳的孤单，谁就毁了梅兰芳的艺术。

郁达夫说："秋天，无论在什么地方的秋天，总是好的；可是啊，北国的秋，却特别地来得清，来得静，来得悲凉。我的不远千里，要从杭州赶上青岛，更要从青岛赶上北平来的理由，也不过想饱尝一尝这'秋'，这故都的秋味。"不远千里尝秋味，为的是一份悲凉，此少年人大概是不懂的。包括崇尚舒适品位的现代酷一族，估计也难有共鸣。

心底藏着一份悲凉来读诗，恰如酒到微醺，滋味自是不同。而创作者心底如果没有一份永远的缺憾，终生挥之不去的悲凉，其作便不足观。厨川白村视文艺"苦闷的象征"，中国古文论所谓"发愤而写作"，大抵意思相近。以实例佐之，如但丁心中永远的贝雅德丽齐，狄更斯至死念念不忘的妻妹，都红颜薄命，此份永恒的感伤，却浇灌了大作家灵感的沃土。

欢乐固然让人开怀，但悲凉却更有审美价值，故而李煜华丽丽的宫廷艳词并不被看好，而有家国之悲的阶下囚作品却为人称道，所谓"境界始大，感慨遂深"；官场屡屡失意的苏东坡，前后《赤壁赋》却让人千古神往。所谓志得意满者是浅薄的。世俗刻薄得几近人气寡淡的张爱玲，毕竟也藏着一份苍凉的回眸。而苍凉正是其文化品位的核心，如其不然，她就是个安妮宝贝而已了。

　　古代文人，生活层面未必不喜声色犬马、歌舞酒乐，可是轻浮的生活终究不是士大夫们理想的生活范式，也就更不适于进入诗文审美的层面。那些儒者其实也活得并不轻松，李亚伟戏称"朝廷里他们硬撑着瘦弱的身子骨做人"，李泽厚说这些文人们，他们想辅助帝王，成就治国安邦之业，可是，他们的道德人格使得他们在与那些没有操守的同僚斗争中往往败北，他们的文人个性又使得他们显得不够实干，所以，他们往往左右受敌，才高八斗而命薄如纸，贬谪迁徙于四方，去帝京以千里。此时，他们能够做的是什么呢？那就是发愤抒情，都交与薄薄的纸张了，所谓"偶尔也当当县令，多数时候被贬到遥远的地方，写些伤感的宋词"。

　　他们唯有能写，而写作就唯爱悲凉了。故而身世、离愁、家国，这种种情绪便与秋这种季节自然交融，所谓"悲哉秋之为气也"，不是因为秋气天生悲凉，实在是因为悲剧是文人们的人生轨迹，所以便被上升为一种更高雅的文化风度。文人们是先有种种悲凉，再将其投射于秋，才显得自古文人爱悲秋。

　　悲剧确实是一种更让文人雅士着迷的文化形态，这点中西皆然。只是西方将悲剧趣味更多形诸于戏剧小说，而中国更多投射于诗文而已。

　　进一步想，苍凉者，便脱俗。苍凉的趣味不但高雅，往往还达至深刻。能够从最热闹的地方出走，摆脱抱团取暖的本性，独上高楼，便获得一份不同的风景。此，帕斯捷尔纳克如此，昆德拉也如此。

　　昆德拉在《不能承受的生命之轻》中特别突出了一个词，叫作"媚俗"，所谓媚俗，是指传统道德中对一切崇高、美好的生命感觉的赞美，厌恶邪恶，为美好而感动等。所谓媚俗，就是指在众人称许的道德圈子中生活，并且获得温暖的回馈。

　　在此一点上，昆德拉有点尼采附体了，超人道德挑战媚俗道德，显得那么理直气壮。相比之下，苏东坡之类的中国文人，虽然不愿媚俗，但并没有站在一个全新的道德框架中为自己立法，所以，他们的审美品格就是达观苍凉，没有昆德拉那么生猛。想不到的是，如今昆德拉或苏东坡，洋气或古典，都成了后现代文化的高级化妆品了。

四

2018年7月，我们几个朋友自驾从川藏线进拉萨。首站成都，一抵达就赶紧去拜谒了杜甫草堂。杜甫即使不是中国最伟大的古典诗人，也是最伟大的古典诗人之一；而且，杜甫大概是在现代诗人和研究者那里获得最多敬重的古典诗人。江弱水以杜甫为例阐述过"古典诗的现代性"；张松建则以"一个杜甫，各自表述"为题，阐述了冯至、杨牧、西川、廖伟棠等现代诗人身上的杜甫基因。杜甫草堂，大概是全中国最有名的诗人景点了，这代表了一个经典诗人身后所能获得的最高景仰和敬重。

谒杜甫草堂，使我对杜诗有了更深的体悟。

杜甫的一生经历了那么多的离乱、痛苦和流浪，黄灿然说："汉语的灵魂要寻找恰当的载体，/而这个流亡者正是它安稳的家。""上天赋予他不起眼的躯壳，/装着山川、风物、丧乱和爱，/让他一个人活出一个时代。"

我爱老杜，因为他的诗里有风和日丽，有山河破碎，有生命辗转，有思念绵绵，有欣喜若狂，有家国历史，也有从寸心到天地的自然转变。杜甫的诗里有那么明媚的色彩——江碧鸟逾白，山青花欲燃。可是这明媚的春天里有愁肠——今春看又过，何日是归年。这是因历史断裂、山河破碎而长久流浪者特殊的看春之眼，和白居易的"日出江花红胜火，春来江水绿如蓝"不一样。白居易纯是忆江南之美景如画，老杜却是带着百转千回的心与春相遇。故而，叶嘉莹由老杜此诗而想到的是李商隐的《天涯》：春日在天涯，天涯日又斜。莺啼如有泪，为湿最高花。只是李商隐哀婉的流浪苦完全压过了风和日丽的春景。在杜甫，却完全是乐景写愁情。他并不完全被这流浪打倒，埋怨人生；他还挺着瘦弱的腰，也看着这美丽的景。

老杜的愁肠，也有铺天盖地的时候，比如"无边落木萧萧下，不尽长江滚滚来。万里悲秋常作客，百年多病独登台。艰难苦恨繁霜鬓，潦倒新停浊酒杯"。实在是太悲苦了,但更多的时候,儒者老杜是要把这些苦藏起来的。他对世事沧桑、历史变幻、人生辗转的感慨常常是引而不发的。小时候读"岐王宅里寻常见,崔九堂前几度闻。正是江南好风景,落花时节又逢君",以为不过是他乡遇故知,现在才突然嗅到了那种悲苦的气息。你想想,安史之乱前,长安城里,在不同的场合里邂逅琴师李龟年,谈不上是好朋友,那时的琴声好,全是快乐诗酒的氛围。现在呢?江南好风景啊,又遇见李龟年,或许还是那琴声,可是时空都变了,这曲声依旧,世界和人都面目全非。好个杜甫,他才不写"人面不知何处去,曲声依旧笑春风"呢,那不是杜甫,他的愁苦常常就安放在好风景之中。

我常用杜甫的"窗含西岭千秋雪,门泊东吴万里船"来说明诗歌显见的光影声色和沉潜的时空延伸。杜甫的了得在于他在一个窗框中,通过雪和船将时间和空间并置起来,使得诗歌显见的画面背后深藏了千年万里的巨大张力。

杜甫真是一个好诗人!诗里有情感、有想象、有风和日丽,更有藏不住的愁肠百结和江山历史的沧桑面影。以诗称史,杜甫命途多舛却胸怀苍生!他不但人格伟大,诗也伟大!他能够在"两个黄鹂鸣翠柳,一行白鹭上青天。窗含西岭千秋雪,门泊东吴万里船"这样的诗句把无限绵延的时空隐于人间的光影声色之后。可浅读,可深思。浅读则观风景秀丽,心地朗润,深思则见冥思悠远,沉郁顿挫。

杜诗通往普通人生的艰辛和坚持,也通向山河岁月的沟壑纵横、破碎千里。千年之下再读,每每只觉,你依然在面对一个如此真实朴素而又灿烂天真的沧桑老人。

五

仍和一位诗人有关——周云蓬,我十分喜爱的一位民谣歌手和诗人。从前我只是喜欢他诗歌那种质朴而野生的经验刺破生活的力量,喜欢他独特的嗓音通过歌曲传递的愤怒和沧桑。在一次活动中接触了周云蓬,突然让我对他作为当代中国行吟诗人的诗性姿态有了更深的领悟。那一次,周云蓬和大家一起游漓江、爬阳朔相公山。助手陪着他,爱犬熊熊引领他,我们从相公山下来，熊熊在前面引路，助手搀着周云蓬，他、助手和回头望主人的熊熊，他们的脸上都洋溢着欢喜。这个场面被有心的朋友用相机捕捉下来，这个画面突然让我十分感慨。

在漓江游船的甲板上看到周云蓬，我内心就生出了好奇：一个不能看见的人，他所感受到的世界跟能看见的人有什么不同呢？或者说，不能用看来跟世界建立联系的周云蓬，他究竟如何感受这个世界？他必有自己的方式去触摸、感受和锲入这个世界，如其不然，他何以要乐此不疲地游走于中国以至世界的土地和山水之中去行吟与歌唱呢？相公山只有一百多米，却是漓江山水的最佳观景台。山虽不高，但阶梯陡峭，不少人爬到半山已气喘吁吁，更不乏中途放弃登顶的观景者。或许对于他来说，漓江风景无非如此，既已船行江上，换个角度又能如何？我好奇的是：跟着大家爬上相公山的周云蓬，一个绝佳的观景台，对他的意义何在？当他和助手和爱犬熊熊从山道上下来，满心欢喜，他究竟在欢喜什么？

我尝试去解释，那只能是：因为他是诗人！

所谓诗人，就在于他成功建立了自身的语言秩序和心灵秩序，他充分地活在自己的秩序中。所以，当演出时主持人称他为中国的鲍勃·迪伦时，他并不买账，他说我不是中国的鲍勃·迪伦，我是中国的周云蓬。凡人总是活在世界所设定的语言体系和象征秩序中，认同这套秩序中的等级和价值，在他者眼光的投射下形成自我的精神镜像。因而，被称为中国的鲍勃·迪伦是抬举啊，老周，你居然不识抬举！可是假如老周乖巧地认同这套世俗价值，作为一个失明者，他就该乖乖地认领一个寸步难行的弱者身份，活在自怜和他怜中。世俗的价值坐标，为主体与世界设定了一种投资关系，身体就是每个人领到的第一笔原始启动资金。在一个由有视者占统治地位的世界中，失明者领到的这笔启动资金可以说大部分是伪币，这宣告了他基本被这个投资型世界所淘汰。可是，世间却有周云蓬！显然，他并不活在世俗的语言秩序中。谁说失明者不能游山水，谁说失明者不能观世界。当人们以为作为失明者已经被风景银行拒签，周云蓬告诉我们，不需经由观看，他也能领受风景王国丰盈的馈赠。

凡俗的那套语言告诉我们，盲人必是可怜兮兮的，他不配得到欢喜的青睐；他所做的一切，无非以可怜的姿态（如乞讨）或艰辛的劳作（如推拿师）获得活下去的条件。这种语言告诉我们，一旦你失明，在这世上你就被宣判为永恒的负债者。你之所作所为，就是永恒地还债。如此想象周云蓬，不过是为了生存而四处卖艺。谈何欢喜？作为诗人，周云蓬活在这套语言秩序之外，在他的语言体系和心灵秩序中，他赠世界以音乐和诗歌，他同样有能力从世界的风景处回收饱满如谷穗的欢喜。

周云蓬也使我领悟到，作为真正的诗人，包括艺术家，必须有能力领悟残缺的馈赠。他必须能够领悟到，残缺不仅是一种剥夺，也是一种打开。人，如果不愿认领某种有限性，可能就永远无法打开观看世界的某扇窗。

绕得太远。就写诗这件事而言，很多人正走在成为心灵盲人的路上。我想说的是，诗人，正是感受到了身外之道对自我的凝视，正是在与存在的对视中校正了心灵的盲区，获得了自己的精神视力，由此成为诗人的。我们听周云蓬的音乐，读周云蓬的诗，常感到他是多么心明眼亮呀。不妨说，诗人就是获得精神视力的人；诗人就是懂得领受大道的凝视，懂得与存在对视的人。这是周云蓬提供给我们的启示。

六

在诗人的论定上，我一直"唯心"：所谓诗人，不是发表了多少诗，出版了多少诗集，获得多少诗歌荣誉的人，而是能从庸常世界中摆脱出来的具有诗性思维的一种身份。有人就会质疑了：若然如此，如何区别诗人与哲学家？哲学家也从庸常世界摆脱出来，直到看到俄国诗人勃洛克的这段话："什么样的人是诗人？是那些写诗的人吗？不，当然不是。他之所以被称作诗人并不是因为他写诗。但是他是在写诗，也就是说，他把词和声音汇成和谐的旋律。正因为如此，他是和谐之子，诗人。"那么，"什么是和谐？它是宇宙力量的协调，世界生命的秩序"。

勃洛克同样否认诗人是"写诗的人"，他把诗人提到了这样的高度，诗人以词语的旋律为世界生命构建秩序。在对诗和诗人的认定上，勃洛克坚持了一种最高标准。与他相似的还有里尔克，里尔克认为"为了写一行诗，必然观察许多城市，观察各种人和物，必须认识各种动物，必须感受鸟雀如何飞翔，必须知晓小花在晨曦中开放的神采"。一行诗吁求着观察、认识和回忆。甚至，光有回忆是不够的，还必须能够忘却，然后以"极大的耐心等待着这些回忆再度来临。只有当回忆化为我们身上的鲜血、视线和神态，没有名称，和我们自身融为一体，难以区分，只有这时，即在一个不可多得的时刻，诗的第一个词才在回忆中站立起来，从回忆中迸发出来"。在勃洛克和里尔克这里，诗不是遵循某些套路作出来的合韵或分行的句子，诗事关生命最高可能性的实现。正因为有这种最为最高形态的理想之诗的存在，T. S. 艾略特说诗的社会功能是维护并拓展一个民族的感受能力才值得信赖。

耳朵·鸟鸣·辩证法
——读诗三札

从声到听,或博尔赫斯的耳朵

毫无疑问,文学的看是远比听更强大的传统。从远古开始,文学就致力于看到挖掘,听当然有,却是相对粗糙的,主要是一些声音。声和听的区别何在?或许,声是听的结果,而听是声的动作。所以,相比于作为结果的声,听包含了主体的情感、动机甚至是潜意识。对于远古文学来说,作者们往往是先捕捉到声,然后才渐渐回到听,并挖掘了听的深广度的。"关关雎鸠,在河之洲",这里面有声音,却是拟声。拟声是一种声音模仿,粗糙,费老大力气就为了再现一个响动。妙处,可能在叠字,关是一个响声,关关却是无限,连绵不绝,还通过跟"窈窕淑女,君子好逑"比兴,而使关关之声成了痴情的咏叹。所以,文学的声音最大的特点或许在于,它不仅是它自身,它以各种各样的方式被投射,有了情感蕴藉,有了欲说还休。好了,时间切换到两汉,我们在古诗十九首中的《西北有高楼》中听到了拟声之外的弦歌声。

> 西北有高楼,上与浮云齐。
> 交疏结绮窗,阿阁三重阶。
> 上有弦歌声,音响一何悲!
> 谁能为此曲?无乃杞梁妻。
> 清商随风发,中曲正徘徊。

一弹再三叹，慷慨有余哀。
不惜歌者苦，但伤知音稀。
愿为双鸿鹄，奋翅起高飞。

此诗用一半的篇幅写声。弦歌声，何其悲，随风发，正徘徊，一弹再三叹，慷慨有余哀。为什么这样苦呢？但伤知音稀。这是中国诗歌典型的写声之法，曲尽其妙地写出声的波折，然后再追问悲声背后的情感。白居易的《琵琶行》也如是。"大弦嘈嘈如急雨，小弦切切如私语。嘈嘈切切错杂弹，大珠小珠落玉盘。间关莺语花底滑，幽咽泉流冰下难。冰泉冷涩弦凝绝，凝绝不通声暂歇。别有幽愁暗恨生，此时无声胜有声。银瓶乍破水浆迸，铁骑突出刀枪鸣。曲终收拨当心画，四弦一声如裂帛。"细腻吧，曲折吧，形象吧，都在气喘吁吁地"再现"声音。说到底就是写实，使了那么多招数，就是恨不得录一盘录音带给你听听。

你看李贺的《李凭箜篌引》用喻虽绮丽惊险，终究是可以回到现实去解释的：

吴丝蜀桐张高秋，空山凝云颓不流。
江娥啼竹素女愁，李凭中国弹箜篌。
昆山玉碎凤凰叫，芙蓉泣露香兰笑。
十二门前融冷光，二十三丝动紫皇。
女娲炼石补天处，石破天惊逗秋雨。
梦入神山教神妪，老鱼跳波瘦蛟舞。
吴质不眠倚桂树，露脚斜飞湿寒兔。

概括起来，中国古典诗声音的来源不外自然声、乐器声，自然声有风雨、江潮、鸟鸣，乐器声则有箫管、玉笛、琴筝、钟声，当然还有主要用于战场的号角和战鼓。"醉里挑灯看剑，梦回吹角连营""马作的卢飞快，弓如霹雳弦惊"，当然声音高亢，激情澎湃；与战声相对的可能是无声，无声是为了衬托环境，如"东船西舫悄无言，唯见江心秋月白"，如"波心荡、冷月无声"。无声是声的结束，却不是最轻的声。

古典诗中最轻的声音应是王维的"人闲桂花落",这个写法特别在于,王维不是倾尽全力,调动全部修辞工具去模拟现实之声,他想让你听的是"心声"。只有多么有余裕的心才能听到桂花落下的声音呀。由写声而写心,这是王维的特异处。

前面说过,声是结果,听才凝聚了主体的主动情感和潜在意识。所以,最动人的作品,往往不是写声,而是写听。

夜上受降城闻笛
〔唐〕李益

回乐峰前沙似雪,受降城外月如霜。
不知何处吹芦管,一夜征人尽望乡。

临安春雨初霁
〔南宋〕陆游

世味年来薄似纱,谁令骑马客京华。
小楼一夜听春雨,深巷明朝卖杏花。
矮纸斜行闲作草,晴窗细乳戏分茶。
素衣莫起风尘叹,犹及清明可到家。

十一月四日风雨大作
〔南宋〕陆游

僵卧孤村不自哀,尚思为国戍轮台。
夜阑卧听风吹雨,铁马冰河入梦来。

虞美人听雨
〔南宋〕蒋捷

少年听雨歌楼上。红烛昏罗帐。壮年听雨客舟中。江阔云低、断雁叫西风。而今听雨僧庐下。鬓已星星也。悲欢离合总无情。一任阶前、点滴到天明。

这几首诗的妙处全不在声而在听,在于声引发的听者无限的心理波澜。芦管之声有什么特别呢?并没有!特别的是听芦管者"一夜征人尽望乡";雨声有什么特别?特别的是一夜听雨未眠,第二天早早听到深巷卖杏花之声的那个人的内心;特别的是听着雨从少年到壮年而暮年的追忆逝水年华。显然,古典诗是踏着听字走进了人心万象的。

古典诗虽有着清晰的从声到听的轨迹,但由于语言体制所限,它对"听"的挖掘是有限的。挖掘听的深广度的任务落在了现代诗身上。同样是听雨,我们想透过博尔赫斯的耳朵,看看雨在他那里幻化为什么。

雨
〔阿根廷〕博尔赫斯
突然黄昏变得明亮
因为此刻正有细雨在落下
或曾经落下。下雨
无疑是在过去发生的一件事。

谁听见雨落下,谁就回想起
那个时候,幸福的命运向他呈现了
一朵叫作玫瑰的花
和它奇妙的,鲜红的色彩

这蒙住了窗玻璃的细雨
必将在被遗弃的郊外
在某个不复存在的庭院里洗亮

架上的黑葡萄。潮湿的暮色
带给我一个声音,我渴望的声音
我的父亲回来了,他没有死去。

这是一首由声音构筑的诗,但诗人并不费力去模拟原声。事实上,视力不佳的博尔赫斯一定是在听,并赋予听以色彩、形象和虚实相间的情感内涵。下雨,究竟是眼前的现实之事,还是过往的记忆之事呢?诗人一句"细雨在落下/或曾经落下"就轻巧地打动了现实和记忆,后面我们将发现,这确实是一首追忆亡父的诗歌。第二节"谁听见雨落下"把重点落实在听,听比看有着更丰富的情感内涵,人在倾听时活跃的联想机制更容易被激活。这一节写的诗由"听见"到"想起",却不直接写想的内容,而是赋予它奇妙的玫瑰造型和鲜红的色彩。第三节,不是看雨,不是听雨,而是想象之雨,想象曾经的一阵雨洗亮不复存在的庭院,这里依然是为追忆所做的铺垫。因此来到第四节,在"架上的黑葡萄。潮湿的暮色"这样带有强烈通感性的形象暗示下,作为亡灵的父亲的出场就显得自然而然了——"我的父亲回来了,他没有死去"。你会发现,博尔赫斯的耳朵不仅是耳朵,它连接着他的想象器官,由于自由体现代诗的滚动发散性,这首诗的听滚动于视觉性的鲜明形象那里,也自出出入于虚实之间。这是由声到听的现代诗大展身手的时刻。

鸟鸣之诗和命运之诗

古希腊戏剧《俄狄浦斯王》中,俄狄浦斯不断在逃离命运的魔咒,两次逃离却使他折返掉入了命运的陷阱。这个古老戏剧中饱含着人在命运面前的悲哀。可是事实上,人的生命究竟走向何方,终究还是因人而异,因个性而异,因在偶然面前的态度而异。说到底,人跟命运之间也是一场对峙和搏斗,最终考验的还是意志力!生命的内在生机其实还是意志!求生的意志、自救的意志和咬定青山不放松的意志。所以如今我读诗,总是喜欢那些充满着命运感的作品。比如这首:

《世事沧桑话鸣鸟》
〔美〕罗伯特·潘·沃伦
那只是一只鸟在晚上鸣叫,认不出是什么鸟,
当我从泉边取水回来,走过满是石头的牧场,
我站得那么静,头上的天空和水桶里的天空一样静。

> 多少年过去，多少地方多少脸都淡漠了，有的人已谢世，
> 而我站在远方，夜那么静，我终于肯定
> 我最怀念的，不是那些终将消逝的东西，
> 而是鸟鸣时的那种宁静。

我非常喜欢沃伦这首诗。它跟王维的《鸟鸣涧》在写法上有异曲同工之妙，不过由于中西诗歌写法的差异而其趣大异。它们都是那种以静写动的作品，都用鸟声来衬出山中的空幽。"人闲桂花落，夜静春山空"，人心究竟有多宁静才能觉出山的空幽并听到桂花掉落下来的声音呢？这还不够，"月出惊山鸟，时鸣春涧中"简直是神来之笔，月出无声却如惊雷，居然惊动了这些安静惯了的山鸟。有趣的是，沃伦的诗也是从一只鸣叫的鸟写起的，写的也是静，"我站得那么静，头上的天空和水桶里的天空一样静"，这是灵魂出窍的一瞬间。生命中有多少这样的一瞬间呀，它不是无数同质的瞬间，它通往了永恒。所以我总觉得这首诗写的便是"瞬间与永恒"。王维的诗只在一个山中的空间画面中停留，它的禅意只隐在这一画面背后，所以它的思维是表象／景深的空间性思维，而沃伦的这首诗却将这一瞬间引向了人生的时间绵延，用的是"时间性思维"。"多少年过去，多少地方多少脸都淡漠了，有的人已谢世"，凝视水面的人突然回首了自己的一生，人总不免活到那个时刻：认识的人中逝去的比活着的多。这是渐渐老去的悲哀，也是人不得不接受的命运。在这种命运面前，他说"我终于肯定／我最怀念的，不是那些终将消逝的东西，／而是鸟鸣时的那种宁静"。浮世喧嚣，名利纷扰，终于逝去，宁静其实是那些令你心安的时刻，那些可以频频回首的时刻。空心人的心中是不会有这样的时刻的，唯有拥抱偶然并用一生去搏斗守护的人，才会获得他们那永恒的一瞬。当然，这是此刻的我的一点曲解。

再看一首唐不遇的《泉》，我最喜欢的也是这首诗中的命运感：

> 泉
> 一口泉感到孤独

因为它不知道
它和遥远的大海的联系。
一个疲累的旅人在水面
看见自己的脸，
然后亲吻自己。

一只蜻蜓来到这里产卵
不久和无名野花一起死去。
在寂寞的水草中
一枚鸟蛋轻轻破裂，
白色寂静裹着黄色鸟鸣
一齐涌出。

我的工作是漂洗落叶
直到它们彻底干净，
我的报酬是倒映的白云——
天空那衰老的墓穴，和我一样
无法闭上泪水盈眶的眼睛
停止观看消逝的东西。

　　这首诗第一节写的是个体和共同体的关系，泉作为个体无法想象到跟大海的联系而孤独，很多个体无法找到自身跟更大传统之间的关联而孤独。可是在某种意义上人的本相就是孤独，能够找到真正知音的人究竟有多少呢？后面那个对着水面亲吻自己的旅人令人想起古希腊神话中的纳西索斯，一个超级自恋的神，他不能照镜子，不能看见自己，否则就会疯狂爱上自己。有一次他在湖边无意中看见了自己的影子，遂疯狂地亲吻水面中的自己，以致溺水而死。所以这一节写的大概是那些孤独的找不到同行者的人。
　　第二节转换了一个场景，一个命运的场景，这里写的是生死：产卵的蜻蜓和无名野花一起死去，生命有时就是这样脆弱，每一天都有无数脆弱的生命在逝去。可是下面写的却是生，一枚鸟蛋的破裂，"白色寂静裹着黄色鸟鸣"，这一句真妙啊，白蛋壳破裂出来黄色的小鸟，拼贴于寂静和鸟鸣之中，在上面生命的短暂中再附以生命的诞生。生生不息！

最后一节从泉的主观视角出发，巧妙地并置了两只观看命运的眼睛。泉由于有镜面效果，所以被赋予了观看的能力，映在泉中的不管是落叶还是白云，都是消逝的事物；而观看命运的另一只眼睛则来自天空："天空那衰老的墓穴，和我一样／无法闭上泪水盈眶的眼睛／停止观看消逝的东西。"生命永恒地在流逝，唯有泉和天空这样的观看者永恒。这是诗人要说的，可是我现在相信，生命中有更多的永恒，在勇敢爱者的心中。

西班牙导演阿莫多瓦的电影《对她说》中有个男护工贝尼诺，他的爱永远无法被世界所理解所接受，最终自杀了。这部电影非常后现代，但又充满悬念。胖而敦厚的年轻男性贝尼诺爱上了舞蹈演员阿克西娃，于是便在路上尾随她制造邂逅。他的爱情还没有进展时阿克西娃就出车祸成了植物人。为了接近阿克西娃，贝尼诺学习了护工的技巧，他成了最无微不至的男护工。贝尼诺去走她从前走过的路，看她从前看过的风景，读她从前读的书，看她从前感兴趣的演出，然后把这一切不断地对阿克西娃说。电影中另一对人物是作家马克和女斗牛士莉迪亚。后面这一对都是强人，可是女斗牛士在一次演出中也意外成了植物人，作为作家的马克，有笔，却没有充分的精神能量对她说。有一天，医院发现阿克西娃怀孕了，事情非常明显，是贝尼诺所为。贝尼诺入狱了，阿克西娃的孩子被拿掉了，然后她醒了过来。一段凄美的爱情发生在她身上，可是她一无所知——这段生活像一段从她身上切去的盲肠。电影的最后，贝尼诺在狱中自杀了。马克在电影院中邂逅了阿克西娃，马克见证了贝尼诺的爱与悲剧，然后他坐在阿克西娃旁边，旁观了一个人对自己命运的一无所知。这真让人感慨。导演阿莫多瓦感到悲哀的不是世界没有爱，而是世界不再相信存在着某种伟大的爱。吊诡的是，游戏爱情者是被原谅的，而真正动情者是被耻笑的。爱的危机便是这个世界的危机。爱的虚无症和性的肥大症同时存在，可是爱比时间更长久，它终究会找到信任它的人。

辛波斯卡的辩证法

辛波斯卡是一个特别的诗人,她的诗集在波兰是畅销书。毕竟是获奖诗人,即使没有诺贝尔文学奖的加持,辛波斯卡的作品作为智慧的结晶也会轻易俘获那些爱智爱趣的大脑。王小波写小说是为了反对"三无"生活(无智、无性、无趣),辛波斯卡虽然并不刻意写性,但在智和趣方面却都达到了登峰造极的程度。我们会向有的诗人要求情感,有的要求技艺,有的要求的却是智慧。比如对陶渊明和王维这样的诗人,我们最看重的其实是诗后面那颗道心和禅意。辛波斯卡完全有能力成为后辈诗人们的技巧教练,她的诗每首都是精品,但如果要在这些精品中选极品,我会选择《在一颗小星星底下》和《与石头交谈》两首,因为它们包含了典型的辛波斯卡诗歌辩证法。

很多人读《在一颗小星星底下》时被吓坏了,这么汹涌的诗行中似乎找不到提纲挈领的地方,这很让读者焦虑。"我为称之为必然向巧合致歉",辛波斯卡你在说什么呀?致歉是一种由愧疚发出的情感性表达,必然和巧合是一种事物规律性或非规律性的描述,并无情感可言,将情感施与一个非情感领域,这是诗人脑洞大开,还是倒行逆施?而且,跳跃也太快了,为什么"我为将新欢视为初恋向旧爱致歉"后面会跳跃到"远方的战争啊,原谅我带花回家"。辛波斯卡这太长太长的脑部反射弧常让很多人蒙圈。可是,要我看,这首诗有着很清晰的语言纹理,思想表达也若合符契地联结在一起。如果一定要整体性把握这首诗,我认为就是辩证法,这是一种辛波斯卡式的生命辩证法。

何谓辩证?辩证就是在正反、阴阳、集体/个人、必然/偶然等二元对立项中找到更居中的超越性立场。"我为称之为必然向巧合致歉",这里讨论的其实是非常宏大的历史问题,历史究竟是由必然性决定的,还是由巧合决定的?这是两种争论已久的历史观。在黑格尔、马克思的哲学中,大历史中有着辉煌的螺旋式上升的结构,当然是由必然性决定的。这种历史决定论在非常长的时间里主宰着人们的思路,但辛波斯卡投以狐疑的眼光,如果你们都称之为"必然",那我就要向"巧合"致歉了。因为巧合被历史决定论流放了，你们连一个位置都不给它，难道不该对它表示歉意吗？要知道，由巧合和偶然决定大历史走向的例子比比皆是，也是很多野史感慨"如果当年不是……那历史也许就要改写了"的原因。偶然也是现代主义着力开掘的领域，现代主义跟现实主义的区别并不仅在于技巧上的新奇，更在于内在的认识论。用王富仁的话说，现实主义和浪漫主义一个向外看，一个向内看，但它们都共享着可知论，他们都相信世界是可以被理性把握的。可是现代主义跟它们最大的区别在于，现代主义主要是由不可知论支撑的。这是何以卡夫卡小说中的K会一直找不到城堡的哲学原因，因为世界本质上是不可认识的。昆德拉在《不能承受的生命之轻》中更是用六个巧合将偶然性对生命的影响推至极致。托马斯医生和特丽莎的命运那样不可抗拒地纠缠在一起是因为命定的爱情，或许不是，它的起点只是六个巧合：

> 七年前，特丽莎家乡的医院碰巧发现一例复杂综合性神经病。他们请了托马斯所在的布拉格医院的主治大夫去会诊。可主治大夫碰巧坐骨神经痛，行动不便，于是派托马斯去代替他。这个镇子里有几个旅馆，托马斯碰巧被安排在特丽莎工作的旅馆里，又碰巧在走之前有足够的时间闲待在旅馆餐厅里。其时特丽莎碰巧当班，又碰巧为托马斯服务。正是这六个碰巧的机会把托马斯推向特丽莎，似乎并不是他自己决定与她结合。

所以，当辛波斯卡向巧合致歉时，她代表的不仅是她自己，而是一种现代主义的历史观。可是，辛波斯卡并没有因此就投向偶然性的怀抱，她马上转过来说，"倘若有任何谬误之处，我向必然致歉"，辛波斯卡并没有否定必然性。如果她偏执于偶然的一端，就分享了偶然性的深刻和迷思了。这就是辛波斯卡的辩证法，这套认识论的辩证法以至生命论的辩证法正是全诗一以贯之的关节，是打开这首诗最核心的按钮。

且举几例。"我为将新欢视为初恋向旧爱致歉"，这是一句让我每读必笑的句子，里面有洞察、体谅和自省。深刻的作家何其多，但深刻容易走向刻薄。比如李敖说："我不知道女人的眼泪和自来水的区别。""女人和警察一样，喜怒无常和每月红包。"这里当然有修辞的机巧，但很是刻薄！王尔德就好多了："愚人创造了世界，智者不得不活在其中。""什么是离婚的主要原因？结婚。""逢场作戏和终生不渝的区别只在于逢场作戏稍微长一些。"但这些深刻的俏皮话是置身事外的，它们把自己摆在一个冷眼旁观的位置。可是辛波斯卡不！她多深刻呀，"将新欢视为初恋"是对人类记忆和遗忘现象投射于爱情领域的深刻洞察，可是辛波斯卡不是秀一下自己的智力优越性或道德制高点，她把自己放在其中。她为此致歉意味着，她并不认为自己将超越这种人类根性；可是，深陷于如此的人性，她要做的并非是去合理化自身的行为——自我合理化是几乎大部分人获得心理平衡的方式——她做的是致歉！这里，她再次超越了常规的二元对立，要么站在道德高地上对爱的遗忘进行批评和嘲讽，要么毫无歉意地为自己辩解，她的辩证法因此隐含着双重的人性，既有对人性弱点的体恤，也有对此的反思和歉意。

再看这一句"我为我的小步舞曲唱片向在深渊里呐喊的人致歉"。深渊呐喊的人为什么跟她的小步舞曲唱片构成矛盾呢？为何她要致歉呢？无论是在深渊里呐喊的人还是远方的战争，都代表着某种远方的灾难，那么，我们该如何面对他人的、远方的灾难呢？这里显然又产生了两种典型的主流态度，一种认为我们必须对灾难感同身受，以此证明我们的人道主义和人性光辉。这种逻辑发展下去很可能导致某种道德绑架，那里在战争了，而你在娱乐，你还有人性吗？这是这种逻辑发出的典型拷问。当然，另一种主流态度是，远方的灾难跟我又有什么关系呢？这是典型的个人主义立场的回答，这种立场拒绝自我为任何价值做出承担，你在你的深渊，我有我的唱片。那么，辛波斯卡站在哪里？她依然站在辩证法一边，两种主流的立场都被她超越了。她并不觉得远方的灾难必须使她停止个人生活——以小步舞曲为代表，同样，她也不认为个人对深渊者不应该有伦理上的承担，这种承担就是致歉。你会发现，致歉是一种闪耀着多么伟大情感的辩证法呀。

于是，我们要回到这首诗的诗题去——"在一颗小星星底下"。如果足够细心，你会发现这个诗题包含了某种矛盾："在……底下"这个句式隐含的应该是"星空"而不是"一颗小星星"，所以，这里的问题是，我们为什么要站在一颗小星星底下，而不是一片星空底下呢？星空是由无数星星组成的集体，而一颗小星星是作为一个个体存在的，这跟上面分析到的远方的战争和灾难联系在一起，我们必须遵奉某种价值，从而成为某个精神共同体，可是，这不是取消个体的理由，一颗小星星才是生命出发的地方。这依然是"集体/个人"的辩证法。

还可以再说一下这首诗由"致歉"构成的伟大情感。此诗几乎全由致歉构成，如何理解这些致歉的精神内涵呢？在一般的语境中，致歉指为某种过错而表达悔意，请求谅解。这里的致歉显然不在此列。诗人之致歉并非由于日常现实那些具体得失产生的歉意，她致歉的对象既有抽象的"必然""巧合""偶然""时间"，也有远在他方的"战争""伤口""深渊里呐喊的人"。可见，诗人的致歉事实上成了自身情怀的检验坐标，由她的致歉对象我们发现，她关怀的不是一己之得失，不是具体可见的现实对象，而是抽象的、他者的、弱小的、万事万物的。正是这种致歉对象的抽象性和独特性，构成了诗人无与伦比的诗歌想象力和人文情怀。诗中，"必然""巧合""快乐"等抽象概念在诗人那里成了具有感受能力的主体，作为一个享受平静生活的人，诗人总是为"深渊里呐喊的人""火车站候车的人"而挂怀，为"不能无所不在"而歉然。因而，此诗具有某种不可方物的大情怀。在辛波斯卡那里，"在一颗小星星底下"，万物有灵，万物呼应，这首既有难度又有趣味的诗更有着对宇宙万物深深的眷恋。通过"致歉"这一特殊句式，诗人把诗歌主体建构为一个关怀无限的有限者。人人生而为有限者，但"在一颗小星星底下"的诗心，却渴望着无限，关怀着无限，甚至为无法成为无限而向万事万物致歉，这大概是此诗最令人动容之处。

还必须看到，诗中"致歉"作为贯穿始终的句式同时成了这首诗的结构。值得注意的是，古典诗歌讲究内容和结构上的起承转合，此诗作为一首典型的现代诗却剑走偏锋，几乎完全由"致歉"句式构成，这既构成了一种巨大的写作难度，也是一种典型的现代诗歌平行递进结构。这种结构是辛波斯卡所最喜欢也最擅长的。又如她的《种种可能》则完全是由"我偏爱"句式构成："我偏爱电影。/我偏爱猫。/我偏爱华尔塔河沿岸的橡树。/我偏爱狄更斯胜过陀思妥耶夫斯基。/我偏爱我对人群的喜欢/胜过我对人类的爱。/ 我偏爱在手边摆放针线，/ 以备不时之需。/ 我偏爱绿色。/ 我偏爱不把一切 / 都归咎于理性的想法。"以上仅是种种可能的"偏爱"之一斑，却不难看出辛波斯卡的机智、妙趣和独特。这种平行递进的诗歌结构现代性，对当代中国诗人也产生了深刻影响，譬如当代诗人宋晓贤的《一生》便几乎由意义递进式的"排队"构成，"排着队出生，我行二，不被重视 / 排队上学堂，我六岁，不受欢迎 / 排队买米饭，看见打人 / 排队上完厕所，然后 / 按次序就寝，唉 / 学生时代我就经历了多少事情"。诗歌接下来不断为"排队"加码并在最后达到高潮，"还有所有的侮辱 / 排着队去受骗 / 被歹徒排队强奸 / 还没等明白过来 / 头发排着队白了 / 皱纹像波浪追赶着，喃喃着 / 有一天，所有的欢乐与悲伤 / 排着队去远方"。这无疑是结构现代性所产生的独特艺术效果。

碎片化时代的
逆时针写作

第二辑

论虚构

论虚构

何谓虚构？虚构便是无中生有？无中生有、胡编乱造大部分人会，但无中生有而能虚实相生，由无生出的有，由虚生出的实，既要可爱，又要可信；既能可信，还要可思。其中考验的便是作家对于现实及叙事之必然、应然、可然和或然的综合性、创造性的理解了。亚里士多德说，"历史学家和诗人的区别不在是否用格律写作，而在前者记述已经发生的事情，后者记述可能发生的事情"，因此"诗人的职责在于描述可能发生的事情，即根据可然或必然的原则可能发生的事情"。在亚里士多德眼中，文学家比历史学家享有更大的自由。历史学家只能对已经发生的事实亦步亦趋，对事实性的绝对强调使历史学家被限制在已然性的范围中；但文学家却借助虚构的桥梁而通向了已然之外归属于可然和必然管辖的广阔领地。由此亚里士多德不吝于赋予文学更多的期待："诗是一种比历史更富于哲学性、更严肃的艺术，因为诗倾向于表现带普遍性的事，而历史却倾向于记载具体事件。"亚里士多德是不是对历史有什么误解？难道历史对具体之事的记述就不能通向普遍性？反过来，难道文学对可能之事的记述就一定能通向必然？文学固然有虚构的自由，但获得虚构的自由，却要从洞悉虚构的不自由开始。

一、虚构：召唤"真"的想象力技艺

虚构一词看似简单，其实大有奥妙存焉。大体而言，直接追问虚构是什么可能所得无多，但通过虚构与相关要素的关系探究却能让我们更深地嵌入虚构艺术的内部。不妨先从虚构与"真"说起。

此处所谈的"真",不是先验的、绝对的真理性,而是一种阅读体验的真实感、可信度。体验意义上的"真"就像作品和读者之间的黏合剂,一部作品如果不能取得读者基于真实感的信任,则阅读的基础便被拆除。虚构要成立,首先要可信。帕慕克有句话说得妙:"做梦的时候,我们以为梦境是真实的。这就是梦的定义。"① 帕慕克的潜台词是:阅读小说时,我们以为小说描写是真的,这就是小说的定义。这里道出了虚构与真实的关系。文学虚构何以成立,很重要的前提是与读者的生活实感取得共鸣。用帕慕克的话说便是:"小说价值的真正尺度必定在于它具备激发读者感觉生活确实如此的力量。小说必须回应我们关于生活的主要观念,必须让读者在阅读时产生这样的期待。"虚构与"真"的关系,包含了三个情况:首先,小说家所述之事,符合了普遍的现实逻辑,如此虚构之真也获得了现实逻辑的护航。然而,可信未必可爱,一味模仿现实之虚构未必称得上虚构艺术。其次,小说家笔触之细腻与工妙,完美地唤起读者对毛茸茸生活经验的回忆,由此信任小说之真。这两种情况结合起来的虚构便是基于现实逻辑又获得了讲述现实的技艺,它是现实主义虚构的真实感来源。但必须承认,还有第三种情况,小说家所述之事,并不符合一般的现实逻辑,却依然可以通过某种"深度模式"得到应然、可然或必然的解读。这种书写虽悖于现实逻辑,却通向了更深的实感,言语虽荒诞,情思却导向更高的真实。现代主义的虚构便常如此。由此可见,体验之真对虚构艺术提出的要求并不在于严格地模仿现实之事或按照现实逻辑来书写,而是虚构的技艺使读者有把生活再过一遍的感受,或虚构艺术颠覆了生活表象而唤醒读者的深度实感。很多文学家站在虚构的疆域,却不过是三流历史学家的拙劣模仿者。历史学家必须忠于事实,这是其工作伦理。文学家不须忠于事实,甚至也不一定要忠于现实逻辑,但很多人的虚构却不过是对现实表象的拙劣模仿,对现实逻辑亦步亦趋,堕于皮相的虚构观里。文学家不须忠于事实,但文学家的虚构却必须在现实感中与读者迎面相逢。卡夫卡、贝克特的写作超乎现实逻辑,却在更深的层面唤醒读者的实感,这才是虚构的真谛。虚构不是讲述没有发生过的事,虚构是假借可然性和必然性的

---

① 〔土耳其〕奥尔罕·帕慕克:《天真的和感伤的小说家》,上海人民出版社2012年版。

翅膀,更全面、深透地敞开了表象之下遮蔽的实感。

不妨说,虚构便是召唤"真"的想象力技艺,虚构要成为艺术就离不开想象力的加持。

关于想象力之于虚构艺术的必要性,卡尔维诺用他的写作经历做了绝佳的诠释。在从事了一段时间现实性写作之后,"我就意识到,本来可以成为我写作素材的生活事实,和我期望我的作品能够具有的那种明快轻松感之间,存在着一条我日益难以跨越的鸿沟。大概只有在这个时候我才意识到了世界的沉重、惰性和难解"。卡尔维诺还以柏修斯砍杀美杜莎的神话故事为喻,现实世界就是那个能把直视其双眼者石化的美杜莎,文学如何驯服世界?卡尔维诺的回答是,文学不能沿用纪实性逻辑就好像砍杀美杜莎不能看她的眼睛一样。柏修斯以盾牌为镜照出并砍杀美杜莎,而文学家也必须找到自己认识世界的独特方式:"应该像柏修斯那样飞入另外一种空间里去。我指的不是逃进梦境或者非理性中去。我指的是我必须改变我的方法,从一个不同的角度看待世界,用一种不同的逻辑,用一种面目一新的认知和检验方式。"①沿着超现实的虚构和想象,卡尔维诺成为举世公认的幻想型文学大师。

正如卡尔维诺所说,世界具有某种"沉重、惰性和难解"。假如作家仅对目力所及的局部世界进行直陈的话,必将陷入汤汤水水生活流的无物之阵;假如作家仅以写实的手段来面对世界,也很可能遭遇世界表象严丝合缝的拒斥。未被艺术重构的世界将以碎片性隐藏其自身的谜底。所以,想象和虚构才构成了写作的宝贵资源,是写作赖以凭借的翅膀,以穿越现实疆域的凝固性、碎片性。很多时候,现实、存在以至历史的内质是隐匿封存的,作家的个人体验以至纪实性的经验是有限而散落的,此时虚构和想象使作者获得了一种召唤缪斯的能力。

事实上,现代主义的虚构和想象力由于对现实逻辑毫不犹豫地"破坏"而具有直观标识,现实主义则由于追求镜子式再现效果,其想象力运作常常较为潜在而隐秘。然而这绝不意味着现实主义相比现代主义或科幻想象类型的文学更少想象和虚构。《安娜·卡列尼娜》这样的现实主义巨著其

---

① 〔意〕卡尔维诺:《未来千年文学备忘录》,杨德友译,辽宁教育出版社1997年版。

实到处充满不动声色的想象力。比如安娜和弗伦斯基在火车站的首次邂逅就将想象力隐于严丝合缝和伏笔千里之中。弗伦斯基初见安娜惊为天人，并发现了她脸上"一股压抑不住的生气"。小说透过弗伦斯基来看安娜，对安娜初见弗伦斯基的心理波动全不交代，但弗伦斯基回头看安娜时却发现安娜也在回头寻找着什么。和弗伦斯基母子告别之后，奥布朗斯基在马车上迫不及待地跟安娜倾诉起家庭的烦恼。前来帮哥哥当救火队员的安娜显然没有回过神来，答非所问地问奥布朗斯基跟弗伦斯基是否很熟。她依然沉浸在刚才偶遇的冲击波中。火车站邂逅弗伦斯基之际，安娜还偶遇了一个陌生人的跳轨自杀，安娜生命的悲剧性终结方式在此埋下伏笔。透过这些绵密繁复的细节，托尔斯泰绝不仅仅是铺陈情节，更在揭示心理、塑造人物、暗示命运。可见，现实主义的想象力表现于如何在镜子式再现效果中把尽可能多的艺术信息融合进去。在这方面，托尔斯泰堪称不动声色的大师。

毕飞宇分析过《水浒传》和《红楼梦》中林冲和王熙凤两种不同的"走"，从中分析出海量的艺术信息。这也是现实主义想象力运作方式的绝妙注脚。毕飞宇称"施耐庵在林冲的身上体现出了一位一流小说家强大的逻辑能力。这个逻辑能力就是生活的必然性"。可是曹雪芹显然又不一样，"小说可以是逻辑的，可以是不逻辑的，甚至于，可以是反逻辑的。曹雪芹就是这样，在很多地方，《红楼梦》就非常反逻辑"。所谓"反逻辑"其实是说《红楼梦》通过"飞白"的方式留下的艺术想象空间。比如王熙凤在探望完病人秦可卿出来之后，"正自看院中的景致，一步步行来赞赏"，偶遇色鬼贾瑞，"凤姐儿方移步前来"，后来"款步提衣上了楼"。在毕飞宇看来，一个在人前眼观四路耳听八方对人无微不至的凤姐儿在这些动作中体现"她的心中空无一人"。可见，现实主义描写虽然并不直接诉诸超现实逻辑，但是情节链条的前后组合甚至是一个动作的刻画，都蕴含了海量艺术信息。托尔斯泰和曹雪芹都是大手笔，严丝合缝或不动声色的背后其实是创造性的想象力。

不妨这样说，现代主义的虚构更像一位刻意给人制造惊讶体验的魔术师，它超现实或荒诞的叙述语法使它的"想象性"如此一目了然。可是，现实主义并非没有想象力，现实主义的想象力运作更像是转魔方，作者看似寻常之手使散落在不同侧面的经验板块循一定轨迹运动,六面集齐之时,便是作品诗性显现的时刻。转魔方并不是变魔术,它并无魔幻性。生活的日常面目是一个被打乱的魔方,现实主义倾向于以并不违反现实情理逻辑的方式创造完整性现身的瞬间。所以,写实很多时候并非对生活的真实陈述,镜子般的写实说到底是文学虚构创造出来的一种艺术效果。

二、虚构、自由和善

虚构并非就是叙事,虽然虚构和叙事经常并举,但这两个概念却有各自的侧重和管辖范围。叙事是关于如何叙述的艺术。所以,虚构中有叙事,非虚构中也有叙事;日常对话有叙事,文化和历史的叙述也是一种叙事。这是叙事逸出于虚构的部分。相对而言,叙事强调的是叙述的技艺和机制,是一种艺术和话语;虚构则更强调想象不存在之事的立场和精神。

虚构首先是思。此处之思既是思辨,也是意义,是虚构之事所涉所启所置身其中的更大的精神语境。帕慕克说:"我们借助小说,理解以前不被重视的生活小节,这意味着将它们浸透意义,置于历史语境和总体景观之中。只有带着我们生活和情感的零碎细节进入总体景观之中,我们才能获得理解的力量与自由。"① 这里谈的便是虚构必须启思,虚构必须关联一种广阔的精神伟业,才能让人暗自销魂又心思澎湃。但就其实质而言,虚构更关乎自由。虚构使人得以超越现实,逸出实存之事的囚禁。虚构是上天赋予人类的一种抵达自由的能力,正是通过虚构,实存之外的可能性世界被斑斓地展开。所以,虚构能力的实质是想象力。或者说,虚构是人类诸多想象力中非常重要的一种。假如人类被剥夺了虚构能力,悲剧不在于人类丧失了一种能力,而在于人类的存在世界就此丧失了多维性、丰富性和可能性。虚构教会人类想象可能性,再把可能性转化为现实。在此过程中,人类便一步步超越了物理必然性和生物必然性,而靠近于自身的最大可能性。因此,王小波才说"人只拥有此生此世是不够的,他还应该拥

---

① 〔土耳其〕奥尔罕·帕慕克:《天真的和感伤的小说家》,上海人民出版社2012年版。

有诗意的世界"。这个"诗意的世界"便是虚构的世界。在此意义上，虚构即自由。但虚构即自由的意思并不是说虚构自身是自由的，或者说任何虚构都必然带来自由。恰恰相反，只有掌握了虚构的秘密，才能抵达虚构的自由，只有掌握虚构的必然性，才能抵达虚构的自由。悖论的是，掌握虚构之必然性的过程，却充满了种种不自由。认为虚构即自由者，可能是虚构的崇拜者；认识到虚构的不自由者，往往才是虚构的实践者。

  认识到虚构的不自由，便是认识到想象力的规约。想象力的本质是创造而不是编造。编造是沿着固有的思维逻辑和语言秩序进行的量的堆积；而创造则需要推倒思维的墙而别有洞天。我们不但活在现实物质世界中，同时也活在语言所编织的话语秩序中。因此，刷新语言更新想象不是一种纯然的智力技术行为，它关涉着作家知识视野乃至于精神视界的更新。正是这个想象更新推动着世界的发展，这是文学想象力值得珍视的原因。举一个几乎烂俗的例子：卡夫卡写格里高尔变成了甲虫。《变形记》被公认是20世纪最重要的小说之一，人们纷纷赞美说卡夫卡真有想象力啊！可是，卡夫卡的想象力难道是因为他把人变成了甲虫这个形式本身吗？奥维德的《变形记》里有多少奇异的故事，就是蒲松龄的《促织》中也早描写了人变成蟋蟀的故事。可见人变动物的想象并非始于卡夫卡，《变形记》想象力的实质并不在于形体变异本身。比较来看，你会发现，蒲松龄的《促织》是用一种外在视角来观看一个家庭的悲喜两重天，人变蟋蟀就是一个传奇故事；而卡夫卡的《变形记》则用一种内在的体验性视角来观照人变成了甲虫的无能和悲剧。所以，变形在卡夫卡这里关联着20世纪由世界大战、资本主义危机投下的阴影催生的价值和认知转向。甚至可以说，人们是通过卡夫卡的《变形记》深化了"现代异化"的认知的。《变形记》所弥漫的悲观、绝望，甚至对家庭人伦关系也充满质疑，代表了第一次世界大战以来资本主义文化危机的加剧，代表了西方文艺复兴以来稳固的人文主义"人"话语坍塌之后新的人性认知。因此，卡夫卡的想象力不仅是一种形式想象力，更是一种切中潮流、充满预言性的历史想象力。这才是卡夫卡被历史选中的原因。

  这意味着文学想象必须接受历史的规约。如果跌宕起伏、扣人心弦、出人意表的文学想象缺乏某种历史视域，没有靠近历史本质的努力，必然流于消费性的奇幻叙事，其文学价值必将大打折扣。在"本质主义"备受质疑的当代，所谓"历史本质"也常常被打上问号，甚至被视为观念先行的错误倾向。事实上，写作对历史本质的靠近并不意味着放弃作家的思考，更不意味着用思想观念去替代艺术想象，而是指作家不能轻视了历史、哲学、人类学、科学等，永不放弃对某种整体性历史问题的思考，并努力使写作镶嵌进历史的大视野之中。斩断了虚构与历史的纽带的写作不可能被历史所选择。

人类为什么需要虚构？这个关于文学的提问，却必然要激起来自社会学、心理学等领域的回答。艾柯的回答是："无论如何，我们不会停止阅读小说，因为正是从小说中，我们才能找到赋予自己存在意义的普遍公式。在我们的生命里，我们总在找一个与我们的来源有关的故事，让我们知道自己如何出生，又为何活着。有时我们寻找一个广大无边的故事，一个宇宙的故事，有时则是我们自己个人的故事（我们告诉牧师或精神分析师的故事，或写在日记里的故事）。有时候，个人故事会和宇宙故事恰好一样。"① 他的意思是，虚构关乎从个体到人类对于生命意义的寻找和确认。虚构的功能在刘小枫那里则表述为一种实践性的伦理构想，当然，刘小枫使用的不是虚构这个词，而是叙事。在《叙事与伦理》一文中，他写道："人的叙事是与这个让人只看到自己幸福的影子的神的较量，把毁灭退还给偶然。叙事不只是讲述曾经发生过的生活，也讲述尚未经历的可能生活。一种叙事，也是一种生活的可能性，一种实践性的伦理构想。"② 虚构将人类叙事由已然泅渡至可然，这个意思亚里士多德早就说过了，可是亚里士多德还没有意识到这种泅渡同时也将人的存在从非意义化、非伦理化的状态带向了意义化和伦理化的领地。虚构在此意义上关乎我们想过一种怎样的生活，也即是，虚构关乎于善。

既然虚构关乎于善，虚构就不是天马行空、无限驰骋，虚构就必须接受伦理的规约。虚构的伦理规约意味着写作不仅是一个技术问题，想象的无限性必然受到来自不同伦理视角的审视。举一个电影的例子。严歌苓编

---

① 〔意〕安贝托·艾柯：《悠游小说林》，生活·读书·新知三联书店 2005 年版。
② 刘小枫：《叙事与伦理》，见《沉重的肉身》，华夏出版社 2012 年版。

剧、张艺谋导演的《金陵十三钗》结构严密、构思精巧，但电影上映之后受到来自女性主义者的严厉批评。关键是针对作品中一群妓女代替女学生到日军阵营去的情节设计。编剧的主观意图当然是希望表现中华儿女之间相互体恤和扶助的民族大义和同胞深情。作品一开始有意设置的妓女和女学生群体之间的对立情绪，从这种对立转向最后的联盟，难度相当高，电影也做了很多的铺垫，努力为转折提供合理性。女性主义者质疑的是：作为一个虚构作品，任何情节的展开都隐含了主创者的价值倾向。设计妓女代替女学生上战场意味着作者事实上在"妓女"和"女学生"的身体上做了一种价值区分，虽然作品也在努力赋予妓女们以普通人所共有的善良人性，但这种身体价值区分显然伤害了女性主义者所认可的性别平等伦理。电影《我不是药神》广受好评，但很多医生却感到难以接受，原因是作品中仅有几个关于医生的镜头，传递的还是一种冷漠无比形象。这或许代表了很多人在医院中的真实体验，但它显然容易传播一种医生皆是冷血动物的刻板印象，忽视了绝大部分医生事实上极其繁重的工作和对病人的贡献，也伤害了那些真正仁心仁术、为病人呕心沥血的医务工作者。这里的问题是，文艺想象能否任意去塑造人物，特别是当这些人物代表了某个普遍性群体时。很多文艺工作者越来越意识到不应该使文艺虚构制造对某些弱势群体或特定职业人群的歪曲和歧视，这其实是基于一种正义性和人道主义伦理。村上春树的《海边的卡夫卡》曾获耶路撒冷文学奖，其基本情节看似基于反战的立场，但日本左翼学者小森阳一却严厉地批评该书的历史想象存在着严重的问题，即企图通过激发并斩断历史的方式达到对当代日本人的心理疗愈。对很多村上崇拜者来说，小森阳一是在鸡蛋里挑骨头，可是事实上，写作当然必须接受来自历史记忆伦理的规约，《海边的卡夫卡》技术上的繁复和历史观的混乱同在，使它难以成为一部伟大作品。

　　对艺术虚构的伦理批评未必会被广泛接受，但它说明了一个问题，虚构想象必然会受到来自各种伦理立场的审视。恰如苏珊·桑塔格所言："美的属性从来不是没有掺杂道德价值的。"虚构的伦理审视是对虚构作为善的可能性提出要求，虚构不仅要表述虚构者所认同的善，这种善还受到更多不同立场之善的凝视和辩驳。虚构和想象既是文学的重要魅力来源，也是文学打开多重空间的有效手段。然而，文学作为一种审美活动不仅投射了作家的情感、想象和创造力，同时也作为一项社会性话语活动而接受现实、历史和伦理等诸多规约。好的文学想象，从来不是脱社会、脱历史的，恰恰是审美和历史的相遇，是作家个人创造力在各种伦理规约下的拓展。

三、虚构：白日梦与乌托邦

在将虚构与自由、善，与生命的伦理构想进行关联时，我们显然是在瞭望虚构的意义标高，但我们也切不可忘记虚构接受中的大多数。精英读者通过阅读荷马、莎士比亚、歌德、普鲁斯特、卡夫卡等"正典"来想象人类精神世界的可能性，切莫忘记，在这种阅读的同时，更大面积的阅读向虚构索取的是白日梦的意义补偿。弗洛伊德根据其精神分析立场对文学虚构做出解释，在他看来，虚构作为一种幻想，在心理上来源于未得到满足的愿望，"一种虚构的作品给予我们的享受，就是由于我们的精神紧张得到解除"[①]。文艺作品作为白日梦，有时这个梦属于作者本人，同时引发了读者的共鸣；有时这个梦投射的不是创作家自己的内心，而是他对一大批读者内心的精心揣度。此时的虚构，乃是创作家精心打造的器皿，用以承载读者的白日梦，创作家向读者出租量产精神快感的造梦空间。

弗洛伊德显然没有将虚构阅读的心理机制一网打尽，比如说他的分析不能解释读者为何对悬念着迷？被文学悬念之钩钩住而欲罢不能的阅读之鱼究竟沉溺于怎样的白日梦中呢？只能说，索解悬念的爱好来自人类普遍的好奇心。因此，用欲望及其代偿机制显然不能解释所有的虚构阅读。但弗洛伊德的文学白日梦说依然是创造性的，它解释了一大部分通俗文学作品的阅读动机。或者说，它的意义不在于用白日梦说将所有阅读动机一网打尽，而在于尝试从普通读者的心理机制来解释文学虚构的意义。读者有多少种显性或潜在的心理诉求，通俗文学就有多少种虚构的方式来加以满足。因此，对于普通读者来说，虚构的意义就在于，它对个体诸如幻想、好奇、消遣、求知、审美等心理或精神诉求予以满足。

---

① 〔奥地利〕西格蒙德·弗洛伊德：《创作家与白日梦》，见《弗洛伊德心理学与西方文学》，湖南文艺出版社1986年版。

弗洛伊德对文学虚构的阐释足够独特，但梁启超一定不会认同，梁启超"欲新一国之民，不可不先新一国之小说"十分著名，虚构小说被赋予了推动现代民族国家转型的重任。弗洛伊德从个体微观心理层面出发解释虚构，梁启超却站在社会公共性层面认为文学虚构还应是社会改造的利器；弗洛伊德从文学虚构的"已然性"功能出发，梁启超则从文学虚构的"应然性"立场出发。前者是一种现实立场，后者则更近于一种意识形态乌托邦。如果说，弗洛伊德试图诊断的是虚构的功能，意识形态乌托邦学说则试图为文学虚构创造意义。从某种意义上说，功能更近于客观实存，而意义则容纳主观建构。无疑，关于文学虚构之意义阐释也投射着来自不同哲学立场的话语博弈。

在《现实主义的二律背反》一书中，詹姆逊通过对19世纪现实主义文学的研究指出："现实主义模式与资产阶级和资产阶级日常生活的形成密切相关。我要强调的是，这同样是一种建构物，由现实主义和叙事共同参与并完成。""现实主义文学的意识形态功能在于诱导读者接受资产阶级社会现实，接受舒适，看重内心生活，强调个人主义，并把金钱看作一种外部现实（放在现在，或许就是诱导读者接受市场、竞争、人性中的某些方面，等等）。在接下来的阐述中我将提出，现实主义小说有其既得利益，即，本体论意义上的效益，它巩固社会现实，有利于资产阶级社会抵抗历史，抵制变化。"19世纪现实主义小说的功能是什么？依弗洛伊德看，不过是为广大普通读者提供了代偿白日梦的装置；依恩格斯看，则是产生了巴尔扎克式的记录社会史的书记员……詹姆逊则强调现实主义文学作为一种资产阶级的意识形态，跟资产阶级的日常生活形成严丝合缝的同构和同谋。

詹姆逊的洞见在于指出了现实主义作为一种二律背反的存在：现实主义既是现实的，又是幻觉的；既是批判的，又是意识形态的。詹姆逊的研究立场中的西方马克思主义的左派立场是显而易见的，这种立场反对文学沦为廉价的白日梦，批判文学作为资产阶级意识形态而巩固一切生活的已然，窒息了生活的应然和可能。无论是梁启超还是西方马克思主义都试图赋予文学以社会乌托邦的功能，这种乌托邦功能投射在文学上最重要的便是要求文学去建构现代的"总体性"。卢卡契认为："只有在这种把社会生活中的孤立事实作为历史发展的环节并把它们归结为一个总体的情况下，对事实的认识才能成为对现实的认识。"① 这种向现实主义要求总体性的观念被认为源自先验的、本质化的黑格尔式的绝对精神，"五光十色的景象无非是历史本质的某种倒影"②。事实上，卢卡契的总体性理念背后同样重要的还有乌托邦立场。乌托邦与本质主义可能正是一体两面，相信历史有先验本质者更能够接受某种未来的乌托邦召唤，反之亦然。在卢卡契战斗的年代，无产阶级文学和无产阶级意识是一种需要去召唤和建构的远景乌托邦，而不是一种有强大现实依托的文学体制。卢卡契不会想到，他寄托了关于历史总体性热望的无产阶级文学也存在着二律背反：既是革命性的，又是压抑性的；既是建设性的，又是取消性的。

马克思主义者对文学意识形态功能的发掘，最初是基于用文学想象创造现实乌托邦冲动，这种冲动被陈晓明称之为"文学的历史化"。与对历史化的一般理解不同，陈晓明认为"文学的历史化表明文学与社会现实构成一种特殊的想象关系，通过历史化，文学使社会现实具有了可感知和可理解的形式和意义，并且使自身成为社会现实的一个有机组成部分"③。这种历史化，其实就是左翼文学通过文学意识形态性再造历史和现实的乌托邦冲动。文学必须保持乌托邦冲动，但当文学的乌托邦冲动被体制化，"先验地设定历史和现实的本质，构造出一个绝对真理性的本质规律和历史趋势"④ 成为唯一的律令时，意识形态乌托邦便走向它的反面，成为把杂质和活力一起丢掉的压抑性力量。洪子诚先生在反思革命文学的"驯化"和"制度化"时便说："这种'制度化'，从根本上说，就是取消它内部的活跃的、变革的思想动力，包括活跃的形式因素。我们知道，任何有活力的东西都是不'纯粹'的，内部都有一种矛盾性的'张力'，它才有可

---

① 〔匈〕卢卡契：《什么是正统的马克思主义》，见《历史与阶级意识》，商务印书馆1992年版。
② 南帆：《现实主义、结构的转换和历史寓言》，《中国现代文学论丛》2009年第2期。
③ 陈晓明主编：《现代性与中国当代文学转型》，云南人民出版社2003年版。
④ 陈晓明：《中国当代文学主潮》，北京大学出版社2013年版。

能发展，有生命活力。"①

　　白日梦与乌托邦，构成了文学在个体消遣与社会再造两端上的不同功能趋向。白日梦作为一种既定体制甜蜜的意识形态黏合剂，无疑是为社会乌托邦所反对的；但悖论的是，乌托邦冲动却经常取消杂质，使应然和可能的文学沦为假借乌托邦之名的白日梦。而在历史的斗转星移中，在文学的城头变幻中，20世纪初曾经被文学革命者放逐的通俗文学、大众文艺又再次占据了舞台的中心。乌托邦文学远逝，网络文学的白日梦又咿咿呀呀地唱着古老的歌调。此时回眸，就会清晰地看到：王小波、艾柯、刘小枫关于虚构功能的阐述，正是一种非乌托邦时代的话语。在社会乌托邦被普遍怀疑的时代，人文学者不愿意文学堕于廉价的白日梦，他们所能找到的便是个体精神的乌托邦。不管是王小波以文学虚构创造诗意世界，还是刘小枫将虚构叙事视为实践性伦理的理论构想，还是艾柯所谓小说告诉我们"为何生，为何死"的意义再造，都是文学虚构在非乌托邦时代所能找到的个体乌托邦话语。

---

① 洪子诚：《问题与方法——中国当代文学史研究讲稿》，生活·读书·新知三联书店2000年版。

"当代文学":"重写"的故事

人们常常忘记了一个概念得以成立背后的观念装置,在某种意义上,离开相应的观念装置,任何概念都是无法理解的。比如"当代文学",在中国大陆似乎是一个不言而喻的概念,但在欧洲、日韩甚至港澳台地区,其内涵就显得颇为模糊,也缺乏成为一门学科的可能。这些地区的读者对于何谓"中国当代文学"经常是一头雾水。因此,"中国当代文学"是一个必须打进引号里的概念,我们不仅要问"它是什么",更要问"它是怎么来的"。多年前,洪子诚先生就试图回答这个问题。在《"当代文学"的概念》这篇文章中,洪先生敏锐地发现:"从50年代后期开始,'新文学'的概念迅速被'现代文学'所取代,以'现代文学史'命名的著作纷纷出现。与此同时,一批冠以'当代文学史'或'新中国文学'名称的评述及1949年以后大陆文学的著作,也应运而生。""当时的文学界赋予这两个概念不同的含义。当文学界用'现代文学'来取代'新文学'时,事实上是在建立一种文学史'时期'的划分方式,是在为当时所要确立的文学规范体系,通过对文学史的'重写'来提出依据。"[①]因此,"当代文学"并非在时间上自然承接"现代文学"出现的命名,它们是同一逻辑的产物。洪子诚指出,从"新文学"到"现代文学/当代文学"的命名转变中,镶嵌着从毛泽东《新民主主义论》中转换而来的"多层的'文学等级'划分"。换言之,《新民主主义论》是塑造1949年之后"当代文学"这一概念的装置性话语,它将中国的社会进程做了"旧民主主义社会""新民主主义社会""社会主义社会"的三分法描述,这三种社会形态在文学

[①] 洪子诚:《"当代文学"的概念》,《文学评论》1998年第6期。

上各有对应。"五四"以来的"新文学"被视为旧民主主义社会的对应文学形态。在1949年新中国成立，特别是1956年社会主义改造宣告完成以后，新民主主义性质的文学无疑不再适应于社会主义社会的新要求了。因此，"当代文学"从其发生的语境看，是包含着鲜明的等级秩序的，"当代文学"作为以无产阶级为主体的社会主义文学，被理所当然地认为高于"现代文学"；或者说，"当代文学"这一概念的提出，正是为了对这种等级秩序做出学术上乃至学科上的确认。

"当代文学"已经七十年，在不同阶段这一概念具有不同的内涵所指和质的规定性。就其发生语境，它指发生在特定"社会主义"历史语境下的文学；进入1980年代以后，随着1950—1970年代"一体化"的文学体制被打破，"当代文学"也随之发生重大转型；而今天的读者谈"当代文学"，越来越用以泛指1949年以来的中国文学，或更窄化为"当下文学"，或具有"当代性的文学"。在某种意义上，当代文学史就是一部不断"重写"的文学史。"当代文学"这一命名便是对"新文学"学术逻辑的重写，而80年代的"重写文学史"又是对1950—1970年代以"人民文学"为核心的"当代文学"的重写；1990年代以来，"重写'重写文学史'"的呼声和实践此起彼伏。讲述"当代文学"内部这个"重写"的故事，可彰显"当代文学"内部"人的文学"与"人民文学"这组矛盾催生的递进、断裂和转型，并进一步思考"重写"的伦理。

一

1988年7月，《上海文论》邀请陈思和、王晓明在该刊主持"重写文学史"栏目，该专栏从1988年第4期持续至1989年第6期，广邀评论者对现当代文学领域重要作家赵树理、柳青、郭小川、丁玲、茅盾、曹禺、胡风、何其芳及重要作品《子夜》《青春之歌》《女神》，以及重要流派"鸳鸯蝴蝶派""新感觉派"进行重评。这便是当代文学史上著名的"重写文学史"事件。

将《上海文论》上的"重写文学史"事件作为"当代文学"上的标志性节点，不是因为它得出了什么确凿不移的结论，或是拿出了什么影响深远的文学史著,而是因为它既关联着"当代文学"一系列"重写"实践,又勾连着"当代文学"转型时刻内在的辩驳和喧哗。这个栏目并不满足于作家作品重评这个层面,而是上升到"重写文学史"的高度。这是因为在世人的眼光中,重评作品代表的是一家之言,而"重写文学史"代表的则是改天换地和盖棺定论。"文学史"始终是一种具有权威性和权力意味的知识形式。陈思和、王晓明他们用"重写文学史"来命名栏目,不是因为他们托大不知天高地厚,而是他们就站在 80 年代以来"当代文学"转型的延长线上。七八十年代之交的文学断裂和审美转型呼求着理论上的总结,并最终要求以"文学史"形式给"新的崛起"以合法性确认。因此,用当下的话说,陈思和、王晓明的"重写文学史"栏目,不是"一个人在战斗"。

可以放入"重写文学史"谱系的首先是 1985 年由黄子平、陈平原、钱理群三位北大学者提出的"二十世纪中国文学"概念。1985 年常被视为"当代文学"上具有界碑性意义的年份,这一年文学界的"寻根文学"、哲学界的"美学热"和美术界的"85 新潮"集结出场,文学研究界同样不甘落后,贡献了一个影响至今的概念——"二十世纪中国文学"。"二十世纪中国文学"基于系统论和"世界主义"想象,要求打破既定的"近代文学""现代文学""当代文学"的学科区隔,将"二十世纪中国文学"视为一个"由古代中国文学向现代中国文学转变、过渡并最终完成的进程,一个中国文学走向并汇入'世界文学'总体格局的进程",把"世界文学中的中国文学""改造民族灵魂的总主题""'悲凉'的美感特征""艺术思维的现代化"作为"二十世纪中国文学"的总体特征[1]。这个概念的提出,可谓别开生面、振聋发聩、应者如潮!如果说 1950 年代中后期,文学史研究界通过将"新文学"拆分为"现代文学/当代文学"两个阶段而建立"当代文学"相对于"现代文学"的价值优先性的话,那么 1985 年提出的"二十世纪中国文学"则通过拆除"现代文学"和"当代文学"之间的学科藩篱来重置文学内部的价值坐标。新启蒙、现代派和"人的文

---

[1] 黄子平、陈平原、钱理群:《论"二十世纪中国文学"》,《文学评论》1985 年第 5 期。

学"被凸显出来,而左翼革命文学话语则被边缘化了。

与"二十世纪中国文学"有着相似打通思路的还有陈思和的"新文学整体观",区别在于,陈思和的"新文学整体观"打通的是"现代文学"和"当代文学",而黄子平等三位学者则把"近代文学"一起打通,这就牵涉到新文学的起点问题,"二十世纪中国文学"这一概念不但把1949年作为"当代文学"的开端意义绕开了,同时也将"五四"作为新文学的起点意义也绕过了。80年代初政治气候虽然乍暖还寒,但艺术界却弥漫着一股坚韧的人心思变的氛围。这种变一点一滴,却水滴石穿。七八十年代之交的朦胧诗潮,北岛的"告诉你吧,世界／我不相信""在没有英雄的年代里,／我只想做一个人"呼应着历史和社会的转折而成一时之强音。"朦胧诗"最初是来自反对者的污名化命名,孰料却在文学时势浩浩荡荡的斗转星移中,剔尽了污名成分,反成了对一种新审美的命名。时势如此,连敌人的子弹都变成了新审美草船借来的箭矢。

文学时势常常左右着人们的反应和思考。在1950—1970年代的社会主义文学语境中,现代主义被视为颓废、落伍的文学形式,是不健康的资产阶级情调的流露。因此,1958年,走进新时代的冯至公开忏悔自己于40年代创作的具有现代主义基因的《十四行集》"只表达了小资产阶级知识青年的一些稀薄的、廉价的哀愁,很少接触到广大人民的苦难和斗争"①。但在80年代初,即使在偏于正统派的老诗人徐迟那里,"现代派"也在"现代化"的掩护下找到了合法性出口:"不管怎样,我们将实现社会主义的四个现代化,并且到时候将出现我们现代派思想感情的文学艺术。"②曾经被进化论话语扫进历史垃圾堆的现代主义,在80年代的正统论述中借壳还魂,在彼时正当其时的社会现代化话语的掩护下枯木逢春。

在《重读八十年代》一书中,朱伟特别提到了80年代文学星空中的这些星星:1980、1981、1982年,《北京文学》分别发表了汪曾祺的《受戒》《大淖记事》和《故里杂记》。1984年,《上海文学》发表了阿城的《棋王》;《收获》发表了邓友梅的《烟壶》。1985年,《上海文学》发表了马原的《冈

---

① 冯至:《西郊集·后记》,作家出版社1958年版。
② 徐迟:《现代化与现代派》,《外国文学研究》1982年第1期。

底斯的诱惑》;《中国作家》发表了莫言的《透明的红萝卜》;《人民文学》发表了韩少功的《爸爸爸》、刘索拉的《你别无选择》、阿城的《孩子王》、徐星的《无主题变奏》;《收获》发表了张贤亮的《男人的一半是女人》、马原的《西海的无帆船》、莫言的《球状闪电》、王蒙的《活动变人形》。1986年,《人民文学》发表了莫言的《红高粱》;《十月》《上海文学》分别发表了王安忆的《小城之恋》《荒山之恋》。1987年,《钟山》发表了王安忆的《锦绣谷之恋》;《北京文学》发表了余华的《十八岁出门远行》;《收获》发表了苏童的《1934年的逃亡》。1988年,《北京文学》发表余华的《现实一种》……波兰女诗人辛波斯卡《种种可能》一诗中写道:"我偏爱许多此处未提及的事物/胜过很多我也没有说到的事物。"诚然,列举就是遗漏。无数名字以不在场的形式呼应着在场,共同构成了80年代审美转型过程中那种场的氛围。

这种新的审美转型,蛰伏着、涌动着,要求着理论上的辩护和正名。80年代初,文艺理论界也在努力别求新声。钱谷融在50年代受到批判的"文学是人学"获得正名,"人学"重新成了备受热捧的话题。80年代影响最大的文学理论思想当属刘再复的"性格组合论"和"主体性"理论,刘再复在理论上重新确认了写作者面对世界和时代发声的自主性和能动性。这是80年代理论界对"文学是人学"的有力延伸:"人学"之"人",既在于写作者必须是一个独立于形形色色庞然大物的"主体",还在于这个"主体"必须有能力写出丰富、复杂的组合性性格。这些都是对以往"二结合""三突出""高大全"的文艺原则的理论"重写"。没有80年代热烈蓬勃、一浪高过一浪的崭新写作实践,没有文学理论上新的阐释和论述,就不可能有"重写文学史"近于盖棺定论的底气。

经常被提到的,作为"重写文学史"先声,在80年代大陆产生巨大影响的两部文学史著——司马长风的《中国新文学史》和夏志清的《中国现代小说史》,特别是后者,被旷新年认为"构成了大陆80年代以来'重写文学史'的最重要动力"。有趣的是,"二十世纪中国文学"和"重写文学史"虽然引发争议,以及受到一些老一辈学者的批评,比如王瑶就质疑"二十世纪中国文学"的提出者为什么刻意不提或少提左翼文学,然而这种理论创新却又得到了这些前辈学者私底下的支持。据陈思和回忆,"重写文学史"栏目出来后,"编辑部怕得罪老先生,就去北京开了个座谈会,结果老先生非常支持,王瑶先生、唐弢先生,包括我们的老师贾植芳、钱谷融、徐中玉都站出来支持,那么我们就放心了"①。这是颇有意味的。我想说的是,"重写文学史"并非一个偶然事件,它内在于80年代的社会场域,像一只思想的船只停泊于80年代的文学水域,随着80年代整体观念水位的上升而在80年代末呼之欲出。

二

然而,"重写"的故事并未结束。80年代通过"重写文学史"确立的新启蒙话语在接下来的90年代和21世纪遭到了新的理论挑战,从而显示了"人的文学"和"人民文学"这组矛盾的博弈依然缠绕在"当代文学"内部。

进入90年代,中国社会再次面临巨大的转型,社会历史语境的变迁,使新启蒙话语迅速从人文学者倚仗的知识资源变成了被审视和反思的对象。发生在90年代初的"人文精神大讨论",显见了彼时知识界在社会转型来临之际的迷惘和新知识话语的出场。在这场讨论中,一些秉持后现代知识话语的青年学者开始登场。作为当年的新锐学者,陈晓明的知识背景迥然有别于80年代主流,他非常自觉地将"人文精神"作为一种叙事和话语来看待:"人文关怀、终极价值等等,不过是知识分子讲述的一种话语,与其说这是出于对现实的特别关切或勇于承担文化的道义责任,不如说是他倾向于讲述这种话语,倾向于认同这种知识。在这里,知识谱系本身被人遗忘,说话的'人'被认为是起决定支配作用的主体。"在此论述中,80年代那种统一的整全的"人"终结了,代替为各种分层化话语的塑造物。另一位当年的后学才俊张颐武则将"人文精神"视为"最后的神话",他对"人文精神"疾呼者无视"'知识'的有限性",以为"任

---

① 陈思和、杨庆祥:《知识分子精神与"重写文学史"》,《当代文坛》2009年第5期。

何学者只要具有了'人文精神',就能穿透'遮蔽',无限地掌握世界"①的本质论神话提出尖锐的质疑。这种在当时一般读者看来不无艰涩的后学知识方法如今已经成为学界主流,而这批携带着后学理论武器登临学术界的新锐学者日后也如鱼得水风光无限。

90年代现当代文学界有一部书以其新的知识方法迅速获得影响力,这便是唐小兵主编的《再解读:大众文艺与意识形态》。这部文集收录了刘再复、林岗、唐小兵、刘禾、黄子平、戴锦华、孟悦、贺桂梅、李杨等学者对左翼大众文艺的重读文章,并贯穿了一种具有方法论意义的"再解读"立场:"不再是单纯地解释现象或是满足于发生学似的叙述,也不再是归纳意义或总结特征,而是要揭示出历史文本后面的运作机制和意义结构……"②从阐释文本意义到解释文本背后的意识形态运作机制的转变,引领了90年代以来中国现当代文学研究的方法论转型。在这本文集中,方法转型背后并未显露出明显的价值转向。换言之,"再解读"提供了一种重新靠近在80年代视域中严重贬值的左翼大众文艺的学术路径,却并未有为左翼文学重估价值、重申合法性的诉求。然而,在日后的发展中,一种依靠知识考古方法,在方法和价值上反思80年代"新启蒙",为"人民文学"重建合法性的新左翼文学史话语产生了不俗的影响。

在某种意义上,我们可以将洪子诚的《中国当代文学史》和陈思和的《中国当代文学史教程》视为80年代"重写文学史"思潮在90年代末结出的史著果实。虽然这两部史著在方法论上很不相同——洪史明显融合了90年代知识转型过程中的很多方法创新,诸如对文学制度研究的重视,对文学社会学和知识考古方法的纳入——但洪史和陈史显然都保留了鲜明的启蒙论立场,这恰是这两部著作被更年轻一代学者所质疑之处。虽然李杨、贺桂梅、旷新年等学者跟洪子诚具有学缘上的师承关系,治学路数受到洪子诚或深或浅的影响,他们对洪子诚文学史研究的贡献也从不否

---

① 张颐武:《人文精神:最后的神话》,见《人文精神寻思录》,文汇出版社1996年版。

② 唐小兵编:《我们怎样想象历史》,见《再解读:大众文艺与意识形态》,北京大学出版社2007年版。

认，但这些学者也并不讳言他们在审美立场上与秉持启蒙论的洪子诚的差异甚至"断裂"。李杨说："洪子诚对许多问题的看法与我们这一代人并不相同。譬如说，他始终怀疑50—70年代的'文学'价值，对我提出的所谓50—70年代文学的'文学性'的观点不以为然。虽然一直以50—70年代文学为研究对象，在他内心深处，他仍然认为以张爱玲为代表的40年代文学成就要比50—70年代文学高得多，并因此常常被我讥评为有'小资情结'。而且更重要的是，对福柯、德里达等人对历史与文本之间的关系的论述，他也始终心存疑虑。"①

2012年，汪晖教授邀请美国斯坦福大学王斑教授在清华大学做讲座，王斑在分析了赵树理小说后发出这样的质问：究竟是赵树理更先锋，还是张爱玲更先锋；是赵树理更新潮，还是张爱玲更新潮？站在"新左派"的立场上，并不难理解王斑教授的逻辑。在他看来，张爱玲在当代文学史上的重新出场，是80年代"新启蒙"话语与90年代市场化背景下小资话语合谋的结果，正是这种文学逻辑在赵树理和张爱玲之间给出了"土气"和"洋气"的判定，从而掩盖了赵树理为代表的"社会主义文学"那种崭新的现代性探索。事实上，90年代末以来，以李杨、贺桂梅、旷新年等学者为代表的对"十七年文学"的研究和对"80年代文学"的知识考古，都包含着一种鲜明的为"社会主义文学"一辩和正名的立场。

这种被称为"新左派"文学史话语的学术路径具有多个理论来源，其中既有福柯的知识谱系学，也有来自日本的竹内好的"作为方法的亚洲"。竹内好的学术思想鼓励人们打破"亚洲/欧洲"的二元对立和以欧洲现代性作为唯一的、普遍的现代化道路的认知，从而在弱势地区的独特性和内在主体性中确立自身的现代性可能。90年代以来，一批中国学者在竹内好那里获得启发，纷纷通过赵树理等中国左翼作家阐发"另类现代性"或"东方现代性"，为被80年代启蒙思潮驱逐的"社会主义革命文学"正名，或者说为中国文学的革命现代性作为一条特殊道路的合法性论辩。竹内好所提倡的那种从对象内部发现主体性的思维对于中国现当代文学的其他

---

① 李杨：《为什么关注文学史——从〈问题与方法〉谈当代"文学史转向"》，《南方文坛》2003年第6期。

方面也产生了诸多启发。以至于,"以某某为方法"在21世纪以来成了一个极其流行的研究思路。

循着重新发现"革命中国"内在主体性的思路,"新左派"学者严重质疑80年代"新启蒙"话语将"社会主义文学"内在复杂性和丰富性一笔勾销的做法。不过,在他们那里,"社会主义文学"常常不仅是研究对象,也是认同的对象。换言之,当他们意识到80年代以来的文学同样是某种意识形态塑造的结果时,他们在价值立场上更愿意回到"社会主义文学"那里。即使在所谓的文学性上,他们也否认"80年代文学"高于"社会主义文学"。因为,在他们看来,并没有纯粹客观的文学性,不存在作为化外之地的文学本身。换言之,对文学与文化政治关联的强调使他们已经对韦勒克和沃伦在《文学理论》中做出的文学内外区分嗤之以鼻,这个理论曾经深刻地塑造了80年代的文学认知。说到文学性,"新左派"学者很可能马上会以"谁的文学性"反诘,他们的学术实践也因此构成了对80年代"重写文学史"的再次"重写"。

问题在于,不同时代的文学性观念固然是其时代的奠基性话语和文化逻辑的产物,但不同时代的文学性难道断然没有一种可沟通性存在吗?当今的学术场域,启蒙论和新左翼的文学立场无法相互说服,文学标准看似多元实则混乱。后现代主义话语的加入使得"确定性"被严重质疑,在消解霸权的同时,其实把审美的标准也一并放弃了。今天,混乱失调可以假去中心化之名大行其道;语言肿瘤又可以假先锋实验的幌子招摇撞骗。"当代文学"的"重写",以及"重写之重写"的故事,最迫切的提问在于:来自不同文化逻辑的文学观,该如何在更长的时段和更大的历史视野中求得汇入汉语"伟大传统"的可能?

三

90年代以来,有两个在中国影响巨大的概念需要我们重新打量。其一是福柯的"话语"。90年代以来,福柯的"话语"理论不仅作为理论工具普遍地运用于中国大陆学界的各种文化分析中,更是作为一种思维方法被广泛接受。福柯突破了语言学对"话语"的简单定义,而将"话语"

视为"一组陈述,这组陈述为谈论或表征有关某一历史时刻的特有话题提供一种语言和方法"。"话语"通过语言实现了对"知识"的生产。福柯的"话语"理论打破了传统透明的意义观,传统理论认为"意义"是存在于事物自身的,而"话语"理论则认为知识和意义都是特定文化逻辑下被建构和生产出来的。这种构成主义意义观在某种意义上戳破了80年代"新启蒙"的"主体论"神话,"主体"并非天然如此,福柯有一著名的判断:不是人在言说"话语",而是"话语"在言说人。福柯试图揭示:人并没有控制"话语"的主体性,相反,人不过是"话语"形塑的结果。与福柯的"话语"理论具有异曲同工之妙的是日本学者柄谷行人在《日本现代文学的起源》中提出的"认识装置"的概念。柄谷行人认为,任何被自明化的"风景"背后都顽固地存在着被抹去起源的"认识装置"。柄谷行人这部研究日本现代文学的著作之所以在21世纪以来的中国学界产生巨大影响,很大部分原因就在于其的思维方法与寻求学术转型的中国学界产生了共鸣。不妨这样说,"认识装置"是"话语"理论化入文学史研究的结果。它提醒研究者从表面的"风景"后撤,去寻找被时间和历史切断、掩盖的蛛丝马迹,其启发性是不言而喻的。

今天看来,这种基于构成主义的认识论,带来的并非只有洞见和启发,它给中国学界带来的最大困惑在于:当我们将所有"意义"都指认为某种文化逻辑的建构结果时,已经在某种意义上抹平了"意义"之间的差别,也搁置了评价和整合不同文化逻辑的可能性。

21世纪以来,技术迭代加速了社会的转型,每一次转型都携带着新的文化逻辑对文学现场发出"重写"的要求,甚至到了城头变幻大王旗的程度。问题在于,每一次"重写"都不彻底,只是多种新旧文化逻辑盘根错节、相互对峙和驳诘,看似千原并立、千灯互照,实则镜城里魔影重叠,小径交叉而难觅去路。今天的这种文化语境和症候,要求我们综合"面向未来"和"面向传统"两种眼光,探寻"重写"的伦理。

90年代以来"当代文学"的再次"重写",在很大程度上是以后现代主义为方法的,这种方法质疑"意义"的一元论,发现了"新启蒙"背后的话语建构性,转而为"社会主义文学"辩护。无疑,这是一种学术的创新和推进。悖论在于,对"新启蒙"的祛魅还同时伴随着以复杂的学术包装对"革命中国"的复魅。换言之,学术语言和范式推进了,审美立场却翻烙饼式地回到了从前。"重写"常常受制于很多当下性的文化动机,诸如被创新之狗追赶着的学术焦虑,诸如种种体制性的利益推动。但"重写"能否在此之外,依然保有一种相对超然的长时段眼光呢?"重写"能否超脱于"人民文学/人的文学""现实主义/现代主义""写什么/怎么写"这些短时段的二元框架,把不同时段的局限和洞见都包含在内,拟定出一份更兼容并蓄的遗产呢?

回到上面王斑教授的质问,赵树理和张爱玲究竟谁更新潮一点呢?我的看法是,我们何必一定要回答这个问题。这个提问已经牢牢地将思域设定在"人民文学"和"人的文学"的二元对立中,站在"人民文学"的文化坐标中,使用"人民语言"的赵树理代表了一种先进"方向";而站在"新启蒙"或"小资"的文化逻辑中,书写生命"华美袍子上的虱子"更有高级感。这样一来,非此即彼,可否换另一种提问方式?比如说,以百年甚至千年的视野看,哪些"现当代文学"会留下来?站在"传统"的视野,"当代文学"将如何与江河壮阔的汉语文学传统相衔接?站在"未来"的视野,"当代文学"将提供何种被时间珍重的价值?立于此在,却从过去看到未来,这或许是"重写"该具备的文化襟怀。有意义的"重写"不是一次次地制造"断裂",却变着花样回到过去;有意义的"重写"该深刻地切入"当代性"的焦虑,为当代创造一个真正的增量;有意义的"重写"面向未来的变局和可能,却不斩断历史连续性,而把"未来"融进生生不息的浩大"传统"中去。

"人的文学"和"人民文学"、"启蒙"和"革命"博弈至今,我们突然发现:"人学"和"人民学"的争执不过是中国文化现代性的左右手互搏,它们居然来自同一文化肌体。韩少功先生在最近一篇文章《人民学与自我学》中有趣地将这两个命题关联在一起。在他看来,"自我学"和"人民学"都是"人学"的一种路线,二者构成了一体两面:"真正伟大的自我,无不富含人民的经验、情感、智慧、愿望以及血肉相连感同身受的'大我'关切;同样道理,真正伟大的人民,也必由一个个独立、自由、强健、活泼、富有创造性的自我所组成。"我愿意把韩少功的文章当成对王斑的提问的隔空回答。我们何必在张爱玲和赵树理身上决一高下呢?更富建设性的"重写"应该寻找把他们文学道路中的"自我学"和"人民学"融合到一起的可能。事实又何尝不是如此？写作《长恨歌》的王安忆常常被归入90年代小资的"自我学"，但陈思和却读出了《长恨歌》里对王琦瑶们的"反讽"，并指认了王安忆写作与左翼文学总体性的关联；韩少功作为寻根文学的代表，应属于"新启蒙"，但他却在90年代成为著名的文化左派。真正有创造力的写作者，总是被"当下性"的关切所指引，并努力超脱于标签和潮流的规限。同样，有创造力的研究，绝不应满足于为学术而学术的颠覆和断裂。站在更远的立场看，"人的文学"和"人民文学"并非对手，或者说，社会的快速转型已经为它们创造出共同的新对手。

进入21世纪以后，由于文学语境的变化，洪子诚先生多次感慨"当代文学"已经终结，李云雷的说法则是"新文学的终结"。作为当下文学的"当代文学"当然还在无限地顺延下去，可是那种以"人学"为核心，包含着"自我学"和"人民学"的一体两面的精神立场的文学已经在当下成为一种绝对的边缘语言、一种社会学小语种。消费社会下无所不在的资本运作和技术神话所催生的速朽文本和碎片阅读已经成为主流。此时，再站在"革命"或"启蒙"的任一立场上进行"重写"都显得如此荒诞。从未有一个时刻如当下这样，人文学遭遇了这样的危机，最糟糕的结果不在于"文学"的定义被改写，大量类型化的泛文化产品占据了以往"文学"的空间，人们将幽微、丰富和辽阔的精神体验视为"人文主义"神话甚或骗局；而在于人本身很可能从根本上被人工智能所取代。悖论的是，这正是将技术神学化的当代人孜孜不倦地探索并为之欢呼的。

人学和科学之间攻防的实质是：科学不断探索用技术取代人的可能性，而人学始终要使科学被囿为人服务的边界中。事实是，今天的人学正在节节败退，科学正在改写人对于人不可被改写部分的认知。在这个被称为"未来已来"的时代，在这个技术神话已把人类引上一条不知所终的旅途的时代，真正的文学必须再次捍卫人学的尊严，以抵抗未来路上那头斯芬克斯怪兽。因此，"重写"便不意味着与过去的简单决裂，而是把现在汇入由无数过去构成的传统中。这个来自T. S. 艾略特的观点依然启示着我们。

乡土能否疗愈城市

一

2020年7月15日,中国作家协会召开全国新时代乡村题材创作会议,铁凝在会上指出"乡村以及乡村社会,之于中华文明的存续,有着至关重要的意义",而很多作家依然"依靠过去的经验去想象和书写今天的中国乡村","严丝合缝地踩在前辈作家的脚印上,述说一个记忆中的、几近凝固的乡村。白云苍狗、沧海桑田,而乡村似乎是不变的,似乎一直停留在、封闭在既有的文学经验里。这样的写作即使不能说完全失效,起码是与我们的时代有了不小的距离"。因此,提出新时代乡村题材创作,便包含着以"新时代"所要求的观念和立场重新想象和书写乡村生活,并且塑造"新时代的新人"这样的要求。

事实上,在城市文学被倡导了近三十年之际,由中国作协郑重其事地重提乡村题材创作,既不无意外,又有其自身的背景和逻辑。乡村题材创作令人联想到农村题材小说、乡土文学等概念。事实上,"农村题材小说"和"乡土文学"这两个概念在指称对象虽有某种重叠性,但表述不同,其内涵、方法论和价值观也大相径庭。不难发现,今天新时代的乡村题材创作,接续的显然是农村题材小说这个概念及其文学谱系。

洪子诚先生指出"在五六十年代,以农村生活为题材的创作,无论是作家人数,还是作品数量,在小说创作中都居首位"。在他看来,五六十年代的农村题材小说承续了四十年代解放区文学紧跟反映中国社会深刻变化的事件、运动的取材趋向;同时,农村题材小说内部也存在着重视先进人物塑造,富有浪漫理想主义色彩,"具有更大的概括'时代精神'

和'历史本质'的雄心"的倾向。在五六十年代，农村题材对应的革命历史题材、工业题材、军事题材、知识分子题材等概念。将题材作为文学分类的重要标准，显示了特定时代对文学的想象和功能要求。对农村题材小说的重视，既跟五六十年代农业和农业人口在整个国民经济和全国人口的重要占比相关，也跟社会主义文学重视发挥文学想象现实、再造现实的功能相关。

进入80年代之后，城镇化作为现代化的重要发展方向，城市景观在激发人们投身现代化建设方面发挥着更大的作用；另一方面，在80年代新启蒙主义和人的文学观催生了强调本体性的纯文学观之后，"题材决定论"一时备受反思。虽然塑造"社会主义新人"的功能依然为官方所强调，但农村题材小说作为一个文学概念却不再具有此前的风光。然而，这并不意味着新时期以后的文学已经不再与农村题材有涉，事实是，在农村题材小说概念被打入冷宫之后，一方面，催生人们新的现代化想象的重任被转移到城市文学这一概念上；另一方面，与城市文学题材相区别的乡村题材作品，则更多被置于乡土文学这一"五四"时期便已产生的理论概念中进行梳理和讨论。

"乡土文学"这一概念的发明权被归于鲁迅名下，他在《中国新文学大系·小说二集》的导言中说"蹇先艾叙述过贵州，裴文中关心着榆关，凡在北京用笔写出他的胸臆来的人们，无论他自称为用主观或客观，其实往往是乡土文学，从北京这方面说，则是侨寓文学的作者"，这段话经常被引用。鲁迅并未明确对乡土文学做出正面定义，但他勾画了当时的乡土小说的创作面貌。"乡土文学"这一概念指向是那批寄寓于都市，受到现代教育和思想洗礼者回眸其乡土经验所产生的文学。因此，如果说农村题材小说是属于左翼革命文学的话，乡土文学则无疑从属于启蒙文学和现代性文学谱系。正如陈晓明所说，乡土"也是现代性的一个有机组成部分，只有在现代性的思潮中，人们才会把乡土强调到重要的地步，才会试图关怀乡土的价值，并且以乡土来与城市或现代对抗"。

因此，我们可以理解，最新提出的乡村题材创作为什么不是乡土文学创作，也不是农村题材创作。答案是：乡村题材与乡土文学并不在同一个文学谱系中，它要倡导的价值、坚持的方法与乡土文学相去甚远，它当然不可能沿着乡土文学概念已有的意义惯性继续向前；另一方面，虽然乡村题材与农村题材属于家族性概念，但在 2018 年中国城镇率已经达到 60%，并且持续地将城镇化作为中国现代化发展方向的背景下，沿用 20 世纪五六十年代的农村题材提法既不准确也缺乏召唤性。事实上，"乡村"和"农村"二词的内涵不同，所激发的想象空间也大为不同。农村是从事农业生产为主的劳动者聚居的地方；而乡村则是城镇之外的社会生活空间。因此，农村是放在产业关系框架中产生的概念，乡村则是放在城乡关系框架中产生的概念。乡村并非只有农业，只提供农产品，乡村是一个渗透着生态、审美、伦理维度的社会生活空间，而农村则主要强调采用农业性生产方式的生产聚居地。农村这个说法之所以流行起来，和中华人民共和国成立以后确立现代国家工业化的目标是密不可分的。正因为迫切的工业化目标才如此鲜明地将乡村定为农村。如今，在经过改革开放四十年之后，中国已经拥有了全世界最为完备的工业体系，一方面城乡发展不平衡促使国家层面启动乡村振兴战略，另一方面城市发展所暴露的城市病也呼求着乡村的反哺和疗愈。这或许正是乡村题材创作被提出并在表述上替代农村题材的微妙之处。

乡村题材创作的提出，和农村题材小说分享着相近的文学要求：要求文学去回应重大的社会现实问题，要求文学想象参与并成为国家规划的现代化建设目标的一部分，更要求文学在"反映现实"之外，凸显"再造现实"的理想性和现实塑形功能。

二

这两年通过抖音等短视频平台从中国火到世界的李子柒可以作为我们讨论乡村题材创作的一个个案。毫无疑问，从传播角度看，李子柒就是当代流行文化乡村题材创作的成功范例。作为一个从城市返回乡村的青年，李子柒的作品以鲜明的逆时针策略，在城市经验成为当代普遍生活经验的背景下，通过影像和自媒体传播平台建构了一种想象性的古典乡村经验。古典经验和乡村经验在当下的稀缺性是李子柒作品流行的重要背景。在个人日用品基本完全被工业产品全覆盖的时代，手工性便获得了独特的工艺和象征价值。在一条短视频作品中,李子柒如此耗时地依循着自然时序,种下棉花、采收棉花、弹打棉花,并亲手将弹打成的棉花被套进她亲自缝制的被套中。李子柒一丝不苟地经营着工业化大生产时代下自足农耕时代的手工劳作经验。人们惊叹于她的慧手巧心,惊叹于她在精密的现代社会协作体系之外挽留一种自给自足的存在可能。可是,那些农事劳动的烦琐、辛苦和艰难全部被过滤,取而代之的是娴熟、优雅、行云流水般的舒畅。农事劳作所处的乡村场景在构图、景别、用光和后期剪辑的配合下,建构了一种令人心醉神怡的古典景观乃至于田园乌托邦。普通的观影者可能忽略了,李子柒视频作品对于物理时间的压缩。农事活动所需要面对的黏稠物理时间及其不可压缩性,在影像中完全不是问题,观众既从作品中感受到物理时间的刻度,又可以轻易地超越时间的路障。因此,我们不能忘记,作为一种新农事、新乡村、新古典经验的表达,李子柒作品最重要的基础乃是现代的影像技术和更具当下性的短视频传播平台。如果说,李子柒作品全力营构的是古典、手工和自足的乡村经验,那么支撑这种经验的却是现代、工业和团队协作的城市化运作。李子柒作品在国内的大获成功,甚至成功实现文化输出,折射的是后工业时代非机械复制经验的稀缺性及其对城市病的想象性疗愈。

不妨这样说,李子柒用景观化的乡土疗愈城市,这就是问题的实质。然而,我们要问的是:李子柒的短视频作品为新时代乡村题材创作提供样板了吗?在李子柒们以古典唯美的短视频影像构造了一种新乡土景观的时候,我们或许需要注意到乡土内部另一种见证性的书写。

三

乡土中国,通常是以村庄为单位。因此,近年当代文学产生了大量以村庄为对象的作品,一时颇引人瞩目。梁鸿写"梁庄",黄金明写"凤凰村"。这不是生硬的对照,它们都内在于现代性背景下空心化的乡土之殇。在他们之外,还有许许多多的人书写着沦陷的故乡和消逝的乡土。村庄写作已经成为当代的文学暗涌。小说有阎连科的"丁庄";诗歌有徐俊国的《鹅塘村纪事》、许敏的《纸上的村庄》、谭克修的《还乡日记》;

散文有雷平阳的"土城乡",等等。羊年春节微信朋友圈突然被上海博士还乡记刷屏,也折射着乡村对于中国人当代精神话题的分量。此处谈谈黄金明书写其故乡凤凰村的《田野的黄昏》,以及这种见证性书写对"乡土解体"现实有力的展示。

  作为乡土之子,黄金明以"乡土三书"书写尚有余温的乡村记忆与正在消逝、解体的当代乡土相互纠缠的复杂况味。《田野的黄昏》连同之前的《少年史》《与父亲的战争》构成了黄金明纸上还乡的长篇散文三部曲。黄金明书写凤凰村"金色晚霞般的光辉"和"落日急速下沉的绝望","映照出中国农耕文明逐渐崩溃乃至解体的悲怆历程"。凤凰村是黄金明成长的粤西小山村,《田野的黄昏》除开篇和尾声外,分别书写了凤凰村的"山水""建筑""植物""风土""器具"和"生灵"。黄金明为我们留下以凤凰村为样本的诗意乡土的丰盈细节,也留下了凤凰村荒废乃至消逝的渐变过程。其间有大堂哥在清澈的河流中被甲鱼咬到脚拇指的情景,也有河流日渐死去的悲哀。这里有屋舍、祠堂、庙宇、学校、桥梁等现实的乡土居所,也有作者父亲——一个充满浪漫情怀的农民构想的"不存在的房屋"。作者的父亲极为特别,他梦想造屋,而且是红砖屋。在缺乏资金购置建筑材料的情况下,他甚至试图凭一己之力烧制所有的砖和瓦。黄父的故事更集中见于《与父亲的战争》一书。有趣的是,黄父身上典型地体现了乡土文明那种前现代性的未分化特征:他和自然打交道,获得自然的馈赠,在没有机器的世界上,他创造所有需要的物品。这种既智慧又笨拙的农民当然是典型的乡土文明之子。现代加倍放大了这类人的笨拙姿态和不合时宜。属于他们的时代已经过去,属于他们的乡土同样正如黄昏房间的光线一丝丝被抽光。有一天,当城市彻底吞噬了村庄,当现代性将乡土消化为残山剩水,我们也许会感激黄金明,他在纸上留下了乡土黄金时代的美丽背景、丰盈气味和多维度人类学景观。

  村庄,作为乡土最重要的地理单位,对于它的反复摹写,事实上关联着当代中国的精神难题。伴随着现代化和都市化的过程,乡土常常成为文学现代性反观的对象,在20世纪以降的中国文学史上,乡土与现代的狭路相逢衍生了各种不同的文化立场:在鲁迅那里我们看到现代精英对乡土的俯瞰和悲哀,他悲哀的是无法尽快将乡土带入现代;在沈从文处我们则看到一种将乡土审美化、浪漫化以对抗现代的立场。这两种文化立场恐怕都无法被当代焦虑的精神主体所分享：一方面，我们已经充分领略了现代性的复杂性和困境，以至于无法像鲁迅那样立足现代俯视传统和乡土；另一方面乡土也在发生着天翻地覆的巨变，以至于用乡土抚慰现代性创伤变得同样不可信任。无地彷徨的当代主体，特别是像黄金明这样在乡土的哺育下成长，经历了由现代批判乡土到由现代反观乡土的写作者，很可能正处于一种进退维谷的精神困境中：进是全面城市化的现代性深渊，不值得赞美；退是故乡沦陷的破碎乡土景观，无可归宿。可在这种无路可走中他们依然要靠书写去见证当代和确认自身："我在纸上建筑另一个村庄的妄想太过徒劳，但这种对抗遗忘的想法让人安慰。"这种不无感伤颓废地见证现代的立场在《田野的黄昏》中化为"叶赛宁的忧伤"：

  在我居住的遥远地方，没有我的田园。故乡再也回不去了，它就像空中花园在塌陷的乌云中崩溃，一场大雨就要从天而降，像我失控的诗篇。雨越下越大，我没有回头。在白茫茫的雨幕中，将有一辆公共汽车开过来将我载走，在铺天盖地的雨声中，交织着叶赛宁的忧伤。

  《田野的黄昏》的分量不仅来自它的社会、精神容量，它的文体创制使它完全可以称为一种全新的散文。作者自称"以乡村为主角，在工业时代的背景下，以一个乡村数十年的繁荣兴盛为蓝本，从自然学、人类学、社会学、历史学、心理学及哲学诸角度切入"，其实最核心的还是人类学的角度，可是黄金明毕竟不是纯粹的人类学家，他对凤凰村的人类学勘探中更弥漫着文学家对"人何以如是"的追问。因此在我看来，黄金明创造了当代的长篇"精神人类学"散文。这种散文有别于以往的叙事、抒情、审智散文，它考察的不是某种事件，它的内质不是作者的情性（所谓"散文的背后站着一个人"），而是兼具地理学、自然学、社会学、历史学等诸多属性的书写对象的精神人类学秉性。凤凰村的人类学尺幅决定了《田野的黄昏》的结构空间。从某种意义上说，黄金明是以人类学的方法写散文，他也是以文学的方式进行人类学考证。这种精神人类学散文无疑是当代散文的独特创制。

四

今天讨论乡土题材创作，不能不注意到这个概念在当下的内在悖论：假如我们天然地将城市视为乡村的前景和样板，如何要求乡村为城市提供精神反哺？因此，乡村题材创作这一概念的提出，内在地要求打破关于乡村和城市之间的进化论想象。换言之，我们关于未来的美好想象，并非要将世界整体地城市化。这可能既不现实，也不美好。从前人们习惯用一种二元对立的进化论思维在乡村/城市和前现代/现代之间建立一种绝对的同构关系，仿佛走向现代的过程就必须是城市取代乡村的过程。事实上，正如我们前面已经谈到，乡村不是一个生产方式的概念，更是一个包含着生态、审美、伦理的生活空间概念。对于中国来说，从前现代走向现代，并非城市完全取代了乡村，而是一方面乡土性弥散在充满炫目科技感的城市中，另一方面城市化元素也日渐渗透和改变着当代的乡村。今天，我们既看到乡土中国那一套差序格局塑造的人伦方式依然塑造着大城市里的中国人；同时又看到最为潮流的快手、抖音、拼多多等 APP 快速地打开乡村市场，受到乡村青年的热烈追捧。理解和追寻美丽中国的未来可能性，不能在城市和乡村之间做截然的割裂，而应以更加立体、交互的思维来打开崭新的经验。

我们已经知道，乡土文学和农村题材这两个不同概念表述有着并不相同的方法和价值。这两个概念内在所携带的方法都既有其敞开性，也有其遮蔽性。乡土文学所依凭的启蒙文学谱系要么带着现代精英知识分子的俯视而将乡土想象为残破而终将逝去的历史残留物，要么就是带着对现代城市的恐惧和抗拒而在乡土上投寄以世外桃源的浪漫想象，这两种想象并不能真正靠近乡土的真实困境，或激发乡土内部的理想性潜能。相比之下，革命文学体系曾以农村题材小说的名义向文学索要一种光辉的典型性，柳青便曾因塑造了富于理想性的青年农民梁生宝而广受赞誉。问题在于，我们既不能将乡土简单地指派给残破落伍的想象物去填充，但也必须意识到强制建构的乡村新人典型并不可靠。

或许，今天要重构一种具有现代性和未来性，既能见证现实又具理想感召的新乡村叙事和伦理，就必须打通革命文学、启蒙文学乃至于中西古典文学的多重文学资源。提出乡村题材创作，并不意味着对城市文学等其他题材的疏离或否认，也不应只启用跟这个概念更具血缘关联的革命文学资源，我们应该建立的是一种更加丰富、更具弹性的想象世界的方式，而非一味将乡村浪漫化，在乡村和城市之间建立一种简单的价值翻转。乡土社会作为一种社会形态，既镶嵌了并不必然被时间所淘汰的价值，也深埋着跟现代社会生活不相匹配的思维和质素。因此，今天所谈的乡村和乡土，乃是一种基于当代中国乡村经验的新乡土，它不应该是对传统乡土毫无辨别的迎驾和还魂，不是对所有乡土价值的景观化、浪漫化和无条件复魅。今天的乡村题材创作应警惕将乡村田园牧歌化，对城市病进行想象性的疗愈，其真正的实质是打破前现代／现代、乡土／城市的二元对立，重构一种具有现代性品格的新乡土叙事和伦理。

从"城市文学"到"新城市文学"

一

"城市文学"作为研究热点自20世纪90年代开始兴起。值得注意的是,城市文学其实是90年代中国经济市场化背景下社会快速城镇化所催生的文学想象。研究者基于反映论思路,相信城市文学必将在时间的线性进程中替代在20世纪中国力量庞大的乡土文学,并由此回溯至1930年代的新感觉派,后设地建立起严丝合缝的城市文学史。这事实上说明:城市文学并非一种自明的写作事实,更是一种通过历史梳理、前景展望、边界清理和价值指认形成的批评建构。城市文学的作品和批评层面相互激发,甚至互为因果。换言之,正是作为观念和方法的城市文学建立了对城市文学文本的解释权,并最终塑造了城市文学的形态和前景。因此很有必要梳理既往城市文学研究的几种典型思维或话语。

首先是进化反映论话语。不难发现,进化论话语是很多研究者用以支撑城市文学合法性的观念基础。从整个社会史进程看,乡土社会城市化是势所必然,依据这种社会进化逻辑和文学反映论,一批人相信城市文学不仅是文学类型之一,且"终究是文学的未来"[①]。2000年,一位研究者曾对21世纪城市文学做出乐观的预言:21世纪城市文学"表现空间与审美格局"将进一步拓展,文学想象将得以强化,审美多样性将得到充分的体现,"文学将因此步入一个崭新的阶段"[②]。支撑这种乐观预言的正是进

---

① 张楚:《我对城市文学的一点思考》,《当代作家评论》2014年第3期。

② 蒋述卓:《城市文学:21世纪城市文学空间的新展望》,《中国文学研究》2000年第4期。

化论话语，可这种预言并未成真。也不乏学者对这种进化论话语进行了更为精密的论述，譬如有评论家指"当下中国文学状况正在发生结构性的变化，乡村中国的'空心化'和文明的全面变迁已成为不争的事实。这个变化是乡村文明的崩溃和新文明的崛起导致的必然结果"①，这里不过把社会进化替换为新旧文明而已。对于城市文学评论中简陋的进化论和反映论思维，陈思和十几年前就有过反驳："中国经济发展与都市经济的繁荣都不能也不应该简单化地比附文学的发展轨迹"，"文学固然要密切反映社会生活的变化，但是这种反映形态也应该是充分主观化的、精神化的和审美的"。②郭冰茹所说的"我们所讨论的话题不是文学如何再现城市，而是文学如何想象城市以及如何想象城市与人的关系"③表达的也是类似的立场。

对文学想象的强调代表了一种不同于进化反映论的审美现代性话语，这种立场的秉持者坚持文学在反映现实过程中的想象性重构和审美能动性，强调文学路径与社会学路径之间的区隔和独立性。审美现代性话语在某种意义上是80年代以降纯文学思潮的衍生物，它准确地击中机械反映论的软肋。城市文学的倡导不能离开乡土落幕这一事实，正是人们对乡土远逝的感知、预判或焦虑，促使人们基于不同立场纷纷涌进了城市文学的批评战场。可是，即使乡土落幕是社会发展之必然，但这一过程却是漫长的，城市文学取代乡土文学绝非朝夕之事。此外，乡土/城市在文学上不是时间上的线性更替，而是价值上的一体两面。它们事实上作为彼此的他者而形成审美间性。"中国现代乡土文学，其实是'城市性'的"，乡土"营造了一种质疑现代城市文明的人文空间"。④乡土文学也是"现代性的一个有机组成部分，只有在现代性的思潮中，人们才会把乡土强调到重要的

---

① 孟繁华：《新文明的崛起与城市文学》，《学习与探索》2013年第11期。
② 陈思和：《关于"都市文学"的议论兼谈几篇作品》，《当代作家评论》2005年第6期。
③ 郭冰茹：《关于城市文学的一种解读》，《当代作家评论》2014年第4期。
④ 施战军：《论中国式的城市文学的生成》，《文艺研究》2006年第1期。

地步，才会试图关怀乡土的价值，并且以乡土来与城市或现代对抗"。①换言之，即使城市全面占据世界，最大的可能不是乡土文学灭绝，而是以乡土为想象空间的科技乡愁书写将大行其道。因此，在新文明与城市文学之间画等号恐怕是武断的。就此而言，审美现代性话语相比于进化反映论具有更强的现实解释力，但我们不能不注意到审美现代性话语存在的陷阱，对文学审美能动性的强调（具体则常常转喻为所谓的"人的心灵"）有时会被强化到抽象化和脱社会化的程度。比如宣称"我不认为未来的都市和今天或者以前的都市有什么本质的不同"，对于城市文学"所看重的仍然是文学中的人性力量与审美精神的独特"。②这种静止的城市观和抽象的人性观很难使文学与正在发生着剧烈变化的现实产生强有力的摩擦和碰撞。有学者更将其描述为"囚禁在现代性下的城市文学"③。

近年来，一种"新城市文学"的思考经常被提出来，孟繁华、邓一光、南翔、杨庆祥、金理、黄平、饶翔、房伟、刘汀、徐勇、陈培浩等人都就新城市文学话题发表过论述。杨庆祥就指出："真正的城市写作要求的是一种动态的而非静态的呈现。理解城市的肌理和理解语言的肌理是同构的过程"，"城市已经内在于我们，但我们能否找到足够有创造力的文体和语言，来形塑我城、你城、他城——最终的标准也许是，由此建构出来的美学，恰好能够颠覆掉对于城市的那些景观化的、平面的'伪装'"。④这是一种我称为审美批判性话语的立论。与进化反映论不同，它强调"理解语言的肌理"与"理解城市的肌理"的同构性，它不相信有一个静态的城市现实等着写作的认领，它认可写作的任务在于找到"足够有创造力的文体和语言"，这是它作为审美话语的部分；拒绝使写作搁浅于封闭的审美性圆圈之中，要求写作与城市经验内在的矛盾和张力发生摩擦和对撞，

---

① 陈晓明：《中国当代文学主潮》，北京大学出版社 2009 年版，第 555—556 页。
② 陈思和：《关于"都市文学"的议论兼谈几篇作品——"三城记"之上海小说卷序》，《当代作家评论》2005 年第 6 期。
③ 张惠苑：《囚禁在现代性下的城市文学——对 20 世纪 80 年代以来城市文学研究的反思》，《宁夏大学学报（人文社会科学版）》2013 年第 3 期。
④ 杨庆祥：《去掉"一座城"的伪装》，《人民日报》2014 年 8 月 5 日。

从而释放其现实批判性潜能,这是它作为批判性话语的部分。显然,新城市写作绝非为新而新,不仅是一般性地"新"于既往的城市写作,而是"新"于已经失效的精神立场,"新"于在板结化现实中日渐喑哑的批评发声机制。因此,在作为批评的诸种新城市文学方案中,审美批判性话语具有鲜明的当代指向性。

二

"新城市文学"概念的提出,意在区分既往城市文学书写与具有当代性的新城市文学书写,也鲜明地标识出城市文学所依凭的存在土壤已经发生了怎样内在的变化。事实上,城市并不是一个新事物。在西方,古希腊的城邦便具备了早期的城市形态;即使是中国这样长期以农耕文明为主的国家,在原始社会结束进入奴隶社会之后,先秦时代就已经有了各种著名的城市,如秦之咸阳、赵之邯郸、齐之临淄、楚之寿春等。进入封建社会之后,著名的长安、洛阳、建业、临安、汴梁便是历代著名的城市。古典时代的城市与现代城市在内质上具有极大的不同。事实上,现代化以其技术手段和全新的社会组织形式极大地改造了传统城市的内涵及城市人的情感体验和感受方式。如果做一个简单的区分,传统的城市是有根的,它虽然跟农耕劳作有着相当的距离,但人们仍然在某种代代相承的区域文化的荫蔽下生存。这造就了古典城市的文化特色。20世纪中国城市文学中被书写得最多的城市,比如北京(北平)、上海、西安、南京、成都、广州、香港……每一个都附着在自身的历史和文化传统中。因此,此时对文学家的要求在于,通过一个人去书写一座城,城以人立,人以城传,人和城是一体的。这些城市和人都是被文化所化的,人们期待阅读的是一座具有确定文化属性的城市,作家写的也不是"这一个"的人,而是可以为某座城市文化代言的人,作家因此而为城市立心。张爱玲和王安忆是这种写作最为人称道者。张爱玲写大家族的日常,写饮食男女、婚丧嫁娶中人心蓬勃的欲望和世俗礼仪中的纠结计较。她用一座城市的倾圮和千万人的流落去成就一段兵荒马乱中的偶然之爱,固然显出她灵魂的孤冷,可贵处在她于日常生活中写出了命运感,她在喧闹鼎沸的俗世中写出了荒腔走板与沧桑荒凉。她将日常与苍凉两面融为一体显然师法红楼，直取人心。故而她的写作虽并未太多袭取城市生活表象，却也精准命中了城市的人心纠结。另一派为城市立心的写作者他们相信每个城市都有自身不可磨灭的文化根性，根性构成其个性，而小说就是用人物、故事和命运去为一座城市的灵魂显影。老舍、王安忆、金宇澄、叶兆言、葛亮、颜歌都是这方面的代表。王安忆写《长恨歌》，"在那里面我写了一个女人的命运，但事实上这个女人只不过是城市的代言人，我要写的其实是一个城市的故事"①。对于这些作家，城市是有根的城市，写作的目的在于深入这文化的根系，在文学叙事和城市文化之间建立若合符契的同构性。

　　以文化为底座的城市文学写作取得了令人瞩目的成就，但我们却有必要召唤一种新城市文学。今天谈论新城市书写的必要性来自两个方面：其一是大量巨型都市在中国正成为普遍事实，新城市经验召唤一种新城市文学；其二则是原有城市文学未能有效与当代精神危机形成对话，这里召唤着一种新城市文学。很多时候，这两个问题又是合二为一的，随着新城市的大量涌现，既往城市文学路径也遭遇危机。比如上述以王安忆、金宇澄为代表的立心式城市书写，可以说相当深入地去捕捉城市的心魂，这种城市文学思路是"返古"的，它相信每座城市在语言、饮食、服饰、行止等构成的日常中凝固了不可替代的文化内在性。此种城市书写讲述城中之人，更讲述人背后之城和城底下的根。问题是，作为高科技巨型都会的新城市却是去根性、同质化、景观化的。纵横交错的高速交通网络，无处不在的镜面摩天大楼，行色匆匆、衣着妆容千篇一律的都市白领……这是新城市大同小异的面孔。作为大型移民城市的深圳，和即将崛起的雄安新区就是这种无根之城的典型代表。即使是北京、上海、广州、杭州、武汉、成都、西安等具有独特文化传统的城市，其身上的新城市特质占比也越来越大。后者小心翼翼地辟出一小片复古区域，用于流连过去，眺望历史。可是，在这种被科技和现代化严格规划过的城市中，文学触摸传统的日常通道已经丧失了。"传统"不在日常，而在"景观"中。显然，面对这样的新城市，寻根式城市书写必然难以为继。换言之，作为存在经验的新城

---

① 齐红、林舟：《王安忆访谈》，《作家》1995年第10期。

市在召唤着崭新的城市想象力和审美方式。可喜的是,身处激变新城市前沿的一些作家已经对此做出了探索。

三

邓一光便是一位站立于典型新城市深圳而创制了新城市文学的作家。当人们以为他不过是一个拿名声到深圳折现的著名作家时,他却用深圳三部曲——《深圳在北纬22°27′~22°52′》《你可以让百合生长》《深圳蓝》让人们惊呼:深圳还给读者一个新的邓一光。必须说,邓一光在现代城堡中想象人的出路,人们得以从中辨认城市诗学的内在秘密及城市书写的文学伦理。这种文学伦理最显豁的特征在于对新城市人精神困境的揭示。在邓一光这里,新城市文学首先是一种人学。人学意义上的新城市文学首先是反思性的。由此反观"深圳蓝"这一命名是充满意味的。"蓝"作为一种色彩投射了人们对现代海洋文明的想象,在环境危机日益严重的背景下,也凝结了全民美好的期盼。从色彩心理学角度看,"深蓝"其实凝结着相当乐观的城市现代性想象,"深蓝"以其纯粹、宁静的色彩暗示而获得了某种精神超越性。应该说,深圳这座城市很早就努力将"深蓝"这一色彩镶嵌进其空间文化想象之中,这从其著名的"深蓝大道"的命名可见一斑。可是,邓一光的"深圳蓝"出示的是截然不同于"深蓝"的文化立场。"深蓝"象征着大型科技公司、高效的技术控制、技术文明对日常生活空间的渗透所创造的乐观城市想象,作为小说的"深圳蓝"却有不一样的任务,那便是捕捉深蓝世界背后的灰色物质。科技日新月异,可是人的问题并未解决。"任何现代性城市,它们在推广互联网经济、轨道交通、金融市场和现代物流业方面,个个挥金如土,唯恐落后,可谓大手笔,但很少有城市愿意动用税库中的银子去研究居高不下的抑郁症和不孕症、建立星星儿童康复中心和流浪猫狗收容站、拯救日益萎缩的红树林和行将灭绝的黑脸琵鹭,这个现实不是什么秘密,人人都看见了,但没有人投之以关注。"①邓一光在深蓝世界孜孜不倦地勘探的灰物质正是这种在高速

---

① 邓一光:《深圳蓝》,花城出版社2016年版,第293页。

运转中被忽略的城市心事。他始终对华丽的城市投以犹疑的一瞥,并通过形形色色城市男女的"心病"去追踪城市的精神症候。《我们叫作家乡的地方》《籁杜鹃气味的猫》《深圳河里有没有鱼》等作品都是关于进城者精神故乡消逝所带来的精神困境。

《我们叫作家乡的地方》写的是艰难挣扎着融入城市者触目惊心的故事。作为一个在成长中得到父母"偏爱",大学毕业后"在一家拥有白金版现代管理体系的大企业工作"的深圳青年,"我"遭遇了一个难题:一面是母亲完全无法适应深圳的城市生活而渴望回乡终老故里;一面则是自己"用三年排队","用三年等获得排队资格",终于等来的去土耳其安装光纤电缆的机会。为了前程,他不能回乡料理母亲即将到来的后事,所以他需要劝说在深圳当保安队长,靠大量献血来获得申请深圳户口积分的哥哥承担还乡的义务。显然,邓一光并不瞩目于光彩靓丽的现代景观,而是不懈追问现代背后的心灵困境。小说中,主人公及其哥哥其实被一种颇为先进的现代文明所层层裹挟。很难说一个建立了高效激励和科层制度的跨国公司不是现代文明的产物,也很难对深圳以公民的文明贡献衡量户口准入的内在伦理加以指责。可是,正是这些予人以希望的现代文明使无数平凡的个体陷入深刻的伦理困境,甚至在"我"和"哥哥"的讨价还价中嗅出了某种令人悲哀的人性冷酷——对母亲了结自我生命的想法有意无意听之任之,并为承担后事的义务而相互攻防。在这里邓一光深刻地揭示了大批准深圳人的身份危机,当他们拼尽全力融入城市之际,他们也深刻地失去了跟故乡的精神关联。小说由此触及了"故乡崩溃"这个在当代被一提再提的话题。"我以为我会回去,至少逢年过节的时候,我会回去。可是,父亲死了,姆妈也要死了,那栋早已破旧的木头房子很快就要被野草和爬虫类动物占领,很快就没有人再会找到它,要是这样,我就真的回不去了,回去也没有意思了,那个和我有千丝万缕联系的地方,那个我们叫作家乡的地方,就彻底从我的生活中消失了。"

在某种意义上,邓一光收集的都是城市生活高速运转中那些周转不灵的心事,甚至是一些难解之谜。在《她们现在一点感情都不讲了》中,城市快递员曾有心苦恼于女友萧花花的移情别恋。更令他不解的是,她恋的是与他同为快递员的吴继生。世界以其不可解的复杂性使曾有心痛苦地发现"他唯一能说清楚的是,很多事情,他并不知道它们,他以为自己知道,但其实知道得并不多,最多一半,甚至连一半都没有"。

《深圳河里有没有鱼》的主人公虽然也可以归入城市底层人范围——运钞员,但小说通过这个酷爱搜集课本的运钞员的幻游叙述,通过他对女友林若在河里看见一条鱼这句话的实证,寄托着一种城市的乡愁。运钞员看上去是一种最缺乏表情的职业,制服枪支的背后常被想象为一个被高度格式化的人。可是邓一光却赋予"我"以怀旧和乡愁,他感兴趣的不是最新产生的事物,而是已经消逝的事物。如果说这个世界塑造的大部分是追新的"潮人"人格,这篇小说通过对"旧人"人格的想象,提示着藏匿于最普通城市人内心对精神诗性的追寻冲动。直到小说最后,我们才知道林若不过是"我"所想象出来的对象。换言之,林若是"我"的一个精神分身,"我"通过想象林若而解决自己内心诗性枯竭的现代性危机。

如果说上面几篇侧重于提供城市边缘人的心事的话,《深圳蓝》《一步之遥》《别把爱你的人送去香港》《与世界之窗的距离》《家乡菜,或者王子厨房的老鼠》触及的则是那些早已解决了城市户口身份问题者的深层身份危机。《深圳蓝》中,戴有高是一个继承了父母高档公寓,自己又在奢侈品公司上班的深圳土著。他和前妻李爱离婚却又始终不懈谋划着复合。令人惊奇的是,小说暗示了他和李爱婚姻中的激情枯竭。这是又一个城市中的难解之谜,一种心灵的困境:虽然在理性和情感上都确认李爱是最好的爱人,可是他已经丧失了亲热的能力。所以戴有高将李爱视为理性上合适的妻子,却不能完整地陪伴李爱一个孤独的长夜。性的危机终究是爱的危机。这是一种城市中产阶级的情性困境。

在《家乡菜,或者王子厨房的老鼠》中,事业稳扎稳打的高级厨师周元林也遭遇了情感的难题。在大数据帮助下认识了据说与他匹配率高达81.6%的黄小拉,可是他们的情感历程依然有着防不胜防的暗礁。作为一个具有高度理性人格的厨师,他的问题是碰到一个"不知道自己吃什么"的准厌食症女友。黄小拉的障碍来自遥远记忆中的"家乡菜":"我已经记不清它们的样子和味道了,它们好像从来没有在我的生活中出现过","在没有弄清楚这一切之前,我不知道我该吃什么"。这里通过"吃"的困境,使"故乡"难题幽灵般折磨着自以为后顾无忧的城市男女。在黄小拉看来，周元林是像鼠类般具有强大繁殖能力和生存能力的物种，这种物种是没有家乡感的。他们当然不会遭遇厌食症的难题。可是依然存在着黄小拉这个看起来矫情无比的人，她的味觉和食欲被某些东西上了锁。这里，厌食症作为一种隐喻，呈现了一个看似高度融入城市的人在故乡沦陷背景下精神上的认同困境。

邓一光的新城市书写不仅坚持一种"人学"立场，也坚持一种"诗学"指向。新城市既不同于传统城市，新城市文学就应该发明崭新的表达机制。令人惊喜的是，邓一光的小说在叙事之外还随物赋形地创造了象征性意义装置。《籔杜鹃气味的猫》中，同样是艰难挣扎着融入城市的外来青年，作为植物园花木师的罗限量拥有对花木独特的情感和过人的理解。小说中有一段充满隐喻意味的话："植物的气味有时候是邀请，但更多的时候是拒绝。"作为园艺师，罗限量负责照料从世界各地移植到深圳公园里的花木。邓一光敏感地发现了公园移植性和深圳移民性之间的隐喻性关联。显然，深圳就是散发着拒绝气味的花木。人们把花木的气味理解为邀请，正如人们艳羡于深圳现代之花的璀璨。可是，邓一光发现了城市之花发出的拒绝气息。璀璨与拒绝正是现代城市的一体两面。因此，罗限量作为园艺师的身份对作品的意义就不是可有可无的，花木也作为一种意义装置存在于作品中。又如《宝贝，我们去北大》中男主王川作为一名汽车高级维修师，这个身份对于小说的城市反思也是至关重要的。超级跑车"战斧"极速旋转的发动机和高科技驱动的新城市恰好同构；作为汽车高级维修师的王川同样是驱动新城市高速运转的动力之一，悖论在于，他是城市的动力，城市却反馈以不育症。因此，小说就在"战斧"和"不育"的巧妙嫁接中展示了反思性的动能。邓一光并非以简单的人文立场上反科技、反现代、反城市，"战斧"发动机也是人类智慧文明的结晶，王川甚至"一闻到97号汽油的味道就兴奋，头发和生殖器发硬"[①]。我想说的是，由于新城市人的困境在邓一光作品中得到了象征性装置的照耀，它的复杂意义纵深有了出场的可能。还值得一提的是，邓一光写的不仅是新城市城堡里悲苦的人类，他的作品"既有旧的主体的迷惘、失措和逃避，同时又有新主体的

[①] 邓一光：《深圳在北纬22°27′~22°52′》，海天出版社2012年版，第35—36页。

新生、成长和对世界的渴望"①，从而展示了主体再生的可能。

四

很多时候，人们能够意识到新城市作为一个崭新的对象已经来临，却未能相应地找到对其进行精神显影的诗学和方法，邓一光无疑是这方面的先行者。事实上，另一个南方作家，王威廉同样非常自觉地探索着作为方法的新城市路径。王威廉在《发现一种新的中国经验》一文中说："城市文学肯定不能只是一种关于城市的文学，它面对的是当下浑浊裹挟的总体历史进程，我们要敏锐地切入这个时代的核心问题里边，并努力发现一种新的中国经验。"王威廉发表在《收获》上的新作《城市海蜇》，便是努力"发现一种新的中国经验"的艺术尝试。它以中国最崭新的巨型都市——深圳为背景，用小说家的洞察力、想象力和诗性象征能力勘探当代中国人从乡村文化转型为城市文明的精神现状，以及其内在的变迁、困境和复杂性。

这篇小说特别令我惊喜的是，它不仅仅以城市为对象，更是以城市为方法。换言之，这不仅是刚好发生在当代巨型城市的小说，而是自觉地以当代新城市蕴含的精神裂变和文明转型为思考对象，探索城市化进程中主体精神"整容"的作品。在小说艺术层面，它也提供了城市如何成为小说方法的探索。在多年前的中篇小说《秀琴》中，王威廉书写了一个进城者的创伤故事。进城务工的秀琴被工友强奸，丈夫在为其讨回公道时不幸被工地倒塌的围墙砸死。生活的悲剧激发了秀琴一种近乎疯狂的爱情坚守：丈夫为她而死，她于是决定在余生为丈夫而活——以丈夫的身份活下去。回到故乡她自觉地用丈夫的身份说话行事，成了旁人眼中的疯子。《秀琴》并非廉价地展示了进城者的艰难和悲苦，而是用一种近乎疯狂的古典爱情伦理对抗着巨兽般张开大口的都市。不难发现，《秀琴》在《城市海蜇》中得到了重写，而不是重复。《城市海蜇》的不确定叙事中存在一种可能：

---

① 杨庆祥：《世纪的"野兽"——由邓一光兼及一种新城市文学》，《文学评论》2015年第3期。

张锋在女友文樱病逝之后,通过整容而用文樱的身份继续活下去。这看似是《秀琴》的回声,可是《城市海蜇》显然要复杂得多。《秀琴》中那个单线主题被镶嵌于城市驳杂的精神景观中而产生了全新的意味。

《城市海蜇》采用了王威廉惯用的双线人物模式,不过孔楠和张锋这两个人物却几乎难分主次,他们不是谁衬托谁,谁辅助谁,而是城市化过程中两个不同主体的相互对照。孔楠是那种从职业（摄影师）到趣味（喜欢透过镜头和女友做爱）到生活方式已经被全面城市化的主体。这个在深圳普通得不能再普通的摄影艺术家从内陆来到沿海,他无可避免地卷入了深圳生活的深处。不同于母亲对城市的陌生和恐惧,他看似成为城市潮人,开着奥迪,从事着不无潮流意味的工作,可是高房价的城市显然拒绝了他的安居。如果说秀琴是进城而保持着古典乡土爱情伦理的人,孔楠则是不再保有永恒情感的都市浪子。他和诸多女友的不稳定情感,他内心围绕着城市海蜇所做的种种迷梦,都折射着某种噬心的虚无感,他一直体味着孤独。

另一条线索是通过孔楠的视角而展开的张锋故事,作为孔楠发小的张锋大学毕业后回归家乡,过起了稳定的公务员生活。这似乎是大多数梦想屈服于现实者的生活路径,从此安逸而自闭地过起小城市人的日子。王威廉在张锋线索上做了不确定性处理,一种可能是上面所述:张锋在女友文樱病逝之后用文樱的身份继续生活。不过张锋的动机却并非秀琴式的古典爱情,而是寻找身份避难。他已经厌倦了被父亲操纵的"张锋"身份,文樱为他提供了一个身份避难所。有趣的是,张锋的精神危机来自母亲的失踪;母亲的失踪则由于张父的不忠,张母逃进深山去寻求宗教的庇护。可见,城市病的扩散不仅发生于巨型都市,被瓦解的传统家庭伦理成了张锋精神坍塌的缘由。换言之,活在小城市的张锋并没有逃过城市巨兽的吞噬。再说另一种可能,张锋病逝（急性胰岛炎,一种带着强烈都市感的疾病）,女友文樱由于对张锋的强烈怀念而不断讲述自己乃是张锋替身的故事。这显然是非常接近于《秀琴》那种古典爱情伦理的,问题在于,在不确定叙事中,这种可能性并没有得到确认。不确定叙事本身便是对确定性爱情的解构。在小说最后,孔楠甚至对自称是"张锋"的"文樱"产生了异性欲望。可见现代都市多元身份的游离感瓦解了传统、记忆的"确定性"。

在双线叙事的背后，《城市海蜇》在其内部景深处始终结构着一种"真"与"拟真"的分野和变迁。"真"是传统社会的伦理和审美基础，而现代都市则在科技推动下日益进入了"拟真"世界，并建构了一种全新的伦理和审美。书写都市熙熙攘攘的都市故事是不够的，只有深入都市内部的伦理和审美变迁才是真正捕捉住当代都市骚动的魂。如果我们将漫山遍野的花称为真的话，一张关于漫山遍野的花的照片则是一种拟真。城市化的生存，拟真越来越超越了真本身而成为另一种霸权式的真实。由此看来，作为摄影家的孔楠，这个身份不是可有可无的，它是支撑小说隐喻非常重要的设置。小说中，孔楠的感情包括性都被摄影这个介质所中介化，只有看着镜头里的女友，他才激发起无比的欲望。这意味着，拟真已经成了他生活中更真实的部分。这里关涉到小说最核心的隐喻——城市海蜇，明信片中大片的海蜇究竟往何处寻？这种奇迹般的海上生命景观究竟是真还是拟真？吸引着张锋和文樱的明信片上的"城市海蜇"居然不过是一堆白色垃圾，当孔楠把文樱带到这个真相面前时，文樱居然也并不震惊。她在海边向孔楠展示了自己曼妙的身体，这个在大自然面前展示本真的结尾同样充满了象征的悖论和多义性：假如"她"是张锋整容而成的"文樱"，这显然是一个被技术再造的"拟真"身体，恰如白色垃圾艺术化而成的城市海蜇；假如"她"只是把自己想象成张锋的文樱，那么当她坦然接受城市海蜇不过是白色垃圾的艺术化，并在另一个男人面前展示自己的身体，这是否意味着她那种永恒而确定的爱情价值观正在被瓦解。换言之，在我们成为城市人的过程中，城市正由内而外地对主体施行了习焉不察的"精神整容"。《城市海蜇》透视的城市秘密在于：一切坚固的都烟消云散了。这番透视追问的是：在总体性烟消云散的城市进程中，主体如何自我确认的现代难题。

作者深刻地意识到，拟真已然是我们现代城市不可逃避的处境，可是我们又该如何去面对它？现代之城，罪与美，恶之花，是有生命的凝胶般的海蜇，还是无法降解的白色塑料垃圾？城市海蜇将现代城市的存在悖论象征化地摆在我们面前。更重要的是，我们的生存如何去面对它。在海边，在存在的边缘，孔楠凝视着"文樱"的身体之舞，这是属于真还是拟真的身体？抑或是正从真走向拟真的身体？这个不确定的结局，是对垃圾和海蜇无法确证的一种呼应。诚然,拟真城市固然已经是一种现实处境,但对它的凝视和冥思,或许依然是在虚无之境寻找出路的必然之途。

如上所述,大部分作家以城市为背景,以城市为对象,却缺乏一种以城市为方法的精神洞察力和诗性想象力。既往的中国城市文学书写已经发展了成熟的范式,然而,不同的城市书写吁求着不同的方法。上述城市书写范式匹配的是具有深厚历史文化积淀的城市,如北京、上海、南京、西安、成都等。可是深圳这类巨型的新城市及其代表的新经验显然需要崭新的方法。而且我们也应该要看到,那些有古老历史的城市也在经历着文明的现代转型,传统的市民文化伦理也被潮水般的移民文化及新生代的网络文化所淹没,呈现出与深圳乃至世界性的巨型都市的特征,而王威廉探索的正是这种文明大转型期的新城市书写的方法。

必须提到的是,深圳在《城市海蜇》中也不仅是一个普通的巨型都市,而是一个充满未来感,以不可思议的科技感想象未来,引发欢呼和梦想,却又混杂着无数新移民卑微梦想和辛酸汗水的新城市。传统城市的灵魂沉淀在里弄巷陌中,城市的新子民代代繁衍,但他们每迈一步都在历史稳定的轨道上,传统城市的魂在过去,而新城市的魂在未来,或者说在一种对未来的疯狂迷恋。《城市海蜇》中文樱追问说:"我们已经在设计未来,然后说这就是未来,可这是真正的未来吗?未来不应该是难以预测的、与现在保持着遥远距离的吗?"从来没有一个时代像今天这样科技高度介入和塑造了人们的生活和思想,也从来没有一个时代像今天这样人们如此热衷于通过科技想象和设计未来。当传统被斩断,世界向未来无限投诚的时候,当一种未来尚未完全到来就被更多的未来所淘汰的时候,"一切坚固的都烟消云散了"才成为普遍的现实。在这种现实日益普遍的背景下,深圳就不仅是深圳,深圳是未来之城的象征。深圳的困惑就是无数新城市的困惑。深圳的城市海蜇所镶嵌的拟真替代真的趋势也成了把所有人裹挟其中的景观现实。在此意义上,《城市海蜇》面向不断衍生的未来说出了一种"何处不深圳,谁人非海蜇"的当代现实。

把《城市海蜇》放在王威廉的写作历程中看,会发现它跟既往作品的连续性和创新处。《城市海蜇》和《非法入住》《内脸》《听盐生长的声音》《水女人》等作品分享着内在的"反思现代性"主题,不同在于,以往的作品面对的或是历史（《水女人》），或是现实（《非法入住》），或是灵魂（《内脸》《听盐生长的声音》），而《城市海蜇》则把立足点从过去、现实延伸到未来。《城市海蜇》使我们意识到作为作家的王威廉的雄心：他要站在过去、现在和未来的时间轴，以及外部现实和内部灵魂的空间轴的交汇点上，凝思主体何去何从的庞大问题。这种思想力在当代青年作家中无疑是出类拔萃的，这也是王威廉小说重要辨析度所在。歌德曾经说过："一个诗人需要整个哲学，但他必须将之排除在作品以外。"同样，一个小说家也需要整个哲学来洞察世界的精神变迁，王威廉为他的小说准备了宏阔的精神视野。

可是，这还不够，他还准备了诗的思维，来为这个混沌未名的世界创造象征。具体于《城市海蜇》则是以一种象征性的小说诗学去触摸当代总体性破碎的精神难题。叶芝曾经说过，当隐喻"还不是象征时，就不具备足以动人的深刻性。而当它们成为象征时，它们就是最完美的"。诚然，隐喻是作为修辞的局部存在，而象征则是辐射全局的精神光源。当代城市内部光怪陆离、沟壑万千，如果不能探究其本质并为其创造一个精神象征，小说就只能在故事层面上打转。《城市海蜇》之优胜处，就在于城市海蜇作为一个核心象征所标识的"真/拟真"的精神内涵与孔楠、张锋、文樱等人物在城市化过程中的精神整容和困境高度同构。

《城市海蜇》让我们意识到，文学对一个作家提出了多么苛刻的要求：以哲学洞察不断变化的新世界，以诗学再造日益庞大的文本世界。只有沟通了这两者，才能获得一种兼具文本血肉和精神纵深的文学当代性。这也算是《城市海蜇》对当代文学的鉴照吧。

从个体到共同体的美学转型

总体性追求和共同体美学

当代文学随着时代转折不断发生着审美转型。留心于当代文学者不难发现，近十年来，一种新的审美转型正在发生，这就是从个体到共同体的美学转型。20世纪80年代以来，个体的美学曾崛起于当代文学内部并成为风头甚劲的潮流。个体的美学是现代主义美学的回声，强调"自由是孤立的可能性"（佩索阿），强调艺术将人"由一个社会化的动物转变为一个个体"（布罗茨基），强调艺术"献给无限的少数人"（希梅内斯）的精英主义立场。现代主义的个体美学呼应着80年代的启蒙主义，重塑了彼时中国文学对个体尊严的想象，自有其历史必然性和美学正当性。但是，个体的美学在进入90年代之后则益发走向极端，陷于个人主义的深渊，很多写作者疏离于时代和社会，沉溺于一己之情绪、经验和趣味，将自我孤独的花园绝对化为世界和宇宙，更有甚者一面从消费主义社会中精心获利，一面则"倚小卖小"，将"小"视作时代的本然和应然。这种误入歧途、走火入魔的个体意识和美学必然遭遇与时代、社会更血肉相连、更辩证的思想方法和美学趣味的反拨。由此，一种共同体的美学的崛起可谓自然而然、正当其时。

总体性和共同体很可能是十年来中国文学界谈论得最多的概念。陈思和先生认为，从80年代到90年代，是从共名时代到无名时代的转变，80年代曾经的共识性概念在90年代消解了。然而，21世纪的第二个十年，总体性和共同体无疑构成了新时代的文学共名，并沉淀为文学写作自觉的问题意识和美学追求。事实上，总体性和共同体是一对具有内涵相关性的概念。总体性是马克思主义理论家卢卡契提出的概念,它与马克思、恩格斯的历史唯物主义一脉相承,强调宏观、整体地把握历史规律的可能性和必要性。而共同体观念内在也贯穿着一种辩证法思维。强调共同体的文学,并非取消个体的价值,而是强调在自我与他者、个体与集体、主体与时代社会、民族国家内部到跨民族国家之间建立辩证而美美与共的关系。越来越多的作家意识到,自我是写作的出发地,却并非写作的归宿。刚健的主体精神,有自我的深度,又能摆脱自我的沉溺性,与时代呼吸与共,与人民肝胆相照。越来越多的作家不再满足于展示个体内心孤独的风景,而努力探索个体命运通达时代的广阔性和历史的幽深性之途。这种基于总体性追求的共同体意识,催生着相应的共同体美学叙事。

长篇小说:向总体性的腹地挺进

长篇小说一直是跟社会进程密切相关的文体,长篇小说在回应历史、时代和重大现实问题方面具有不可取代的优势。卢卡契认为,总体性是长篇小说艺术内在的哲学基础。今天碎片化的时代投射于叙事形式上,总体性的阙如乃是突出的症候。2019 年,第十届茅盾文学奖颁出,梁晓声《人世间》、徐怀中《牵风记》、徐则臣《北上》、陈彦《主角》、李洱《应物兄》获奖。评奖结果透露了中国当代文学主流对长篇小说发展方向的期待,即特别褒奖那种深刻回应历史、时代和现实,兼具人民性、艺术性和总体性的当代现实主义长篇小说。事实上,共同体意识和总体性追求是近年诸多重要长篇小说的共同追求。

阿来出版于 2019 年的《云中记》是近年长篇小说的重要收获。小说以祭师阿巴震后回到云中村为线索和结构,从第一天、第二天和第三天写到第六月,最后阿巴随着云中村一起滑下悬崖峡谷,成了用生命守望故乡和亡灵的真正"祭师"。《云中记》的题材同样可以放在藏区地方性知识视野中来处理,但阿来并未过多地调动藏区的文化和语言资源。这部作品令人动容处,不在于他写阿巴及其祭仪中的独特地方性,恰恰在于阿来将这种地方性与共同体普遍的精神渴求有效地关联起来。阿来直面并对这种"现代"提出了疑问:因为这套现代知识并没有安置好死亡和人心。因此，小说中，阿巴看似决绝，但他其实也在寻找身份。他不是像历代祭师那样从先辈那里天然地接过了"祭师"这种身份，他经由"非遗传承人"的激发，"一个人"走向了对"祭师"身份的认同，这种认同是经历了现代祛魅之后的重新复魅，因而便有了与"反思现代性"强烈的同构意味。小说以2008年汶川大地震为题材，突破了简单的新闻写实和苦难叙事，从自然灾难书写上升到灵魂叙事，从地方叙事扩展为具有普遍性的现代性反思，从而逼近了某种社会和生命的总体性。

2019年出版的《人生海海》是麦家从谍战类型小说向纯文学写作的转型之作，这部作品还以上市两年近二百万册的销量创造了近年纯文学作品的销售奇观。就小说艺术而言，它将类型化的侦探叙事融汇于纯文学精神追求之中。将个体命运故事与民族历史寓言相结合，使作品获得"历史寓言"品质。叙事迷宫、逻辑力量、悲剧英雄和幽暗人心依然是《人生海海》的重要元素，但使个体悲剧和普遍悲剧形成合奏，使个体命运成为历史的镜像，却为麦家以往小说所未有。在使小说成为20世纪中国"民族秘史"方面，《人生海海》找到了自己的独特幽径，也叩开了某扇通往历史总体性之门。

格非的《月落荒寺》是近年多受关注的另一长篇。《月落荒寺》是格非获鲁奖中篇《隐身衣》的前传，《隐身衣》主角——发烧音响师傅老崔及小老板蒋颂平在《月落荒寺》中一闪而过，而《隐身衣》中影子般隐匿着的毁容女却走到了故事前景，成了小说的主角楚云。《月落荒寺》和《隐身衣》此番勾连，拓展了彼此的故事纵深；它们互为倒影，互为隐身海底的八分之七冰山。更重要的是，这里关联着一种巴尔扎克式的"人物再现法"，从而隐藏了一种对当代生活全景进行拼图式书写的潜能。众所周知，巴尔扎克将其所有作品连缀成皇皇巨著"人间喜剧"的重要方式就是"人物再现"——同一人物在不同作品中的多次出现。巴尔扎克的单部小说往往呈现了社会的一个横截面，而"人物再现"就很好地把这些横截面串起来。"人物再现法"是巴尔扎克拓展小说再现深广度的重要方法。格非启用"人物再现"，也有同样妙用，不仅展示同一人物的生命过程，也通过多个人物的视角弥合展现"当代"生活的纵深。因此，《月落荒寺》"拼图现实主义"构想，实是格非对如何书写社会总体性结构进行的独特探索。

2020 年，王尧的长篇小说《民谣》在《收获》发表后引起广泛关注和好评。《民谣》书写的是 20 世纪五六十年代的乡村大队史，艺术上采用的是一种可称为"水墨现实主义"的写法，即是反透视、去中心化，没有主要人物和主要线索，没有完整的叙事链条。但这并不意味着《民谣》没有自身的总体性结构。"江南大队"便是小说的内在结构，所有人的命运都附着于大队之上，《民谣》着力勘探了大队的命运交错、话语构成和精神生态。《民谣》对"小与大"关系上的处理，正是在去中心化写法与建构长篇小说总体性之间进行弥合的努力。

轻盈总体性：短篇小说的象征化

在中国，由于胡适的阐述，很多人对于短篇小说是一种"横截面"艺术的观念耳熟能详。事实上，在小说艺术发展过程中，短篇小说越来越超越于截面艺术，并越来越多地从诗歌那里吸取营养，而包含了象征艺术。优秀的短篇小说常常内置某个象征，作为意义阐释的入口。所谓象征，乃是可见之物与无形之意的凝结。形诸于现实可能是一盏灯、一个馒头、一串项链、一条河流，但形诸于意便是理解小说的入口、提取意义的按钮、照亮小说的灯盏。近年的中国短篇小说中产生了一种甚至可以称为象征化诗学的短篇探索。短篇小说不能像长篇小说那样以总体性为哲学基础，这并不意味着短篇小说不能表达总体性。不妨说，象征就是短篇小说平衡少与多、局部与总体的一种武器。象征主义的出现本就是为了提取世界万物内在的回声与应和，象征在短篇小说中的出现则帮助短篇小说化实为虚，穿越具体的当下而洞悉时代、历史和精神世界的辽阔、驳杂和幽微。

将短篇小说诉诸隐喻和象征并非始自当下，鲁迅笔下的"人血馒头"已构成了现代文学中一个重要的象征符号。很多读者可能也对毕飞宇的《是谁在深夜说话》中古城墙的隐喻和象征印象深刻，月光下的古城墙在其笔下获得了通往历史的可能。事实上，包括莫言、苏童、余华、迟子建、王安忆、张楚、叶弥、魏微在内的当代作家都擅长并运用过"象征化"的短篇艺术，而这种写法在一批年轻作家那里获得了自觉性。

青年作家王威廉的《听盐生长的声音》站在灵魂的高度书写了囚禁与

救赎的主题。小说中,"我"和妻子夏玲居住工作于海拔三千多米的盐矿区,朋友小汀带着漂亮女友金静顺路过来见面。透过这个并不曲折的故事,作者提示着:我们都被囚禁于别人眼中的风景中。这是个由隐喻和象征结构起来的小说,隐喻中包含着对事物复杂性的理解。盐湖的象征性就在于,它是每个人居处并渴望逃离的存在,却又常常是别人眼中美丽的景致。

青年作家李晁的《看飞机的女人》将青春的迷惘置于一种更大的时代和精神结构中来表现。小说中,皇甫着迷于在机场看飞机起飞与降落,就连那巨大的噪音听起来都觉得如此悦耳,如此激动人心。或许没有任何其他空间比机场更能代表这个科技推动下高速发展的时代了。因此,小说通过典型环境的植入而在故事背后延伸出一层凝视时代的反思现代性意味。飞机固然代表了人类智慧和科技在挑战地心引力、摆脱地表限制方面的巨大成功,机场的繁忙和飞机出行的日常化同时准确表征了这个全球化时代的迅速、扁平和拥挤。小说描写"航站楼的圆形弧顶在夜幕中像一只巨型鸟巢落在大地间,空中的巨鸟们睁着明亮的眼睛正在归巢",这个十分精彩的比喻将倦鸟归巢这一传统意象跟飞机/机场的现代情境并置,从而植入了一种科技时代的精神乡愁和文化反思。正是这个象征装置大大拓展了小说的精神纵深,使小说截然不同于李晁以往青春书写的那种时代冷感。

事实上,包括林渊液的《倒悬人》、陈崇正的《碧河往事》、林培源的《白鸦》、蔡东的《照夜白》、旧海棠的《橙红银白》等都是优秀的象征化短篇小说。不妨说,象征不是作为一种技艺在短篇小说中广泛运用,而是作为一种共同体美学意识的传递,使青年作家们更强烈地感觉到与某种历史总体性的内在联系。

科幻与新的历史想象力

一个作家在走向经典化过程中,常会面对某种"延迟补偿"效应。所谓"延迟补偿"是指一部重要作品在面世之初并不能迅速获得认可,其影响力是在和不断变迁的时代语境的摩擦中发酵和沉淀下来的。一个作品必须等待属于它的时刻的到来。路遥的《平凡的世界》如是,麦家的《解密》如是,刘慈欣的《三体》也如是。当然,也有一些作品一面世就遭遇了属于它的时代,像刘心武的《班主任》、卢新华的《伤痕》、马原的《冈底斯的诱惑》、莫言的《透明的红萝卜》。一部作品的影响力不管是立等即取、即时兑现,还是延迟补偿,归根到底说明的是作品与时代的关系。此处想问的是:为何21世纪的第二个十年刚好是一个科幻的年代?在刘慈欣大红大紫,科幻文学令无数作家趋之若鹜的时代中潜藏着怎样的精神症候和焦虑?被委以重任的科幻文学是否及如何为我们提供新的历史想象力?

我们知道,《三体》三部曲第一部《三体》早于2006年5月在《科幻世界》杂志上开始连载;第二部于2008年5月出版;第三部于2010年11月出版。在《三体》面世之前,刘慈欣已经是中国科幻界的大神。但可能要到2015年《三体》摘得被视为科幻诺贝尔的"雨果奖"之后,刘慈欣及科幻文学的影响力在中国才算真正出圈。其中,围绕着美国前总统奥巴马追捧《三体》,小米创始人雷军等财富英雄以与刘慈欣一起谈笑风生为荣,刘慈欣早年作品《流浪地球》被改编成创中国票房纪录的电影等话题,刘慈欣及其作品获得了某种程度的经典化,科幻作为一种类型文学则收割了大量圈外粉丝和文学场域中的象征资本。一时间,科幻文学既有市场号召力,又头顶着某种科技的光环,成了出版社、文学杂志竞相追逐,众多纯文学作家纷纷转型蹭热点的文学新贵,其风头,不但早已没落的纯文学，就连曾经在 21 世纪初创造传播奇迹的谍战小说、爆款网文（后宫、穿越、玄幻、盗墓等）皆不能与之相提并论。

《三体》的加速经典化和科幻文学崛起对应的正是智能产品全面占据人们日常生活的时代。智能时代，科技不再像曾经的核技术或宇航技术那样高大上且遥不可及，科技化身为我们手掌里的小屏幕，一步步把我们的工作、生活、娱乐全装进去。2010 年 11 月，《三体Ⅲ·死神永生》出版，这一年，乔布斯领导的美国苹果公司推出了一款风靡全球的智能手机 iPhone4，很多人对苹果及智能手机的了解和接受正是从这款划时代的产品开始的。2010 年是一个分水岭，苹果公司的崛起和诺基亚公司的衰落正是在这一年发生的。智能化产品是科技日常化的最直接显现，我们如今习以为常的很多生活、消费和思维方式，不过是近十年来科技商业化、智能化塑形的结果。长期以来，以科幻来想象世界是美国好莱坞电影的重要方式，当时代欢呼着将科技悦纳为主宰自身的神祇时，科幻文学就成了一时风头无双的新潮文化类型。科幻于是生成了一种兼容智力与潮流、科技与文明、通俗性与批判性的文化身份，一时间既栖居了无数"逃往未来"的隐匿者，又汇聚了大量以未来镜像反观现实的批判者。

但重要的不是科幻热热闹闹的表象，而是在科幻崛起的背后我们遭逢了一个怎样的文学大变局，科幻又能否提供我们理解和应对时代危机的新的历史想象力。

在急剧转型的历史和时代背景下，曾经的"文学终结论"在此被以"后文学"的名义提出。文学终结论的秉持者未必是想为文学敲响丧钟，而是以惊悚的终结论调迫使人们注意到话语转型的事实，从而唤起重建新文学话语的努力。就此而言，文学终结论敲响的不是丧钟而是警钟。惊呼文学终结不管在西方还是中国都不是新的论调。文学终结论一次次被重提，并非以往的简单回声，它是 20 世纪以来每次社会和话语转型所激发的文化应激。应该看到，文学终结并非指文学的消亡，而是指文学在新历史条件下内涵的重构。被终结的不是文学，而是某种理解文学的方式。那么，科幻又是如何改变着人们对文学理解的？

现代主义以孤独自我和语言神学化为特征的文学观在科幻文学中显然更找不到自身的位置。现代主义被视为一种自我的养成学，用布罗茨基的表述就是艺术"会自主或不自主地在人身上激起他的独特性、个性、独处性等感觉，使他由一个社会动物转变为一个个体"。在布罗茨基看来，很多东西可以分享：面包、床铺、信念、恋人，但里尔克的一行诗却具有抗分享性。"艺术作品，尤其是文学作品，其中包括一首诗，是单独地面向一个人的，与他发生直接的、没有中间人的联系。"这里鲜明地体现了现代主义作为自我养成学面相，因为赋予自我在文学中前所未有的重要性，现代主义又自然而然地将语言与存在关联起来，并推举到不无神话化的程度。事实上，不管是维特根斯坦所谓的"语言的边界就是世界的边界"，海德格尔的"语言是存在的家园"，还是福柯所谓的"不是主体在言说话语，而是话语在言说主体"，都表现了一种将存在语言化的倾向，它的理论洞见在于让人们意识到，任何意义的生成都无法脱离语言的介质；但将语言绝对化和神话化的结果是忘了意义虽在语言中生成，但语言之外还有世界。这是现代主义文学观常常陷于隔断现实、孤芳自赏的孤冷境地的原因。应该说，现代主义是一种典型的机器印刷时代的文化立场和文学观。印刷文化及其所处的历史条件使个体阅读和深度自我既成为可能，也成为必要。人们需要向更深的内心去求索，才能维持跟日渐异化破碎、光怪陆离的现实之间的张力和平衡。

不难发现，在智能科技崛起的历史条件下，现代主义想象世界的方式已经显得乏力。不是因为现代主义不够精致和丰富，有时候仅仅是因为人们自然地解码现代主义的历史条件已经没有了。换言之，新的历史条件在催生和召唤着一种新的历史想象力，以匹配方兴未艾的新存在经验。于是，我们想问的是，在智能科技日常生活化，科技及科技思维在日常生活中日益成为主导性想象方式的时刻，当代科幻是否提供了应对当代文化危机的新整体性和新想象力？讨论这个问题，最合适的对象莫过于《三体》了。

有人从存在主义角度讨论《三体》，试图从现代主义哲学角度扩大它的合法性；有人诟病《三体》语言粗糙、形象单调不堪卒读，或弹或赞都是以现代主义为想象力坐标，而忽略了《三体》和科幻正面临着一种生成新想象力的契机。绝大部分读者为《三体》包含在黑暗森林法则中的宏大宇宙观所折服。有人认为《三体》所谓贯穿在黑暗森林法则中的所谓宇宙社会学不过是将《狼图腾》式的庸俗斗争哲学和丛林法则扩大化为宇宙空间里的文明互噬。豆瓣上有人甚至评价它:"失去人性,失去兽性,失去所有。"显然,《三体》的内在伦理并不在人道主义的延续线上。《三体》在科幻时空中演绎着人类危机和英雄叙事,但最后作为破壁人的英雄罗辑却并非道德英雄,他之所以成功,不是因为他具有何种高尚的人格及崇高的信仰,而恰恰是因为他"毫无人性",反而挣脱了"人性"设定的规限。正如有人分析:"假如罗辑不是个人渣,他无法具备一个合格的面壁者素质并逃脱破壁者无孔不入的计算。"但仅靠罗辑也是不够的,"如果庄颜不出现并最后消失,以他人渣的性格,他也无法真正承担起面壁者拯救世界的责任。可以说,正是'庄颜'这个地下工作者的伟大牺牲,才最终促成了罗辑拯救世界的壮举"。这里,我们就发现了《三体》中隐含着一个类《神曲》的引导者结构:引导但丁游历地狱、炼狱和天堂的是代表理性的维吉尔和代表爱的贝雅特丽齐,引导罗辑走向面壁者英雄的是代表智慧和救赎的叶文洁和代表牺牲的庄颜。因此,与其说《三体》在推举一种披着宇宙社会学外衣的文明间的弱肉强食,不如说《三体》敲响文明的警钟,又在化解危机的英雄叙事中重申了一种超越个体的协作性伦理。仅靠叶文洁、庄颜或罗辑某个个体是无法拯救面临危机的人类文明的。

事实上,对罗辑非道德化、非完美化形象的塑造及对协作性伦理的强调,虽使《三体》的英雄叙事不同于革命英雄叙事和好莱坞的孤胆英雄叙事,然这尚不构成一种新的历史想象力。《三体》作为新的历史想象力在于:它呼应着这个科技时代属于人类的共同焦虑,这种焦虑是超意识形态的。否则,你很难解释为何带着中国革命符号的《三体》能够在欧美获得巨大的成功。《三体》同时又启动了一种有别于现代主义原子式想象的宇宙史诗描写,史诗的本质不在于场面的宏大,而在于一种理解世界的整体性方式。

在今天科学高速发展的时代,人文话语面临着一次新的更大的挑战。因为挑战人的不是战争等明显恐怖的对象,而是披上了人类救星外衣的科技。在祛魅和逐神的时代,科技被放在了神的位置,人类以聪明才智为自己创造了一尊技术神。今天,科技产品已经遍布我们生活的每个角落,科技让世界更便捷,让人更舒适;技术不仅改变了人的生活方式,也在悄然改写我们对人的定义。今天,人为了舒适而越来越趋近于机器,而机器则因为智能化而越来越趋近于人类,这种趋同必将逼近科技和伦理的临界点。科幻小说作为一个类型大热的背后,一方面是将科技和未来释放的叙事可能性嫁接于消费性阅读中;另一方面则是一种精神上无枝可栖而逃往未来的叙事策略。因此,对科幻文学更高的要求在于,写作能否回应当代人类文化危机,并生成一种把握世界的整体性思维。《三体》的成功无疑昭示着当代性中对新整体性的渴求。但另一方面,我们也不能将不同阶段的历史想象力完全断裂开来。科幻时代的新整体性想象,假如完全拒绝人道主义的思想资源和现代主义的自我维度,可能导致的是另一种人的迷思,而非人的得救。因此,与其说科幻文学真的释放了新的历史想象力,不如说它释放了抵达新历史想象力的迫切性。

长篇经典：小说如何与时间相遇

文学经典化的实质是时间对文学的选择。这里的"时间"具体化为某一时代文学制度、社会风尚和媒介技术等因素共同塑造的文学期待，以及具有不同文学期待的时代相互碰撞、摩擦形成的相对稳定的美学契约。长时段下的文学经典就是这种时间沉淀而成的美学契约开出的具体书单。有趣的是，我们会发现进入现代文学以来，这份文学经典书目中，长篇小说占据主导性地位。换言之，在现代的文体观念秩序中，长篇小说是处在最上层的那一种。以中国而言，小说在晚清至"五四"时期在文学地位上完成了逆袭，由于黄遵宪、梁启超等人的鼓吹，小说与现代民族国家的想象建立紧密联结，成为最被寄予厚望的文体。事实上在西方的现代文学观念中，小说也拥有非常特殊的地位，卢卡契称"小说是一个被上帝遗弃的世界的史诗"。从史诗时代进入散文时代，史诗也转换为小说，小说显然仍肩负着为失去总体性的世界重建总体性的重任。这个重任特别落在长篇小说的肩上，所以长篇小说又是小说中最被委以重任的一种。君不见，没有写出长篇小说长期被作为鲁迅不够伟大的证据；君不见，主攻短篇小说的门罗在获得诺贝尔文学奖时引发了不小的惊呼；君不见，鲁迅文学地位高于茅盾，但鲁迅文学奖的地位却逊于茅盾文学奖。原因可能在于，"在十九世纪，长篇小说成为一种对人类精神和经验的综合、深入的把握形式，在那个时代，长篇小说被界定为超越于日常生活之上的更本质、更纯粹，因而更高级的另一重生活"①。今天的碎片化时代，很多长篇小说已经被时代所同化，徒有名义上的长，却丧失了从内在建立一种整全生活的雄心、

---

① 李敬泽：《格格不入，或短篇小说》，《文学报》2015 年 2 月 19 日。

意志和能力。然而，来自19世纪长篇小说的梦想，并没有真正失落。那些在近四十年被经典化的长篇，无不是因为它们在某种角度上延续了对生活（历史生活、社会生活、精神生活）整全性的向往和追寻。

当代文学七十年以来，已经产生了大量的经典长篇。当代文学的前三十年和后四十年，文学制度差别很大，两个时代长篇经典产生的机制很不相同，本文聚焦后四十年长篇经典的产生路径，试图追问小说如何在时间中获得一种抗磨损性。在长篇小说的经典化过程中，诸多复杂的力量常常通过文学奖、文学史来落实。获得文学奖和文学史确认的作品必然更有利于穿越时间淘汰机制。文学奖、文学史属于经典化的外因，如果追寻经典化的内因，不妨说，任何长篇要在时间中获得经典化，在内容上离不开对时代、历史、精神性三端的准确把握和精彩表现。

与某个时代相遇，常缔造同时代的经典。譬如王安忆的《长恨歌》，王安忆精湛的笔力当然是小说获得经典化的前提，但不能忘了《长恨歌》出版之后那个正在徐徐拉开帷幕的消费主义与文化怀旧互为表里的时代。《长恨歌》的经典化跟茅盾文学奖有关，更跟20世纪90年代开始兴起的上海怀旧潮流有关。小资读者们透过"上海怀旧"的视角去读《长恨歌》，事实上遮蔽了小说对王琦瑶们的反讽性，这甚至导致了王安忆对自己这部代表作的警惕和否定。如果说《长恨歌》的经典化是生逢其时的话，路遥的《平凡的世界》却常被视为是生不逢时的作品。

《平凡的世界》代表了一种与错动的"当代"相遇的有趣的经典化路径。这部作品上部发表在《花城》杂志1986年第6期，随着这部作品后来的得奖和经典化，它成了《花城》杂志80年代回顾中的亮点。饶有趣味的是，《平凡的世界》发表并不顺利。据《花城》原主编范汉生回忆：《平凡的世界》"先是被《当代》的一位编辑'毙'了，又辗转于几个编辑部，后来才被《花城》采用"。作品发表后，"1987年2月《花城》和《小说评论》联合在京召开座谈会"。然而，《平凡的世界》第二部送到《花城》后，由于"内部意见分歧，发排受阻"。可见，当时对《平凡的世界》是有争议的。在《平凡的世界》经典化之后，范汉生认为这部作品"三部中《花城》只发一部，未能争取到出版权。这是花城出版社的一个损失，也是《花城》杂志创刊以来的一大失误和遗憾"。事实上，围绕《平凡的世界》的艺术争议一直存在。包括洪子诚的《中国当代文学史》、陈思和的《中国当代文学史教程》、陈晓明的《中国当代文学主潮》等具有代表性的当代文学史都未谈及路遥及《平凡的世界》。孟繁华、程光炜、陈晓明合著的《中国当代文学六十年》则以"路遥小说的'边缘化'"为题进行分析。此部分由程光炜撰写，他认为写作《人生》时的路遥"已进入到新时期最重要的小说家之中。《平凡的世界》则显示出他继柳青《创业史》之后，试图冲击'大作家'历史目标的非凡的气象。只可惜路遥'生错了时代'，当1985年后小说出现重大转型时，他所追求的'现实主义小说'文学轨道实际已被'先锋小说'变轨，他再努力，都决定了他注定是当代文学史上最为悲壮的失败者。路遥的'意义'，是他能针对'当代状况'提出尖锐、深刻的大问题"，因此他认为路遥被边缘化的现象"实际告诉人们，迄今为止的'后三十年'当代文学其实还没有产生一部能够真正深刻概括这三十年中国社会最深刻变迁的大气的小说"。有趣的是，站在"当代文学六十年"之际做出的这个判断，在某种程度上被"当代文学七十年"重新改写。在近十年中国文坛刮起的"再现实化"旋风中，路遥及其《平凡的世界》再次获得主流文学立场的确认，被视为毫无疑问的当代经典。路遥和《平凡的世界》在边缘和主流间错动的当代接受史，事实上证明了当代文学场域存在着多种力量参与审美潮流的塑造。路遥作品携带着"社会主义现实主义"艺术经验进入当代，其命运就是这种艺术经验的当代命运。当现代派崛起，我们以为"现实主义"已经终结，却在另一个时间的拐角重新发现了它依然具有强大的塑造现实和历史的潜能。因此，《平凡的世界》的经典化路径揭示了"时间"内在驳杂分裂的异质性。

　　有必要提到另一部当代长篇经典《白鹿原》的经典化路径。如果盘点当代的长篇小说，似乎很难绕开《白鹿原》。原因可能是，这部作品通过对现实主义表现手法的创新与长时段的历史相遇，又从现实抵达了民族文化的纵深。《白鹿原》对20世纪中国历史的讲述，既不同于革命历史小说，也不同于猎奇的野史。《白鹿原》以中国传统文化为视点，融合家族史和魔幻现实主义的叙事资源，对20世纪的历史流向做出了文化和文学上的独特观照，在某种程度上印证了"小说是一个被上帝遗弃的世界的史诗"的判断，它的经典化源于与历史总体性的相遇。《白鹿原》提醒我们，面对历史总体性进行的有效文学探索，必将会获得时间的回报。

　　还有另一种长篇的经典化方式，是因为与人内在的精神渴求或精神力量相遇，如刘震云的《一句顶一万句》。这不是刘震云最复杂的作品，却是刘震云最具精神分量的作品。《一句顶一万句》放在当代文学中也具有鲜明的辨析度，原因就在于它在刘震云式的"绕"和"油"的背后写出了普通中国人对"说得着"的渴求，因着这种普通而卑微的精神性，小说就有了庄重的气息，也能够穿越时间与不同时代的精神渴求者相遇。一般来说，文学经典是时间的产物，但也有一些作品，从诞生之时，就显出了成为经典的精神品相。比如阿来新近出版的《云中记》，就令人不由有这样的判断。《云中记》以汶川大地震为题材，写的却是震后五年，云中村的祭师阿巴从移民村返回故乡照顾震中亡魂，并最终与云中村一起滑进峡谷的故事。《云中记》最令人印象深刻的是阿巴返回荒无人烟却又草木葱茏的故乡，执着地为亡灵举行的祭仪。安顿死，其实是在思考生。《云中记》已然超过了其题材的社会性，而触及了在失去象征的世界，如何重建人的精神尊严的峻切话题。面对重大精神话题进行有力的文学表现，这注定了《云中记》不会被时间遗忘。

　　小说如何与时间相遇？长篇如何缔造经典？文学如何穿越充满转折和异质性的时间河流？或许，内在的秘密依然是，在一切都烟消云散了的碎片时代，依然葆有用小说重构历史和精神总体性的信念，依然具有用小说之幽深去激发史诗之辽阔的能量。

金庸·鲁迅·莎士比亚

一

2018年10月30日，金庸先生驾鹤西归，迅速在朋友圈引发广泛的悼念与怀旧，也引发了各种席间或私下的争论。在一次文学友人的饭局上，一位朋友感慨很久没有如此多不同年龄阶层的人同时自发悼念某个人了。另一位朋友表示不屑，认为金庸的重要性远配不上如此隆重的怀念。这个观点迅速引起反弹，另一位朋友反驳说，如果从实际影响的角度而言，金庸的影响力一定超过了鲁迅。在他看来，鲁迅的影响主要是在人文知识分子圈，而金庸的影响力则实现了超越学科、阶层、雅俗的全覆盖。这恐怕是一次撕裂朋友圈的论辩，基于不同立场做出的判断很难获得普遍共识。不过，如何评估一个文化人物的影响力，却引起了我的思考。

认为金庸影响力超过鲁迅，这种判断大概基于两个前提：首先是将时间限定为二十世纪八九十年代；其次是将受众面、阅读量作为衡量影响力的主要标准。在这个前提下，说金庸影响力比鲁迅大可能是准确的。但如果把时间因素考虑进来，鲁迅从"五四"时代就是新文学先锋，进入1920—1930年代成为文学青年以至左翼阵营的精神领袖；1950—1970年代以后在中国大陆鲁迅的地位更是登峰造极，那时的《鲁迅文集》的地位仅次于红宝书等革命导师著作；进入1980年代，上一个时代很多思想被反思，鲁迅的文学和思想却跟新启蒙话语迎面相逢，再次成为一代文学青年推崇的典范；鲁迅在大众层面影响力下降是1990年代经济市场化之后的事情。而这个时代，恰恰是金庸的大众影响力开始转化为学院影响力的时期。"这是一个重写文学史的年代"，"业已存在的秩序正面临着深刻的挑战,价值重构似乎在所难免"。①正是在1990年代,金庸开始登堂入室,被重构的经典文学秩序所接纳。1994年10月,金庸受聘为北京大学名誉教授;同月由王一川主编的《二十世纪中国文学大师文库》则把金庸排在鲁迅、沈从文、巴金之后,排名第四,位于老舍、郁达夫等人之前。在此之前,把金庸与鲁迅相提并论是不可思议的。但即便只考虑大众阅读因素,在长时段的二十世纪范围中,说金庸影响力比鲁迅大恐怕也是不客观的。

更重要的是,衡量影响力显然不能只考虑大众阅读量这个因素。同时也要考虑一个作家的思想为其同时代及后时代的文化发展和转折提供了何种影响、启示和可能性。从这个角度看,即使在今日纯文学和精英文化受到严重挑战,青年群体对鲁迅的阅读量远不如对郭敬明、南派三叔的阅读量的背景下,我以为鲁迅之于当代中国的重要性依然是无可比拟的。影响力在这里被我转换为重要性。或许,影响力更多指向已然与实存,而重要性则既面向过去、现在,也面对未来。我一点不否认金庸的影响力和重要性,自小学四年级起我就是金庸小说的忠实读者。尽管如此,尽管"有华人处就有金庸小说",尽管金庸被纳入"二十世纪中国文学大师"序列,我们仍必须清楚看到,鲁迅与金庸是两种完全不同的作家,绝不可能简单地进行比较。严家炎先生详细论述了金庸小说的新文学资源,但依然不能抹平金庸和鲁迅作为两种不同类型作家的差异。这种差异倒不是人们常说的"纯文学/大众文学"的差异,而是"转折性作家"和"继承性作家"的差异。所谓"转折性作家"是指那种在民族的文化河流中提供了绝对的新质,并促使民族文化河流产生鲜明转向的作家;而所谓"继承性作家"则是指从中外的文化资源中吸取营养,化而合之而有所新创的作家。这类作家集大成般地使传统的文学资源得到了融合和放大,但根本上并未提供新的思想,更无法使文化的河流发生转向。所以,一个作家能否成为"转折性作家"其实深刻地受制于历史的机缘。

"五四"的伟大在于它通过断裂的方式使中国文学从语言、思想和思维产生了现代转折。作为"五四"代表作家,鲁迅们的新文学为中国提供

---

① 祝勇:《窃天火,煮自己的肉》,《文艺理论研究》1997年第6期。

了全新的方向和可能性。虽然王德威早提出了"没有晚清，何来五四"的判断，强调"五四"现代转型跟之前历史之间的深刻连续性。但历史论述不能回避"五四"这个转折的界碑，抹平"五四"与晚清文学的差异恐怕也是后现代思维的迷思。说到金庸，他确是一个集大成式的人物，正如严家炎先生所说："金庸武侠小说包含着迷人的文化气息、丰厚的历史知识和深刻的民族精神……涉及儒、释、道、墨、诸子百家，涉及千百年来中华民族众多的文史科技典籍，涉及传统文学艺术的各个门类如诗、词、曲、赋、绘画、音乐、雕塑、书法、棋艺，等等。作者调动自己在这些方面的深广学养，使武侠小说上升到一个很高的文化层次。"①"金庸的十五篇中长篇小说，也可以说每一部都有自己的新形式，都有自己的探索和创造。它们各不相同，从人物性格、故事情节、主题思想、结构方式到叙事风格，都在不断变换，不断突破，既不重复别人，也不重复自己。"②金庸融化中西文学资源，使西方从古希腊到莎士比亚的戏剧资源及"五四"以来新文学探索汇于一炉，以卓越的文学想象力和创造力，使"武侠小说"获得文学形式和文化容量上的巨大提升，但这更深刻地说明金庸是一个"继承性作家"。

我无意在"转折性作家"和"继承性作家"之间区分高下。很多时候，在文化转折的时刻跟历史相遇只属于个别的作家；绝大部分时刻，作家只能在文化转折尘埃落定、文明方向直道而行的背景下去吸纳多方的营养。但是，鲁迅毕竟另有一种不同。他之所以在文化转折时刻被历史选择，又在各种思想转折时刻被人们怀念，最主要原因在于，他不仅是语言和形式的变革者，更是现代生命体验的提炼者和思想者。人们从《阿Q正传》《故乡》《祝福》等小说中读出一个白话小说开创者、传统批判者鲁迅；从杂文里读出一个现代媒体空间里的批判知识分子鲁迅；从《野草》里读出一个发现虚无又反抗绝望的存在主义者鲁迅。鲁迅与一代代的心灵相逢于身陷"无物之阵"的困顿时刻，相逢于为意义匮乏的生命赋予意义的瞬

---

① 严家炎：《金庸小说论稿》，北京大学出版社1999年版，第210页。
② 严家炎：《金庸小说论稿》，北京大学出版社1999年版，第191—192页。

间,他的思想在某些时代甚至会被压抑成鬼火,但他隐匿着存在,幽灵般地点亮后世的精神火把。相比之下,金庸小说则让人们驰骋于浪漫的江湖想象世界,其间有情有义,有跌宕起伏的情节,有纵横中原塞北的风光,有感人的人格,有动人的情趣,也有丰富的文化,但它予人欢乐多于思考;它予人熏陶多于自省;它缝合自我与世界的缝隙,多于发现精神的病灶和内在的冲突;它使阅读者融入传统,多于在传统身上撕开缺口,并发展一种崭新的可能。就此而言,金庸与文化传统是一种共生性关系,其影响力更多存在于现实性空间;而鲁迅则以一种文化批判立场使文化的自新获得可能,其影响力还存在于未来的可能性空间。文化的自证召唤出金庸,文化的自新则吁求着鲁迅。

二

2018年11月5日,评论家张定浩发了一条朋友圈:"从很多方面看,譬如对古典思想的吸收杂糅,整个生活世界形形色色人物的塑造,题材上的借古写今,文笔上的庄谐并举,境界上的气象万千,以及对雅俗两界的贯通和遭受的非议,金庸都相当接近于莎士比亚活着时候的状况,除了一点,他缺乏莎士比亚晚年神秘的沉默。"这是相当中肯的评价,但依然有人怀疑:把金庸跟莎士比亚放一起,合适吗?这种疑问包含了某种精英立场的定见,却忽略了莎士比亚是经过四百年才完成了彻底的经典化历程。而金庸虽然在90年代开始被经典化,被王一川选入"二十世纪中国文学大师"排行榜;受聘北大名誉教授;包括严家炎、陈平原、陈世骧、夏济安、程千帆等纯文学研究者激赏并研究金庸;以北大为代表的大学课程把金庸纳入视野并迅速成为显学……即便是金庸被视为"二十世纪中国文学大师",但作为被一个世纪选中的作家,跟被千年文学史选中的作家莎士比亚相提并论,依然会让某些人感到不妥。

毫无疑问,金庸非常熟悉并从莎剧处偷师不少,这是金庸自己直言不讳的。在电影公司担任编剧时,金庸做得最多的事情就是把从古希腊到莎士比亚的经典戏剧反复拆分,并分析归纳其中的戏剧模型。所以莎士比亚作为文学资源已经自然而然地渗透到金庸小说中去。金庸小说有极明显的戏剧化元素,严家炎专门分析过金庸小说的影视剧技巧。为什么金庸小说那么受影视欢迎?除了作品自身的魅力,还因为它具备非常突出的戏剧思维,改编为影视剧极为便利。莎士比亚与金庸,事实上既可以做影响研究,也可以做平行研究。就影响来说,金庸那种将历史镶嵌进文学的做法不无莎剧影子。莎士比亚历史剧反映了英国从约翰王到亨利八世近350年的封建历史。同样地,金庸小说主要镶嵌了中国古代从北宋到清代的封建历史(当然,《越女剑》写的是远至春秋战国时期)。至于平行比较,可供论说的就更多了。最简单的一点,莎士比亚超越性的历史观跟金庸便有异曲同工之处。莎剧《亨利四世》中亨利四世是个篡位的君王,其篡位之举并不合乎封建的伦理。但是莎士比亚并不以封建正统简单地排斥,而是看到亨利四世的勤勉英明,虽然没有直接将亨利四世树为贤君,却把其子亨利五世塑造为先混沌后觉悟的明主。同样地,金庸的历史观也是超越性的,这突出表现在他并不囿于封闭的民族观。《天龙八部》中乔峰之所以动人,很重要的原因就在于金庸超越了汉、辽之间的民族纠葛,乔峰或萧峰的身份认同困境使他获得了类似于俄狄浦斯式的丰富悲剧性;同样,在《鹿鼎记》等作品中,他并未站在"反清复明"的汉族立场,事实上相当肯定了康熙皇帝的英明和历史贡献。这种超越汉族本位主义的人民本位历史观与金庸历史认识论是一脉相承的。

事实上,本文并不准备对金庸和莎士比亚进行影响研究或平行研究,而对他们经典化的过程更感兴趣。"经典化"这个概念的潜台词是,任何大师或经典的形成都具有某种历史性。事实上,莎士比亚和金庸都在他们在世时就取得了巨大的商业甚至政治上的成功。莎士比亚既是剧团的股东,也拥有环球剧场十分之一的所有权,他和宫内大臣剧团得到了统治者的大力支持;而金庸,不但是成功的小说家,也是成功的报人和政论家,80年代初期受邓小平接见,其文学影响力也被赋予了某种向海外华人世界传递大陆政治改革信号的使命。任何作家要获得经典化,都必然要跟某种历史契机相逢。事实上,莎士比亚作品成为世人眼中几乎不可动摇的绝对经典,这大概是十九世纪以后的事情。在其生前,虽然他获得巨大的商业和世俗意义的成功,但是他本人及其所从事的戏剧在当年并未享有足够的文化资本。一个流传颇广的段子说同时代剧作家本·琼森把自己的剧作印刷成册并郑重地视为自己的著作时，遭到了人们的嘲笑："你居然把戏剧当回事。"据《俗世威尔——莎士比亚新传》的作者斯蒂芬·格林布拉特所言：虽然莎士比亚去世几年后，本·琼森就把他称为"我们戏剧界的奇迹""诗界明星"，但"这样的文豪并没有引起人们为莎士比亚树碑立传的兴趣，同时代人中似乎没有一个人想到有必要趁莎士比亚还在大家头脑中记忆犹新的时候收集点有关他的任何资料"。莎士比亚去世之后的第七年——1623年，他的两个老朋友约翰·赫明斯和亨利·康德尔经过仔细的编排，将其绝大部分剧作出版，这就是所谓的《第一对开本》。然而"这二位编辑人员根本没有或者说很少有兴趣进一步为莎士比亚写一个传记。他们倾向于按文体风格——喜剧、历史剧、悲剧——来编排目录。他们不想多花心思注明莎士比亚剧本的写作顺序和每个剧本的具体创作时间"。这在某种程度上印证了时人对莎士比亚文学地位的漠然，就是莎士比亚本人也并未有多少把自己放进历史的"不朽"意识。事实上，后世关于莎士比亚身份争议极大，很多人认为培根或爱德华伯爵才是莎剧的真正作者。而到了18世纪，法国思想家伏尔泰还认为《哈姆雷特》是"醉酒的野蛮人"的产物；作为戏剧后辈的乔治·萧伯纳说到莎士比亚的《辛白林》时甚至说"把他从坟墓里挖出来向他扔石头对我而言绝对是个安慰"。这间或说明，莎士比亚绝对不可动摇的地位确实是时间的产物。当然，时间也在积累着莎士比亚的粉丝。简·奥斯汀说："他的作品就好像英国宪法的一部分。""我们谈论莎士比亚，用他的比喻，按照他的方式描述事物。"歌德的说法同样带着诗人的夸张："当我读到他的第一页时，就使我的一生都属于他了！读完了第一部，我就像是一个生下来的盲人，一只奇异的手在瞬间使我的双眼看到了光明。"马克思和恩格斯在莎士比亚的经典化方面功不可没，分别贡献了"莎士比亚化"和"福斯塔夫式的背景"的学术概念，确立了莎士比亚作为古典现实主义经典作家的地位。同样，巴尔扎克、普希金、屠格涅夫、别林斯基都给莎士比亚极高的评价。

翻开如今的文学史，莎士比亚毫无疑问地代表了文艺复兴时期人文主义文学的最高成就。他从1590年代的历史剧、喜剧向1600年代的悲剧转变被视为敏锐地感受到了人文主义的气息并率先对文艺复兴人欲泛滥做出的反思。这令人想起陈寅恪的一段话："今日之谈中国古代哲学者，大抵即谈其今日自身之哲学者也，所著之中国哲学史者，即其今日自身之哲学史者也。其言论愈有条理统系者，则去古人学说之真相愈远。"① 这里所论，跟克罗齐所谓"一切历史都是当代史"异曲同工。日本学者柄谷行人也指出，一切当下的知识都来自某种被抹去起源的"认知装置"。因此，今日跟文艺复兴、人文主义完全重叠的莎士比亚又来自什么样的"认知装置"呢？答案是，近代以来世界史论述中高度稳定的文艺复兴话语支撑了莎士比亚不可动摇的地位。换言之，未必是莎士比亚创造了人文主义文学的巅峰，而是作为文艺复兴话语重要组成部分的人文主义需要几个顶级大师的位置，这些位置需要薄伽丘、拉伯雷、塞万提斯、莎士比亚的填补。当人们触及世界史时，一个"古希腊罗马—中世纪—文艺复兴时代"这样的线性进程已经牢不可破，这是一套非常典型的跟近代资本主义相适应的现代性历史论述。被这套论述编织进去的莎士比亚，俨然在其在世之时就已经具有高度的人文主义的思想自觉性。这实在是历史论述的后设效应。有趣的是，在世时对自身文学地位无甚自觉追求的莎士比亚，在其身后四百年，遭逢了一个世界性资本主义历史进程的展开，而莎士比亚被作为这个进程序曲部分最高光的人物。这是莎士比亚的幸运，也充满了历史的建构。

同样地，金庸的经典化也是跟某种历史文化逻辑相遇的结果。金庸1955年开始在香港报刊上连载武侠小说，及至1972年写完《鹿鼎记》搁笔，写作时间17年。日后金庸小说风靡整个华人圈，并在90年代被尊为文学大师，这里面其实有时代和历史的机遇。在金庸写作的进行时，他的影响力主要在香港；那时中国大陆占主导地位的是"社会主义文学"，在泛意识形态化的左翼文学阵营，缺乏接纳武侠小说这类通俗大众文学的空间。80年代以后，随着改革开放和社会思想、文化市场的活跃，金庸小说开始进入大陆，捕获了大量读者。但此时大陆文学思想中的雅俗分野仍极为鲜明，金庸依然被视为一个可以占据市场，但思想格调不高的通俗小说家。所以，金庸小说的经典化事实上跟90年代的社会思想转型有着极其密切

---

① 陈寅恪：《冯友兰〈中国哲学史〉上册审查报告》，见《金明馆丛稿二编》，上海古籍出版社1980年版。

的关系。一方面市场经济的发展进一步确认了市场的话语权，也悄然改写了文学的评价机制；另一方面，80年代学界提出的"二十世纪中国文学"这个概念及一系列重写文学史实践，为金庸进入重写的文学史序列提供了重要的契机。

重写文学史思潮实质是中国文学界对80年代重大思想转折做出的文化应对。文学史一贯代表着一种权威的论述，当重新写史成为一种社会思潮时，这意味着集体性的社会文化心理在要求着新的认定和调适。"二十世纪文学"的实质在于用一套"世界主义"的"现代化"文学话语取代50—70年代占主流地位的左翼文学话语。显然，左翼文学话语是一套具有鲜明排他性的等级性论述，它把"社会主义文学"指认为"当代文学"的绝对代表，从而确认"当代文学"高于"现代文学"、"社会主义文学"优于"新民主主义文学"的文化优越性。"二十世纪文学"概念重要的任务就是以融汇性论述取代以往的断裂性论述。为此，打通现代与当代的时空隔阂，打通大陆与港台的空间区隔，打通中国与世界的文化区隔，打通大众文学与高雅文学的类型区隔，成了具有鲜明"世界主义"特征的"二十世纪文学"的重要诉求。在一些学者看来，"二十世纪文学"同样是一套排他性、等级性话语，它重构了"现代文学/当代文学"的等级关系，把二十世纪在中国发挥巨大影响的左翼文学排斥在外。这个问题暂且存而不论，但在"二十世纪文学"的话语框架中，我们不难理解金庸何以被选中。

金庸是古典文学传统和新文学传统兼备，西方文学资源和中华民族文学资源并重，超越雅俗区隔的最典型代表。80、90年代强烈的文化碰撞也使张爱玲、沈从文、钱锺书等作家不断被发掘出来，以此对话之前的"鲁郭茅巴老曹"的经典文学格局。金庸也是这种文化逻辑的产物。这种文化逻辑是金庸经典化的机遇，可是不同于推动莎士比亚的"文艺复兴话语"盛行了几百年，金庸经典化之后中国的社会再次产生巨大转向，这就是网络文学的出现。网络文学的出现并没有瓦解金庸的经典化地位，但是在某种程度上取代了金庸小说作为最畅销大众文学的地位。换言之，更新媒介呈现形态的网络文学，彻底使金庸小说"雅化"。如今，阅读金庸小说，已经是一件颇有文化且不无怀旧的事情。

千年之后，如果要为二十世纪中国文学挑选几个代表，金庸恐怕不会被遗忘。但放在世界文学史的视野中挑选，恐怕很难有金庸的位置。因为支撑莎士比亚的那条"文艺复兴论述"对应的是整个世界性的潮流；而支撑金庸的这套文化逻辑，却只能存在于中国文学的内部。所以，某些人觉得金庸不能跟莎士比亚相提并论的直觉，居然准确地命中了"世界文学"权力体系的那种"势利性"。

孤独的辩证法和麦家的意义

一

苏童讲述，和麦家一起参加一个中国作家外访团，其他人都兴冲冲四处逛游，唯麦家例外。当他推开麦家的房门，但见他枯坐房里，独对着不知有何的窗外。问为何不出去走走，回答说语言不通，不知去哪里。苏童撞见的，乃是麦家的本我时刻。此令我想起王国维所说的：客观之诗人，不可不阅世。阅世愈深，则材料愈丰富愈变化，《水浒传》《红楼梦》之作者是也。主观之诗人，不必多阅世。阅世愈浅，则性情愈真，李后主是也。惯于阅世者，每到一地，必带着一双锐利的眼睛，像带着一盏兴味盎然的探照灯，何尝愿意困于斗室。但麦家显然属于另一类作家，乾坤自在胸中，他也非全不阅世。只是外在的繁华世界，仍需通过他孤独的精神小径，接通于他无限的虚构宇宙之中。

关于麦家，我有另一说法，不是主观客观，而是孤独的辩证法。孤独在普通人，是冷凝、疏离、压抑且消极的。换言之，孤独的本性是拒绝，拒绝他人他物以至外部世界的加入，也拒绝加入他人世界的欢乐与喧嚣。孤独是个人主义者的武器，也是个人主义者的症候。凡人要获得，必从弃绝孤独开始。弃绝孤独，被视为超越自我；超越孤冷幽居的自我，乃能找到人群，被世界接纳，这是社会学的逻辑，却不是文学的逻辑。文学的逻辑，为麦家孤独的辩证法腾出了空间。所谓孤独的辩证法，是指当大部分人以为获得世界要离弃孤独朝向人群时，麦家却开发了孤独的建设面，要获得世界，他偏背对人群，朝向更深的孤独走去。仿佛孤独的幽深处，恰有可以转动世界的按钮。麦家小说里的破译家，全是深谙孤独辩证法的人。

他们知道孤独不是冷的，孤独深处也有一个人的热血沸腾；孤独不是消极的，孤独尽头可能隐藏着世界积极的答案。所以，要靠近世界之色相者，追随人群的踪迹可也；但领悟由"密码"结构的生命和世界，却常常要靠孤独者。

从写作的本性说，这实在是一项孤独的事业。每个真正的写作者都深有感受，写作就是一个人在深壑纵横的大山密林中跋涉，不是荒荒油云，寥寥长风；不是窈窕深谷，时见美人。这是千锤百炼成风格之后带给读者的回味，在写不下去的当时，可能更近于被无数看不见的猛兽所围攻所啃噬。当其时也，你真想扔掉、放弃、全身而退，奈何反顾全无来时路，你也不甘心于失败的耻辱。在写作这一个人的战争中如何突围？很多人可以给你建议，却没有人能替代你走路。正是在写作中，孤独作为个体生命的存在本质才更清晰地显露出来；写作把写作者还原为与世界肉搏的孤独者。这是孤独的可怕，也是孤独的重量。孤独面壁的搏斗，也会于破壁之后得到世界热烈的馈赠。此时回看孤独，可能更有某种后怕；可孤独也是精神跋涉者的宿命，是精神的健身，叔本华甚至给出"要么孤独，要么庸俗"的判断。

去年在"麦家理想谷"访麦家，最令我印象深刻的一句话是"我还没有学会无所事事的快乐"。这不是故作姿态，其中甚至还有一点烦恼，朝斯夕斯，念兹在兹，有时就是一种折磨。李敬泽认为，当大部分人选择像"变色龙"一样"机动灵活的战略战术"，"以最小的代价博取最大的胜利"时，麦家却如同"偏执狂"一样把"目光贯注于一个角度上，从不游移"。"偏执"之于麦家不是一种精心选择的战略战术，而是一种精神性格导致的自然结果。"偏执狂是软弱的，很少有人像麦家那样敏感地经受着自我怀疑的磨砺，他在这方面非常接近于《解密》中的容金珍：求解一个答案的过程证明着人的强大和人的渺小。"信哉斯言！麦家走在一条人迹罕至的道路，敏感、脆弱与坚忍不拔同在。相比于"偏执狂"，我更愿意用"孤独者"来称他。在我看来，"偏执狂"更强调行为，而"孤独者"描述的更多是心灵的状态。在某种意义上，不是孤独者的偏执狂可能是狭隘的，不是偏执狂的孤独者又可能没有行动力。21世纪之初，于孤独中摸索多年的麦家强烈渴望着被肯定，《解密》的一炮而响是对他多年"偏执"的回报，其后的《暗算》和《风声》都透露着一条道走到黑、毕其功于一役的偏执劲儿。可是，《风声》之后，再偏执下去，《风语》《刀尖》就给人路越走越窄的感觉了。对此，麦家是有反思甚至忏悔的。他甚至在电视上郑重向读者道歉，对《刀尖》仓促为文表示忏悔。人生的选择总是在多种变量中权衡，偏执狂的行为没有被名利、鲜花的喧嚣所淹没，背后是需要住着一个孤独者的。因为孤独者的心更辽阔，他知道，何处该放弃偏执，而何处还不够偏执。由此而言，偏执狂是行动者，而孤独者更近于智者了。

中国当代作家中，真正明白孤独的价值，特别是接受了世界热烈的馈赠之后仍热爱孤独、甘于孤独者，实在不是太多而是太少了。这不多者，麦家却是其一。我们眼见很多作家功成名就之后成了社会名流。社会名流本是社会地位的表征，社会给作家以尊崇的地位，是好事；但作家若流连于商业社会所给予的名利喧嚣，最先受损的就是内心的孤独感。孤独感消逝之后，作家精神密度的下降随之也必形诸于谈吐。很多作家日常谈吐之油滑浮浪常令人大吃一惊，胸怀坚韧抱负，持志如心痛者必不如此。作家注定是肩负着精神重担前行的孤独者，卸下这重担，绕开窄门，轻省挣钱，享用轻的、无所事事的、不因创造而带来的快乐，这样的选择正在毁掉很多作家；可是，在一个文学寂寞的时代，继续在自己的内心扛住黑暗的闸门，于无声处听惊雷，怒向刀丛觅小诗，这样孤独的精神重负又有几人承受得起呢？写作真是对心志持久的考验，功成名就究竟是写作的终点还是起点？孤独者知道答案。孤独者是为偏执狂的航船装上精神的导航仪。假如没有这孤独者的存在，恐怕也不会有《人生海海》的出现了。就麦家而言，《人生海海》既是他与故乡的和解之作，也是他个体的生命寓言与民族的历史寓言融于一体之作，又是他千锤百炼重申为汉语写作理想的潜心之作。《人生海海》既带着专有的麦家文学基因，又使麦家于谍战类型之外别开生面。此书自 2019 年面世至今，销量已近二百万册，断不仅是麦家大 IP 及商业营销的结果。其最深处，是一个孤独者在。

二

麦家是创造者，他生逢文学正在发生变化的时代，以坚忍不拔的探索为中国当代文学提供了新增量；麦家又是回望者，他在21世纪纯文学益发迷茫之际而返身于纯文学的探索，以新的经典让未来再次接续于文学传统。

我们知道，文学并非铁板一块，其内涵随着时代不断发生变化。晚清以前，文学是杂的，但晚清以至"五四"，何谓文学？什么样的写作才能被纳入文学之中？这成为一个问题。文学的纯化和甄别作为民族自新的重要途径展开。在文学的不断流转中，严肃文学与通俗文学一直都在，变的只是各自在文学场的象征资本。"五四"前后新文学的展开，同时也是怀抱民族国家崇高理想之文学的崛起，通俗类型文学的象征资本被剥夺以至破产的过程。今天回看晚清时代，最大的感慨是文学场慢慢回到了一百年前的配比，只是评价尺度却悄然发生了颠倒。评论界早就发现"新文学的终结"这一事实，新文学召唤的白话文学、现代汉语文学成为现实，新文学守护严肃文化理想的尺度却丢失了。一百年前，只将文字视为游戏或商业者是要被当作"无行"文人的。王德威也承认"在一片插科打诨下，谴责小说家是极虚无的。他们的辞气的确浮露，大概因为他们也明白，除了文字游戏，再无其他。鲁迅谓其'谴责'，其实是以老派道学口气，来看待末代玩世文人"。王德威以为鲁迅对晚清谴责作家的失望，泄露的是一种"正统儒家心态"，其实是混淆了"新文人"与"旧儒生"的精神分野，但他视晚清通俗小说家为"末代玩世文人"则是准确的。这些人虚无，却未必"极"，"极虚无"是有杀伤力的，他们却停靠于商业和游戏之岸，还眷念着现世的享乐和回报，何尝"极虚无"？但在新文学革命者那里，他们虚无了变革社会的理想，谓其"无行"绝不为过。在新文学的视野中，没有理想，便是罪过。但随着时代变迁，当代文学内在观念早换了新天。20世纪90年代以后，通俗文学、类型文学重获地位，消费主义时代来临之后，崇高的再造理想已经敌不过现实的提供消遣。不能不说，这是我们所面临的一部分文化现实。在这种文化现实中，麦家本可恬然地当其受益者。

我曾分析过麦家的成功与21世纪文学时势转变的关系。麦家看似是时代的宠儿，但也曾持久地落寞等待属于他的时代的来临。《解密》发表之前，曾经历过17次的退稿。2002年《解密》一出版就大受欢迎，并入围了第六届茅盾文学奖提名名单。很难说此前的退稿编辑都看走眼，只能说此前有效辨认这类作品价值的时代并未到来。2008年，麦家凭《暗算》摘得第七届茅盾文学奖。从引起文坛关注到摘得茅盾文学奖，麦家走在几乎最短的经典化时间路径上。其背后，我以为是文学时势变化使然。网络文学的崛起在改变当代读者的阅读趣味的同时也逐步改变了中国文学批评的标准，它迫使传统纯文学扩大自身的边界，通过容纳异质性获得新的平衡。严肃文学界并未放弃对"伟大的传统"的坚持，但文学边界的扩容却关乎文学合法性的新确认。麦家的谍战小说在21世纪的崛起，当作如是观。彼时评论界遂纷纷阐述"麦家的意义"。

在此背景下看《人生海海》便能看出麦家之于中国当代文学的另一层意义了。如上所述，当代文学已经来到这样一个时刻，严肃的文学理想被市场潦草地对待，而空心的泡沫反而垄断了大部分的流量。时代如此，麦家并不须负何种责任。他已凭自己的努力，在这市场文学的时代开了一家专卖店。文学理想折戟，并不影响他的作品畅销。可是，《人生海海》却是麦家以往文学专门店之外的东西，麦家试图去弥合当代文学内部的断裂，其实质则是在文学理想失落的时代对理想化文学传统的赓续和重构。麦家是受20世纪80年代文学氛围影响并成长的作家，如今那个时代的文学理想已经不再，是就此起舞嬉戏于日新月异的当下，还是于新变中寻找与伟大传统相往来的可能，《人生海海》已经给出回答。

《人生海海》由是成为一部站在文学场域和价值尺度已经发生了巨大裂变的当代文学向另一种当代文学的致敬之作，它使文学面向人心、面向历史，走向未来却归属于某个伟大的传统。这是麦家特别可贵之处，也是他不同于莫言、余华、苏童等作家之处，后者本来就站在当代文学的先锋小传统之中，他们从此处走去；作为后来者的麦家，本也是80年代文学遗产的继承者，携带着一条特别的道路别开新境。麦家的反顾犹如重逢，它重申着传统之所以化为文脉生生不息，正因为旧日的火种依然有俘获未来精英的能量。

碎片化时代的
逆时针写作

第三辑

能动性

《人生海海》："转型"或是"回望"

麦家的《人生海海》虽谈不上十年磨一剑，却也是步步为营、苦心孤诣、增删几载的良心之作。普遍的看法是，这是麦家从谍战（也有称为特情或新智力）小说转向带有浓厚乡土色彩的纯文学的转型，麦家的"转型"再次获得了从专业到市场的双重认可。麦家作为一个文学大 IP 的号召力，诸多文学名人和各路影视明星先后发声为麦家助阵，使小说在短短两个月之间就销量过六十万，这在纯文学作品可谓"奇迹"，其中折射的当下文学制度的新变颇值得分析。但本文更关心的是，麦家新作的"转型"在多大程度上是一种"回望"？作为一个通过类型小说突围而获得纯文学接纳的作家，《人生海海》相比以往在文本叙事和思想探寻上有何独特创造，或者说"转型"该从何说起？有必要留意到，《人生海海》折射了麦家内在挥之不去的纯文学情结，作为一个 80 年代文学遗产的继承者，《人生海海》可能是麦家彻底换一条赛道证明自己的结果，麦家也果然通过诸如伤疤叙事学、历史寓言等方式大大拓展了其小说的精神叙事容量。就此而言，《人生海海》既是"转型"，也是麦家向 80 年代文学传统的"回望"和致敬。如果进一步将麦家的崛起置于 21 世纪以来文学时势的移步换景中，或许会看到时势的淘洗和麦家的个人选择之间的有趣错动，也看到麦家通过《人生海海》将自身镶嵌进流动的传统秩序的努力和启示。

"侦探叙事"和伤疤叙事学

讨论《人生海海》，也许难以绕开上校肚皮上的刺字。它凝结着上校命运全部的秘密和精神耻辱，可谓上校的伤疤。从小说叙事角度看，它是谜底式的存在。对于一般小说而言，其意义很容易被谜底所用罄，所谓图穷匕见，故事的意义在谜底出现时达到最大值，然后迅速消失殆尽。因此，我关心的是《人生海海》如何通过独特的伤疤叙事学使小说在上校身体刺字的秘密出场之后继续获得意义增益而非减损。

在中外文学史上，将伤疤等身体印记引入文学叙事是非常古老的事情。在《奥德赛》中，"曾是奥德修斯奶母的老女仆欧律克勒娅从腿上那块伤疤认出了远行归来的奥德修斯"①，这个细节启发了埃里希·奥尔巴赫写出了《摹仿论》的第一章《奥德修斯的伤疤》，奥尔巴赫的问题意识在于讨论西方文学中现实的再现问题，这不在本文讨论范围。从叙事角度看，伤疤远未上升到作为《奥德赛》动力机制的程度，伤疤仅仅是作为一个人独特的身份标识而局部推动叙事。伤疤或胎记作为身份标识几乎是古典叙事中的常规套路，在《俄狄浦斯王》中，俄狄浦斯的身份最后被指认，也端赖于其出生时被刺穿的脚踝。在《哈利·波特》中，哈利尚是婴儿时，在家里险些被伏地魔的阿瓦达索命咒所杀，哈利父母用爱为他创设了一道屏障，使魔咒反弹回去，重创伏地魔，哈利父母也因此丧生，同时哈利额头上也留下一个闪电状的疤痕，这个疤痕联结了哈利和伏地魔，使他们可以感应到彼此的心理。这是一个具有叙事推动力的伤疤设置，但它覆盖的也仅是小说的局部。就叙事功能而言，绝大部分小说中的身体印记仅参与局部叙事，《人生海海》之外，几乎没有其他作品将伤疤或其他身体印记设置为参与小说全局性叙事，甚至是作为小说叙事动力机制般的存在。

文学如何使伤疤参与自身的叙事乃至于精神叙事，赋予这种身体印记以叙述功能和精神动能，这是伤疤叙事学的核心。"给身体标上记号，这意味着它进入了写作，成了文学性的身体，一般说来，也就是叙述性的身体，因为记号的刻录有赖于一个故事，又推演出这个故事。给身体打上记号，这是关于进入了写作的身体成为文学叙述之主题的一个象征。"② 换言之，伤疤作为打在身体上的印记，让这一能指勾连起更丰富幽深的精神

---

① 〔德〕埃里希·奥尔巴赫：《摹仿论：西方文学中现实的再现》，吴麟绶、周新建、高艳婷译，商务印书馆2014年版，第5页。

② 〔美〕彼得·布鲁克斯：《身体活：现代叙述中的欲望对象》，朱生坚译，新星出版社2005年版，第3—4页。

所指，这也是伤疤叙事学的必由之路。伤疤最经常被用为耻辱或创伤的象征，如霍桑的《红字》中，白兰被当众惩罚，戴上标志"通奸"的红色 A 字示众，这是典型的耻辱印记和道德污名；而在苏童的《米》中，五龙是一个被侮辱的报复者，这种侮辱也通过某种身体印记来表现，如他被枪射穿的左右脚和几乎被冯老板抓瞎的眼睛。五龙的心理扭曲和疯狂的报复正是由身体伤害及其精神创伤推动的。所以，《米》中的身体印记主要是作为精神创伤的能指。然而，有时候伤疤也可能反向转喻出耻辱的反面——光荣，这典型地体现在中国当代的革命历史小说中。《红色娘子军》中的吴琼花，一开始跟所有青春爱美的女孩一样忌讳容貌上哪怕轻微的伤疤，但在找到党组织之后，却自豪地挽起袖子，向党组织展示了她被南霸天抽打的伤痕。此时，伤疤成了无产阶级光荣的精神标识。同样，《青春之歌》中的林道静，直到带着满身伤痕出狱，才获得了党组织的认可，伤疤就是其在精神上脱胎换骨成为无产阶级的肉身见证。伤疤的内涵在当代小说中也有着独特的表达。在王威廉的中篇小说《第二人》中，从小顽劣的刘大山玩汽油失误而毁容，他脸上的大面积伤疤严重到令人畏惧战栗的程度。但一张正常脸的丧失却使他获得了某种由恐怖带来的权力。公司老板利用他脸上恐怖的伤疤来治理他人，最后又逐渐被其恐怖性所震慑。小说因此提出了关于恐怖与权力的思辨。不管伤疤被转喻为耻辱、创伤、光荣还是恐怖，内在却不脱从"能指"到"所指"的意义发生机制，而"伤疤"的内涵往往也相对单一。

在《奥德赛》《哈利·波特》等作品中，伤疤仅在局部发挥叙事功能；而在《红字》《米》《红色娘子军》等作品中，伤疤被着力开发的是其象征意义，而非叙事功能。而在《人生海海》中，伤疤既是整个小说悬念的谜底，又是解读上校精神世界及其命运隐喻的钥匙。《人生海海》伤疤叙事学的独特处恰在于它精巧地以上校的刺青为联结点，将小说的叙事和精神叙事做了极其严密的统一，这在某种程度上回答了《人生海海》的悬念揭开却并未将作品的意义用罄，反而使意义得以增盈的秘密。《人生海海》以叙事人一生的追踪而填补了上校人生的拼图，小说从一开始就处于上校身份谜题带来的悬念中。李敬泽称麦家写的是"理科生的小说"①，大概是指麦家小说内部那种高度错综复杂而又严丝合缝的逻辑安排。

为何说上校身上的刺字是叙事的谜底？一方面，可以说《人生海海》是一种拼图叙事。小说三个部分通过叙事人各种亲历、偷听，将爷爷、父亲、表哥、老保长及林阿姨（小上海）的讲述拼凑成上校人生的基本轨迹（只有少年时极少部分听上校亲自讲述），渐次揭开上校在抗战时期、国共内战时期、朝鲜战争时期的种种人生奇遇。随着小说的行进，上校的人生谜团逐渐浮出水面，却又不断有新的疑云丛生，解密和悬念的张力始终伴随小说。直到第三部分林阿姨讲述了自己和上校的故事，上校的人生轨迹才基本完整。可以说，小说围绕上校的人生谜团而设置了环环相扣的重重悬念并最终指向了上校身上的刺字。

有趣的是，我们可以用"金蝉脱壳"和"在劫难逃"来概括上校跌宕起伏、匪夷所思的人生。所谓"金蝉脱壳"是指上校凭借着他过人的才智和幸运在抗日战争、国共内战、朝鲜战争、"文化大革命"等不同历史时期穿梭来回于双家村、上海、北京、东北，在国军、日军、共军等不同政治力量构成的波诡云谲的历史波浪中穿行而多次化险为夷、虎口余生；所谓"在劫难逃"是指仁心仁术、智勇双全的上校终于被各种必然和偶然的力量所击溃，并发了疯，而让他终生难以逃脱的便是那个肚皮上的刺字。当女鬼子和女汉奸在他身上渐次刻下印记时，他的身份已经再难清白，这成了他一生如影随形的耻辱、秘密。他像俄狄浦斯一样，携带着被诅咒的命运上路，左冲右突、随遇而安、洒脱旷达却始终难脱节节败退、一败涂地的命运。所不同者，俄狄浦斯不知自身被诅咒的命运，而上校却是自身命运诅咒的知情人。他需要有强大的心智，面对历史扑面而来的巨浪、飓风和漩涡。有趣的是，小说中上校的内心从未在内部敞开，伴随他去穿过历史的，只有那一黑一白两只猫，这事实上反证着他内在无边的孤独。

换个方式提问：谁毁掉了上校？女鬼子、女汉奸、跟他竞争副院长的嫁祸者、年轻时由爱生恨的小上海、散布他是鸡奸犯谣言的小瞎子、作为告密者的爷爷……都是。可是这一切却必须环环相扣地回溯到他身体被刺字的时刻，那却又是他彼时身为无间道中人所难以拒绝的命运。正是在这

---

① 李敬泽：《"人海"与"红字"》，《中华读书报》2019 年 6 月 19 日。

里，麦家再次呼应了他一贯的悲剧英雄主题，这是在上校这里，这个主题有了新的内涵，即是盖世英雄与历史有限者的矛盾。作为盖世英雄，上校退敌、救人似乎无所不能，可是人终究是历史规定性下的有限者，不得不认领时间和命运打在他身上的烙印。上校可以放弃欲望和名利，却依然不能保全自己，他败给了阴谋、偶然和爱的误解，败给了他身外错综复杂的矛盾构成的多米诺骨牌效应。谁曾想，一个无欲无求但冉冉升起的军医新星，会让阴谋的竞争假以爱之手将他遣返回家？谁曾想，与人为善、救人无数的乡村义士会成为小瞎子报复叙事人父亲的牺牲品？命运的闪电远在天边，却瞬间来到眼前将他劈成两半。

回头再看《人生海海》中的伤疤叙事学，谓其将伤疤创设为小说叙事的谜底和动力机制，谓其在此种叙事之上成功地建构其一套完整的精神叙事，实在所言非虚。正因此精神叙事的存在，使得上校的刺字在彻底出场完成其叙事功能之后，却激活了精神叙事层面的幽深想象，所以作为"侦探叙事"这个谜底才没有将小说的意义用罄，反而得到增益和延伸。与一般小说伤疤那种确定单一的所指不同，上校身上的刺字却是一个滑动游移而丰富多元的能指。在上校那里，它是秘密与耻辱；在公安那里，它是汉奸的证据；在女鬼子和女汉奸那里，它是调情和占有；在小瞎子那里，它是造谣的武器；在林阿姨那里，它是与命运及苦难和解，还上校清净之身的通道……像麦家这样，激活了一个身体印记内部驳杂意义的，可谓仅见。

还必须看到，《人生海海》中身体印记能成为小说叙事动力机制，有赖于麦家对侦探叙事的吸纳和改装。但他的文学资源并非来自作为通俗类型小说的侦探小说，"我的'亲人'中没有阿加莎，没有柯南道尔，也没有松本清张。他们都是侦探推理小说的大师，但是很遗憾，我没有得到过他们的爱"[①]。麦家的文学资源来自茨威格、卡夫卡、博尔赫斯、纳博科夫、马尔克斯等经典文学作家。所以，《人生海海》以身体印记为核心的"侦探叙事"跟世界文学经典有着密不可分的关联，并携带着自身哲学观。

李敬泽、陈晓明等人都敏感地指出了《人生海海》跟《红字》《耻》《罪

[①] 麦家：《与季亚娅对话》，见《接待奈保尔的两天》，浙江文艺出版社2016年版，第168页。

与罚》等经典作品的联系①，我还想指出小说与《喧哗与骚动》《罗生门》等经典作品在多角度限知叙事上的联系。《喧哗与骚动》前三章从班吉、昆丁和杰生三兄弟的限知视角讲述，这成了现代主义小说叙事上的经典范例。限知叙事并不仅是一种叙事技术，它还携带着自身的小说哲学。与传统全知全能叙事所预设的认知整体性不同，限知叙事站在有限性一边，本身便带着对整体主义认识论的怀疑。限知叙事的哲学是："上帝视角"创造全知幻觉，有限性的人才更值得信任。《罗生门》是限知叙事从有限性走向不可知论的结果：不同的讲述无法完成真相的拼图，反而是"真相"遁形的迷宫。《人生海海》是一部严格采用限知叙事的作品，小说的所有描写、所有讲述都可以找到某个具体的观看者、描述者。即便是开篇对双家村的环境描写，也严格地置于"爷爷讲"的限制中，其意味非止于技术。《人生海海》充满了各种上校人生的讲述者，第一部主要是"爷爷讲"，第二部主要是"老保长讲"，第三部主要是"林阿姨讲"，这些不同的讲述者都是上校生命的局部知情人，也拥有一套属于自己的行为逻辑和生存哲学，从某种意义上他们都深信自己讲述世界的完整性，但事实上他们并不能掌握上校生命的全部秘密。洞悉上校的一生，要用尽了叙事人一生的流离和倾注。换言之，《人生海海》并没有走向《罗生门》那样不可知的虚无，它使解密上校的人生获得了某种哲学的象征性：整体性未必完全没有，但不是自明自呈的，它需要个体在"人生海海"中艰辛的跋涉和印证。在此，麦家赋予了侦探叙事鲜明的人文意义，它使小说从见证现代世界的认识和意义危机，转为个体朝向作为可能性之总体性的努力。因此，他赋予侦探叙事不同于博尔赫斯等人论述的意义。

博尔赫斯认为应捍卫侦探小说，"因为这一文学体裁正在一个杂乱无章的时代里拯救秩序"②。为混乱的世界创作秩序，这不是《人生海海》

---

① 2019年5月22日，在由北京大学中文系主办、新经典文化协办的"纯文学与精彩故事——从麦家《人生海海》说起"的分享会上，麦家、李敬泽、陈晓明、苏童对此书各有精彩解读。

②〔阿根廷〕博尔赫斯：《博尔赫斯全集·散文卷（下）》，黄志良、陈泉等译，浙江文艺出版社1999年版，第46页。

的旨归。侦探小说的意义,张柠也有说法,他以爱伦·坡为例指出:"现代侦探小说,是现代社会的一个隐喻。陌生人世界的侦探,要寻找和捕获的不是一张完整的面孔,而是要赋予这个零散化的社会一种新的整体性,一种与传统社会的连续性相反的连续性,或者说一种病态的连续性和整体性。"①他以为爱伦·坡的小说可以作为现代城市精神病理学的典型标本来看。张柠并不认为侦探小说可以"拯救",但它可以是现代社会的隐喻与现代人精神病理学的镜像。细察《人生海海》的"侦探叙事",却既是镜像又是拯救。作为镜像,它指涉的不是"现代城市",而是整个20世纪中国浩浩荡荡的历史,由此它可视为民族国家的历史寓言;作为拯救,它的对象也不是"秩序",而是"人生海海"的苦难和迷途中个体的精神坐标,这恰是本文第二节要重点分析的内容。

"转型":从人性奇观到历史寓言

诚然,《人生海海》局部闪烁着麦家以往作品的各种元素,但整体上却又呈现了迥异于以往作品的气息。如果此谓之转型,那么《人生海海》最重要的"转型",或在于小说用侦探叙事的方式将霍布斯鲍姆所谓的"短二十世纪"包裹进上校这个人物动荡的人生奇遇之中。在《暗算》《解密》《风声》等麦家代表作中,麦家将悲剧性融合进英雄主义叙事中,用逻辑力量和人性奇观使作为类型叙事的特情小说得到精神扩容。"书写了个人身处在封闭的黑暗空间里的神奇表现",同时"人的心灵世界亦得到丰富细致的展现"②;用叙事的迷宫,"求证一种人性的可能性","塑造、表彰了一个人如何在信念的重压下,在内心的旷野里,为自己的命运和职责有所行动、承担甚至牺牲"③。以上大概是关于麦家小说的基本共识。叙事迷宫、逻辑力量、悲剧英雄和幽暗人心依然是《人生海海》的重要元素,

---

① 张柠:《贪婪世界里的现代孤儿——纪念爱伦·坡诞辰200周年》,《中国图书评论》2009年第12期。
② 见《暗算》获第七届茅盾文学奖授奖词。
③ 见《风声》获第六届"华语文学传媒大奖"年度小说家授奖词。

但使个体悲剧和普遍悲剧形成合奏,使个体命运成为历史的切片和镜像,却是麦家以往小说所未有的。在使小说成为 20 世纪中国"民族秘史"方面①,《人生海海》找到了自己的独特幽径。

与以往诸多小说不同,《人生海海》的开篇在叙事节奏上展示了前所未有的缓慢甚至静态的描摹。作者以精准、风趣的短句不厌其烦地对一座村庄的方位、环境、历史展开书写。静态的村庄叙述背后携带着相应的前现代世界观,时间川流不息而又循环往复,人们世世代代寄居于亘古不变的乡土空间和伦理中。在原来的村庄世界中,爷爷代表的"理"(道德)、保长代表的"力"(欲望)、上校母亲代表的"善"(信仰)构成了三位一体的稳定支架。小爷爷转信耶稣在某种意义上代表了人生苦难对乡土信仰空间的松动。外出开启神奇人生的上校代表了稳定乡土被迫裹挟进如火如荼展开的外部历史。

麦家以往的小说基本可视为单线或复线叙事,主人公虽然也经常由某个叙事人来讲述,但主人公的故事、命运和精神世界占据了小说绝对中心地位,叙事人通常只作为小说叙事转轴存在。《人生海海》的标题已经对小说从"个体"到"复调"做出了暗示,这个来自闽南语的短语暗示了麦家的志趣不仅在"一人"构成的"海",而在无数人构成的"海海"。不仅叙事人跟主人公上校形成了某种程度的生命对照关系,小说其他的次要人物也置身于麦家所设置的命运海海之中。叙事人的爷爷、父亲、上校母亲、叙事人第一任妻子、岳父、瞎佬、小瞎子、蒋阿姨这些次要人物不管在小说中获得怎样的叙述篇幅,都具有自身生命的完整长度,他们无一例外都是人生海海中的一叶扁舟甚至微粒草芥,他们在村庄生活样式和存在伦理被 20 世纪现代历史所胀破之后,不得不置身于历史的狂风骤雨和大河拐大弯的动荡中去重建个人的存在依据。如果看到《人生海海》内部那条动荡不安的 20 世纪历史河流,再回头看开篇处的"静态叙事",便会发现,《人生海海》的叙事结构在象征意义上隐喻了乡土中国被迫投入现代性的历史进程。乡土世界的内部伦理在剧变的历史中遭遇了强大的挑战、异化、剥落和重构。乡土世界各式人等的命运从此被逐一攻破,走上

---

① 李敬泽:《"人海"与"红字"》,《中华读书报》2019 年 6 月 19 日。

了各自精神的流离失所之途。

最典型的当属叙事人的爷爷。爷爷是乡土世界某种伦理守护者,他是雄辩的理学家、哲学家,他是讲故事高手和乡土格言专家。爷爷的"理"与稳定的前现代乡土生活互为表里。假如乡村的静观世界不被瓦解,爷爷的"理"便足以为家族生活的安宁遮风避雨。讽刺的是,爷爷为守护家庭名声(这无疑是儒家伦理中最强大而正当的诉求),成了可耻的"告密者"。由此,爷爷从美善伦理的守护者转而成为破坏者,并终于可悲地认领了为乡人不容、为家人不齿的自杀命运。爷爷绝非坏人,他捍卫儿子及家庭名声的动机也未必有错。联系到他丧妻、丧女的遭际,他为儿子及家族维持清誉的行为更像是护犊情切。爷爷的悲剧,暴露了现代性境遇下乡土伦理的内部矛盾性:熟人社会的飞短流长、听风是雨、道德压力与乡土世界知恩图报的道德守持是一体两面。爷爷对上校的排斥本质上是由于上校这个历史风雨的穿花蝴蝶作为一种乡土世界的异外之物难以被爷爷的旧有价值观所理解和容纳。爷爷自身伦理的异化并最终被乡土道德伦理所反噬显示的正是驳杂现代性给乡土中国带来的精神难题。

在某种意义上,《人生海海》甚至具有了类似于《百年孤独》那样的长时段历史概括力。笔者曾经分析过《百年孤独》那个著名开篇如何通过"见识冰块"和"行刑队"等关键词而宏观地隐喻了拉美的百年史:"'见识冰块'的时刻是马孔多前现代和现代的转折瞬间,这一刻,前现代的长夜将尽,更多的现代之物——火车、飞机、政党、议会等将纷至沓来,它们始于见识冰块的时刻。此刻,现代虽未真正到来,但帷幕已经拉开,接下来的战火和纷争将持续不断,直到战功赫赫的奥雷良诺被行刑队执刑,纷争永无止境,而且不能回头。于是,拉开帷幕才发现,这个短短的开头镶嵌的不是一般的'百年'",或者说是有现代性历史内涵的"百年","这是对拉美百年现代性非常悲观的概括,它就神奇地隐在开篇中"。① 当我们说《人生海海》中上校个人命运书写已经深刻地包裹了不断展开的中国近现代史乃至于全球化的世界史时,耳边不由得响起詹明信那段著名的论断:"第三世界的文本,甚至那些看起来好像是关于个人和力比多趋力的

---

① 陈培浩:《马尔克斯的配方》,《四川文学》2019年第3期。

文本，总是以民族寓言的形式来投射一种政治：关于个人命运的故事包含着第三世界的大众文化和社会受到冲击的寓言。"①詹明信这个"深刻的片面"判断，收获了拥护也遭到了批评，刘禾便认为："这种说法听起来有几分道理。但我认为詹明信在这里忽略了一个重要事实：他所描述的这一切特征其实是某种批评实践的产物。"②刘禾对詹明信的批评不无道理，然而，将民族国家的历史寓言理论用于观照《人生海海》却是合拍贴身的。

只是，在民族寓言外，《人生海海》事实上还内置了一个深刻的"还乡"命题。《人生海海》第三部分除了在叙事上通过林阿姨的叙述补全了上校人生最后的拼图外，更重要的就是叙事人"我"成了更重要的角色，并通过"我"的还乡而使精神还乡这一命题鲜明地凸显出来。"诗人的天职在于还乡"这是海德格尔基于现代性的存在境遇为人提出的精神命题，因此《人生海海》中叙事人的还乡既是写实，也是象征。当动荡不安的20世纪历史河流穿过并瓦解了传统乡土的生存伦理之后，叙事人带着惶恐和心灵上的遍体鳞伤背井离乡，远涉重洋。事实上，将人视为历史的人质和囚徒的见解并不新鲜，麦家念兹在兹的却是人心如何克服历史投下的阴影，如何消化苦难所播撒的恨意。所谓"还乡"，不仅是肉身上回归故土，还是人在精神上重建自身的存在依据。在《人生海海》第三部分，还乡的叙事人悲哀地发现父亲始终处于历史恐惧的后遗症中，历史的鬼火始终萦绕于他心头，他沉默、惊恐地与"鬼"同在，以期为儿子守住一份不被鬼魂滋扰的安宁。这是羞愧转化为恐惧的精神压迫性，这个曾经独断暴烈的汉子，不得不向善呼救，他没有最终战胜内心的鬼影，但他对小瞎子的饶恕，意味着他始终在历史的阴影下寻求得救的可能。小瞎子则是一个始终无法从仇恨的深渊中得救的异化者，小瞎子来到世间，本就是欺骗和背叛的产物，他扭曲的心灵没有半分善意，即使身在绝境、口不能言脚不能动也在寻找着报复和反击的时机。他备受践踏又始终暗蓄着践踏他人的能量，多

---

① [美]詹明信：《晚期资本主义的文化逻辑》，张旭东编，陈清侨等译，生活·读书·新知三联书店2013年版，第429页。

② 刘禾：《语际书写——现代思想史写作批判纲要》，上海三联书店1999年版，第194页。

年以后他通过 QQ 聊天再次造谣污蔑叙事人之父,暗示着这是一个彻底被恶和恨所击溃的个体。而叙事人在面对小瞎子时,初始是从恨中获得快意,继而渐渐释然。他领悟到:"爱人是一种像体力一样的能力,有些人天生在这方面肌肉萎缩",叙事人觉得自己的父亲就是一个在爱上肌肉萎缩的人,"上校是父亲的反面,天生在爱人这方面肌肉发达。两人完全是对立类型的人,也许正因此才互相吸引,能做好兄弟。我这辈子没交到上校这样的好兄弟,但两任妻子都属于上校型的,这就够了"。①这里还不是简单鼓吹以"爱的伦理"来战胜历史幽暗的阴影,而是一种渐进的领悟:一种对被历史囚禁的自我进行心灵拯救的自觉。

正是在此意义上,《人生海海》不仅是詹明信意义上的第三世界民族寓言,它更内蕴了携带历史创伤的个体如何得救这一重要议题。事实上,20 世纪以降,几乎每一个真正的大作家都有志于为自身国家的历史创伤寻找疗救。譬如君特·格拉斯的《铁皮鼓》之于德国,村上春树的《海边的卡夫卡》之于日本……似乎,主要以特情、侦探叙事而获得了国际认可并不能匹配于麦家的文学理想,《人生海海》在某种意义上展现了麦家成为国民作家的文学抱负。

有必要将麦家放在 80 年代文学的背景中来辨认。作为一个由 20 世纪 80 年代开始写作的作家,麦家的写作资源、文学观念乃至历史视野都内在于 80 年代中国文学。他由 80 年代中国文化语境中打开世界文学的视野,他对博尔赫斯式纯文学化侦探叙事的服膺,他对文学人心幽暗意识的开掘,都不难在 80 年代文学中找到来源。事实上,无论是詹明信的"民族寓言"理论还是海德格尔的"存在"与"还乡"哲学,同样是在 80 年代传到中国并找到汇入中国当代文学的契机。在某种意义上,麦家是一个化合 80 年代文学思想资源与现代性侦探叙事而在 21 世纪当代文学转型背景下大放异彩的作家,他由此而为中国当代文学提供了一个极具辨析度的增量。但市场的巨大成功也使他不得不承受某个他并不乐于接受的类型作家标签,这个标签在象征意义上同构于《人生海海》中上校身上耻辱的文身。《人生海海》既是麦家的转型和新创,又何尝不是某种赓续和返程。麦家

---

① 麦家:《人生海海》,北京十月文艺出版社 2019 年版,第 319 页。

要从"类型文学"往回走向"80年代",这是致敬,或许也是承受历史光照和投影的麦家改造身份文身的象征性行为。

应该说,《人生海海》的历史想象也可能招致某些狐疑的目光,这个从双家村到上海到马德里的"世界空间"包含的从革命到后革命的全球化世界想象事实上对应于已经结束了的"短二十世纪"。小说的时间下限是2014年,但2014的内涵似乎只是1989的无限绵延。换言之,《人生海海》的历史景观内在于冷战结束后的"历史终结论"和全球化世界想象。可是,进入21世纪第二个十年以来,世界格局正在发生了全新的变化,科技迭代和国际格局变化可能将开启晦暗未明的文明和历史转型。《人生海海》的叙事并未为我们提供新的历史想象。可是,我想《人生海海》或许已经为此提供了自我辩护:个体的生命伦理就在于他只能置身于自身的历史有限性中去寻求得救的可能。《人生海海》第三部分最引人注目的地方在于多达十处的"报上说",这绝不是一个偶然的重复,而是一个跟小说历史观内在相关的象征叙事:"我每天看报,回国看《参考消息》,在国外看西班牙《国家报》和中文版《侨新报》《欧洲时报》,四张报纸一年四季陪着我,影子一样,奖牌一样",报纸曾经是叙事人与孤独交战的战利品,当他老年忙得没有时间孤独时,"唯一留下这战利品:看报纸,伤疤一样,褪不掉"。当报纸与"伤疤"这个小说的核心叙事元素关联起来时,它显然包含了内在的象征性并被作家做了刻意提示。叙事人的一切智慧都来自"报上说":"报纸上说,民航飞机是最安全的";"恐怖分子是当今人类的肿瘤——这也是报纸上说的";"报纸上说,人要学会放下,放下是一种饶人的善良,也是饶过自己的智慧";"报纸上说的,当一个人心怀悲悯时就不会去索取,悲悯是清空欲望的删除键";"报纸上说,中国自实行改革开放政策后焕发出了勃勃生机";"报纸上说的,世上只有一种英雄主义,就是在认清了生活真相后依然热爱生活";"报纸上说,爱人是一种像体力一样的能力";"报纸上说,多数人说了一辈子话,只有临终遗言才有人听";"报纸上说,生活是如此令人绝望,但人们兴高采烈地活着";"报纸上说,没有完美的人生,不完美才是人生"。如此多的重复绝不仅为了说明叙事人文化程度不高,借助报纸阅读获得生命体悟,而是通过报纸这种典型的印刷文明时代的大众媒介来指出叙事人与20世纪之间的深刻历史关联。在叙事人带来的报上格言中,我们似乎看到他正和他爷爷一样在融入他时代的媒介和伦理。叙事人爷爷也是他时代的伦理捎信人,但是传递这些"理"的不是报纸,而是前现代乡土世界代代相传的故事。乡土世界崩溃,现代世界建立起来,印刷文明时代也用自身的媒介来确认自身的伦理。小说暗示,在叙事人身后,一种新的网络媒介正在兴起(叙事人和小瞎子通过QQ聊天这一设置意味深长),可是他不可避免地只能是一个20世纪人。小说由此便暗示了,技术所带来的历史转型或许正在发生,但每一代人都无法逃脱这样的宿命:个体如何携带着自身的历史有限性,以对人心的修持而从历史怪兽的虎口余生。于此,我认为麦家致敬了80年代极为兴盛而如今几乎无人问津的存在主义,实在意味深长!

增量:麦家与文学时势

讨论《人生海海》,或许不能孤立地谈,而应将其放在麦家的写作历程乃至中国当代文学的转折背景中,麦家投寄于《人生海海》中的抱负及其之于当下文学的意义才能看得更加清晰。

《人生海海》出版后麦家接受《人物》杂志专访,提到《解密》在90年代初投给南方一个著名的文学杂志,但遭到退稿的事。笔者也从南方某个著名文学杂志当年的编辑处得到确认,这位资深的编辑对此表示相当遗憾。这家文学杂志从90年代起以倡导先锋立场而著名,也推出了很多90年代影响巨大的实验文学及关于先锋文学的讨论。事实上,麦家博客早就提到《解密》在出版前经历过多达17次退稿的事实。我关心的是,《解密》在90年代被退稿带出的潜在信息,它意味着在21世纪大获成功的麦家小说与90年代中国文学观念的某种错位,彼时从80年代纯文学中走来的中国文学正在酝酿着转型,但并没有相应的观念装置来安放麦家这类后来主要被称为中国化的"敌情""谍战""新智力"小说。更直截了当地说,在90年代很多严肃文学家的观念中,在纯文学与类型文学之间存在着显而易见的等级关系。《解密》的"好看"并不能为它获得在90年代纯文学刊物出场的机会。我关心的是《解密》遭遇背后的文学时势移易和观念变迁,换言之,在当代文学期待视野怎样的移步换景中,麦家成了"意义"

的焦点?

讨论麦家的"成功"①,应该将其置于21世纪网络文学的崛起对类

---

① 必须说,麦家是一个具有很强文学经营意识的作家。这里的"经营"不仅指如何进行作品的市场化推广,更指他对写作在文学场域的占位策略具有相当的思考。麦家称,《解密》之前发布的中篇小说《陈华南笔记本》,"文艺界的评价非常高,很多杂志都选了,也接到好多电话。然后我就想,以前写了那么多小说,没有什么反映,为什么这个小说反映那么好?我就像尝到甜头一样"。这个"甜头"指的是特情小说独特题材带来的关注度。他开始意识到"写作应该是要有策略的,你东打一拳,西打一拳,评论家没法关注你。那么我现在写这个地下题材,某种意义上,就像我在创我的一个品牌,但是,如果我老是抱住这个品牌不走,人家也会说你江郎才尽,而我自己也会没有新鲜感了"。这里透露出,麦家既有策略,也有抱负。只是,在21世纪初,对于尚未"功成名就"的他来说必须更重"策略"。所以他深谙一年中"发了5个中篇,密度很高了,没必要再去挤,我就把它们放到明年写长篇时用,让人们感觉我还没有消失"。"策略"还表现在麦家对阶段性写作目标的清晰设定:"如果说我写《解密》的理想和愿望是让文学界的人佩服我,那我写《暗算》的时候,某种意义上是这样想的,文学界的人通过《解密》承认我了,我现在需要另外一拨人来承认我,那就是大众。"2003年,面对"一举成名有何感觉"的提问时,麦家表示不以为然:"就圈子人知道,社会上不知道,老百姓谁认识你啊。我想有一天《解密》搬上屏幕了,可能会好一点。"回看当年的访谈,不知麦家是否有恍若隔世之感。2002年,《解密》经历17次退稿之后终于在《当代》杂志刊出,并迅速由中国青年出版社出版。此后,《暗算》《风声》等长篇小说迅速获得了文学批评界和大众文化市场的双重肯定。《风声》初刊于《人民文学》2007年第10期,在当期的创作谈中,麦家称自己为"当代小说界的偷袭者"。这个有趣的说法来自李敬泽2003年的一篇文章——"麦家终于从意想不到的角度,像一个偷袭者,出现在他的时代"。麦家重复这个说法,不仅是致敬这位当年的《人民文学》主编,也说明他对自己文学成功的独特路径了然于胸,麦家毫不讳言他对中国小说谍报题材的"独特发现"。他走在一条与其他纯文学作家都不同的"分岔小径"上。但当时他应该还想不到,他会在此年获得代表中国文学最高荣誉的茅盾文学奖。相比其他作家,麦家从引人瞩目到获得茅奖的时间确实太短了。随着作品改编的影视作品火遍中国,麦家及其作品真的成为引车卖浆者街谈巷议的话题,一个作家所梦想的市场和专业的双重认可,他在短短几年间全实现了。而后,虽然他的写作一度落入低潮,《风语》《刀尖》等作品并不能达到他的预期,但他却"意外"地获得了世界性文学接受。2014年3月,《解密》英文版由英国汉学家米欧敏和克里斯托弗·佩恩合译,由企鹅兰登图书公司旗下的Allen Lane出版社和美国FSG出版公司联合出版,在21个英语国家和地区同步发行。《解密》英文版还被收入"企鹅经典"文库,麦家是迄今唯一入选的中国当代作家。据2014年12月2日《人民日报·海外版》报道,2014年在海外出版的中国文学翻译作品有100多种,其中麦家的《解密》共被686家图书馆收藏,高居图书机构收藏影响力第一位。必须说,麦家是当代中国极为罕见地获得国内和国际市场及专业认可的作家。就此而言,麦家已经为自己在中国当代文学史中赢得了一席之地,他已经是真正意义上的功成名就。然而,麦家的成就并不仅是他个人勤奋、才华和占位策略的结果。如果没有放在21世纪中国当代文学的转型背景来看,可能会忽略麦家写作与文学时势之间的密切关联。

型文学象征资本产生的增殖效应这一背景中。90年代中国文学开始经历市场化的转型，80年代那种以文学期刊、出版社和作协系统为中心的文学体制发生了变化，直接面对市场的出版公司策划的通俗类型文学占据了越来越大的比重。"进入90年代，中国大陆的文学市场终于进入本土化阶段，或者说，中国大陆的文学市场开始流行或畅销大陆作家的作品。"[①]90年代，人民文学出版社出版的梁凤仪财经小说，长江文艺出版社出版的"跨世纪文丛"，华艺出版社出版的《王朔文集》，北京出版社出版的贾平凹《废都》都风行一时，或引发巨大争议。此外诸如"布老虎""新生代""晚生代""女性主义写作"等命名的丛书备受关注。这些现象都说明，90年代文学已经渗透了各种各样的市场化因素。90年代文学图书的市场化进程无疑改变了大众文学阅读的图景，但尚不能改变文学评价的标准。进入21世纪以后，网络文学的出现却在某种程度上改写了文学评价的尺度。一个突出的表现便是，类型文学的价值获得了更普遍的重视。显然，网络文学正是以类型文学为板块进行自我呈现的，网络文学的产业化也极大地推动了类型文学的多样化和批量生产。在网络文学没有出现之前，人们所熟知的类型文学无非武侠、言情、商战、官场、历史、科幻、侦探、悬疑、推理等可数的几种，但网络文学的出现使得玄幻、穿越、仙侠、灵异、竞技、二次元等前所未有的小说类型得到海量涌现。从写作、传播及业态看，我们可以说网络文学是一种全新的现象；但从叙事模式及文化功能看，网络文学可能只不过是通俗文学在网络时代找到的新形式。然而，网络文学以其巨大的市场占有量迫使以现代性为评价标准的纯文学观不得不有所调整，客观的结果便是通俗文学在评价体系中的升格和雅化。

麦家作品在21世纪被市场和严肃文学界快速接受，不能忽略这个重要的背景。一方面，严肃文学界绝不放弃对"伟大的传统"的坚持，但是，继续以高高在上的姿态来面对曾经被视为通俗小说的类型文学并不合适。所以，此时最稀缺的便是能够将纯文学和类型文学打通的品种。网络文学的崛起在改变当代读者的阅读趣味的同时，也逐步改变了中国文学批评的

[①] 黄伟林：《90年代文学图书市场化进程》，《出版广角》1998年第2期。

标准，它迫使传统纯文学扩大自身的边界，通过容纳异质性获得新的平衡。类型文学崛起给当代文学带来的挑战在于，如何在纯文学和类型文学中找到接合点，如何将纯文学的意义结构跟类型文学的叙述资源结合。21世纪第一个十年找到的是麦家的谍战小说；第二个十年找到的则是刘慈欣的科幻小说。

  在此背景下反观当代文学批评界对麦家的接受，是饶有趣味的。90年代麦家作品发表寥寥，评论几未看到。进入21世纪以后，在《暗算》《解密》《风声》等作品大获成功之后，文学批评界也找到了解读麦家小说、阐释麦家意义的有效方式。确实，2005年之后，中国文学评论界谈论麦家，最常用的角度便是"麦家的意义"。彼时的麦家已经携带着不容回避的影响力，使文学评论家不得不消化他所开启的"可能性"和"启示"了。谢有顺从麦家与中国当代小说的"可能性"的角度，肯定了麦家讲故事的耐心和逻辑；雷达指出麦家小说重推理、抽象、破解、想象的特征补传统小说长于载道、短于科学及游戏精神，长于表现现实而短于虚构想象之不足，由此论述"麦家的意义"。这种论述事实上暗示了彼时中国当代文学内部在90年代文学市场化、21世纪网络文学崛起的文学情势剧变之下做出的某种自我反省和观念调适。这种调适的实质可以表述为：在不放弃文学作为精神之志业和艺术之宏图的立场前提下，对优秀类型文学资源及其象征价值的认可。换言之，90年代初那种"纯文学/类型文学"的价值对立被弱化了。类型文学的重新崛起是21世纪文学非常重要的趋势，它挟市场之"天子"以令文学评价之"诸侯"，要求当代文学做出观念调整。这种调整逐步导致了原有文学观念的解体和重组，何平在论述麦家对中国当代文学的意义时说"类型文学在当今世界文学格局中地位和成就卓著，拥有许多大师级的作家，但在中国文学格局中却常常遭受所谓的'纯文学'的傲慢和偏见"，并将对"类型文学的歧见"归因于"'五四'新文学的遗产"。事实上，打破"纯"的文学观，重构杂多的"大文学"观念的想法，已经成为21世纪批评界一种重要的声音。2008年，在麦家获得茅盾文学奖之后，李敬泽接受新浪读书采访时提到麦家获奖的"突破性意义"时说：第一是作家的层次与过去有所不同，"麦家是90年代出道新生代作家的一个杰出代表"，其获奖为茅奖补充了新鲜血液；第二是代表了当代文学"在审美视域上的拓展"。李敬泽时任中国作协书记处书记、茅盾文学奖评委,其发言解释了茅奖评委会肯定麦家的出发点,也显示了中国作协在变动的文学场,在维系当代文学连续性前提下为当代文学寻找增量的策略。

　　细读雷达对麦家的评价很有意思。他当然肯定麦家的意义,但这种肯定恰恰是在将其定位为类型小说的前提下做出的。他直截了当地提出麦家"他的类型化写作最终走向哪里"的问题,并指出"麦家的三部长篇里,构思和推理方式接近,有渐成模式之虞。《风声》比之前两部震撼力似乎趋弱,某些手段有些雷同,熟悉他作品的有的读者表示已有审美疲劳"。在他看来,"路有两条:一条是继续《暗算》《风声》的路子,不断循环,时有翻新,基本是类型化的路子,成为一个影视编剧高手和畅销书作家,可以向着柯南·道尔、希区柯克、丹·布朗们看齐。另一条是纯文学的大家之路,我从《两个富阳姑娘》等作品中看到了麦家另一方面尚未大面积开发的才能和积累。两条路子无分高下,应该说,能彻底打通哪一条都是巨大的成功"①。有趣在于,雷达回避直接在类型文学和纯文学之间划分高低,但他两条道路的区分及上下文语境又不能不说包含着潜在的价值秩序。显然,雷达的观点可视为主流文学界"守正创新"的文学态度,既把麦家作为增量纳入文学秩序,又对麦家依然保持着基于纯文学立场的期待。

　　有趣的是,麦家日后的写作似乎隐隐构成了对雷达描述的两条道路的回应。他断然否定了"基本是类型化的路子",他希望走向"纯文学的大家之路"。麦家是敏感而偏执的,不管获得多大的成功,他的内心可能一直有个心结——他是作为类型作家获得承认的。在谍情小说这个赛道他获得过冠军,那么,为什么不换个赛道证明自己?《人生海海》透露了他的某种执念:他必须作为纯文学作家再次获得承认。若非如此,作为一个已经极具市场号召力的作家,他不会在《风语》《刀尖》之后选择停顿。在我看来,《人生海海》既是麦家"向前走"的作品,也是他"往回走"的作品。所谓向前走,当然是指小说中呈现出来的前所未有的新质素;所谓

---

① 雷达:《关于〈风声〉——麦家的意义与相关问题》,《南方文坛》2008年第3期。

往回走，则是指他回到了他开启文学之旅时的文学理想，他终于获得了更多的自由，却依然没有丧失写作的雄心，以回到80年代的文学遗产下写作。李敬泽最早注意到麦家作为写作者独特的心智结构——偏执，他因偏执而修成正果。在我看来，麦家的写作与他描写的解密行为有着同构关系。每一部已写出的作品都是一部被他破译的密码，他的写作便是在黑暗和孤独中苦苦摸索的过程。对他来说，他破解过"专业认可""市场认可"的密码，一部更大的密码摆在他面前，那可能是"不朽的杰作"。名和利可能曾经是麦家的目标，可是当这些都实现之后，他内心里还装着更高难度的密码，这是他的宿命。这个选择了小说又幸运地被文学时势所选择的人，很可能终生是小说的囚徒，他和小说搏斗，用小说装下更多的东西，有时他突围而出，但他终于又回来，继续这场西西弗斯推石上山般的小说之事。

《人生海海》对于麦家来说不仅是"转型"，还是一个有效的增量。写作沿着原来的轨迹做惯性延伸，作品数量上有所增加，却没有创造出真正的增量，甚至写作的转型，也不必然带来增量，失败的转型对曾有的库存可能是减损效应。真正写作上的增量，是指创造出一种新质。新质之于个人已然可喜，若同时也是当代文学的新质，就更加可观。本节力图通过21世纪第一个十年麦家与当代文学时势的相遇，以阐明麦家如何成了当代文学的一个增量。对于中国当代文学来说，麦家独辟蹊径，以一己之力使谍战小说进入了纯文学视野，并在实质上拓展了当代批评关于文学的边界。可是，《人生海海》又为当代文学再做了一次增量。写作《解密》《暗算》《风声》时，麦家意识到他要从那条挤满人的文学道路"冲出去"，而写作《人生海海》的麦家，则显然在"往回走"。上面已经多处论证了《人生海海》之于80年代文学遗产之间的勾连。"往回走"为何又成为一个"增量"？因为"往回走"不是真正的走老路，这种"逆时针"的文学姿态恰恰呼应了阿甘本如何成为"同时代人"的论述：成为同时代人并不意味着完全同步于时代，还意味着要反身死死地凝视住这个时代。在当下这个纯文学在大众视野中不再拥有"光荣与梦想"的时代，在文化市场畅通无阻、呼风唤雨的麦家向着文学理想的深情回望，既是赓续，也为不断被宣告终结的当代文学之老树再绽新芽。

结　语

绕了很大的圈子，现在终于要说到《人生海海》对于麦家本人乃至中国当代文学的意义了。"当代文学"是一个内涵和趋向不断发生转折的概念。在很长一段时间中，当代文学的主要矛盾是人的文学与人民的文学之间的矛盾。这是一组依然在新文学所开拓的意义空间中运作的矛盾，它作用于从1950—1990年代之间。进入21世纪，当代文学的矛盾转为纯文学与类型文学之间的矛盾。社会语境的变化迫使文学必须做出相应的调整，新文学诞生之初被压制并视为次等文学的通俗文学再次归来，要求文学扩大其取景框将其纳入。因此，此当代文学可能已经不是彼当代文学。因此，洪子诚先生才感慨当代文学已经终结。但是，我要说，《人生海海》是一部力图沟通两种当代文学的断裂性的作品。T. S. 艾略特在《传统与个人才能》中有个很著名的说法："现存的艺术经典本身就构成一个理想的秩序，这个秩序由于新的（真正新的）作品被介绍进来而发生变化。这个已成的秩序在新作品出现以前本是完整的，加入新花样以后要继续保持完整，整个的秩序就必须改变一下，即使改变得很小；因此每件艺术作品对于整体的关系、比例和价值就重新调整了；这就是新与旧的适应。"① 这个着眼长时段的观察让人对"伟大的传统"十分安心，它基于这样一种假设：传统不可能被新变颠覆，相反，新质终究会被吸纳进做了微调的传统中。与其说艾略特提供了关于传统的必然，不如说他提供了一种值得追求的应然。应相信，然后努力使自身汇入这一源远流长的传统。所以，传统得以确立，依然离不开个人才能和努力，而《人生海海》正是这样一部站在文学场域和价值尺度已经发生了巨大裂变的当代文学向另一种当代文学的致敬之作，它使此在面向人心、面向历史，走向未来却归属于某个伟大的传统。这是麦家特别可贵之处，也是他不同于莫言、余华、苏童等作家之处，

---

① 〔英〕托·斯·艾略特：《传统与个人才能：艾略特文集·论文》，卞之琳、李赋宁等译，陆建德主编，上海译文出版社2012年版，第3页。

后者本来就站在当代文学的先锋小说传统之中，他们从此处走去；作为偷袭者的麦家，本也是80年代文学遗产的继承者，却行走于一条特别的道路。这种文学上的"相逢"有了特别的意味，因为它对艾略特的论断形成了某种补白：传统之所以化为文脉生生不息，正因为旧日的火种依然有俘获未来精英的能量。

《烟火漫卷》：
叙事装置、灵的启示和善的共同体

毫无疑问，哈尔滨这座城市的气息在《烟火漫卷》中弥漫在前景和背景，它甚至就是一个独立的主体，是小说人物行动的典型环境。小说人物映照着城市的历史，人物命运与城市历史互相镶嵌。因此，谈论《烟火漫卷》，城市书写就成了一个几乎无法绕过的角度。迟子建并非没有书写过城市，也并非没有书写过哈尔滨。自《伪满洲国》始，迟子建的哈尔滨书写已有蔚为可观的成果：《黄鸡白酒》《起舞》《白雪乌鸦》《晚安玫瑰》等，哈尔滨不仅是故事发生的地方，更是一个充满文化和历史独特性，承载命运悲欢离合的空间。可是，只有在《烟火漫卷》中，哈尔滨的此在和历史、风俗、气质才如此全面地如画卷般徐徐展开。在哈尔滨生活已经三十年，从最初的隔膜到后来的水乳交融，哈尔滨这座城市的历史、文化、风俗渐次在迟子建的内心生根，她也升腾起书写这座城市的热望。

因将某座城市生动地带进文学中，反过来以文学想象的光辉为城市提供了文化增益，从而使自身与这座城市紧密联结的作家不在少数：雨果与巴黎、狄更斯与伦敦、老舍与北京、王安忆与上海、邓一光与深圳，现在，必然要增添迟子建与哈尔滨。可是，这些著名的城市书写的背后，每一个作家却有着自身的书写逻辑，甚或是城市诗学。就城市论，上海、哈尔滨这种具有独特文化根性的城市与深圳这种典型的新城市就截然不同，因此，其书写的方式同样迥然有别；同为在近代中国对外交往中发挥重要作用的城市，王安忆的上海书写和迟子建的哈尔滨书写背后的文学和文化逻辑同样相去甚远。因此，细读《烟火漫卷》的城市书写，并通过与王安忆、邓一光的城市书写进行比较进一步辨析这些书写的文学特质，便值得一试。

一、烟火如何"漫"卷：作为叙事装置的护送车、榆樱院和小鹞子

《烟火漫卷》显然属于写实一脉的作品。人们通常以为写实，就是正面强攻、径直写去，镜子式反映现实，功夫全在工笔细描，这是对写实的误解。写实之难处在于它必须在现实逻辑的规定性中运思，笔者曾经发过这样的议论："不管是亚里士多德的'摹仿说'还是列宁的'镜子说'，都确认了文学通过写实来把握世界的方式。人们通常忽略了看似'透明'的写实依然是一套充满符号中介性的叙事机制。假如作家不能掌握叙事的内在秘密，就将陷入世界布下的迷宫，不但不能召唤出'内在真实'，就连基本'表象真实'都将充满裂痕而备受质疑。"①

超现实的写作可以通过某种象征性来表达意义，比如卡夫卡《变形记》中的"甲虫"。遵循写实逻辑的叙事无法启用超现实的装置，但这并不意味着写实文学没有叙事装置。所谓"叙事装置"是指小说叙事在推动、发展过程中赖以之为基础和发生前提的物品、空间等中介物。空间和物是写实小说最重要的叙事装置类型，只有通过这些叙事装置，故事才能得以发生和生长。换言之，是这些叙事性装置给故事的生长提供了可能性空间。但因为这些写实的装置过于平实，很容易被自然化，被视为本来如此，从而忽视了写实作家艰苦卓绝的艺术运思。

在迟子建这里，《烟火漫卷》不仅要写出"烟火"，还要写出"漫卷"，这就使得提炼有效的叙事装置具有更强的迫切性。"烟火"要写的是普通人的日常和命运，而"漫卷"则是许许多多普通人的日常和命运。城市性内在要求小说的笔墨必须由一人而及于芸芸众生。城市和乡村最大的差异在于，乡村是一个相对静态、封闭的环境和空间，乡村的人际关系和伦理

---

① 陈培浩：《现实主义当代化中的"格非经验"》，《扬子江文学评论》2020年第2期。

法则具有很强的恒定性；城市则是一个流动性和开放性更强的大型社会协作系统，城市的分层化及不均质性使得它很难被一人所代表。因此，书写城市，通常便要求对城市内部的错综复杂和参差多态有领悟和表现。迟子建无疑正有此雄心，她要写出"漫卷"，便是要写出城市的空间性和历史性，写出城市的某种全景性和总体性。可是，如果没有找到有效承载城市时空性的叙事装置，这样的目标是难以实现的。必须说，《烟火漫卷》既有精彩纷呈的故事，又有光彩照人的人物。其核心叙事的建立又高度依赖于"护送车""榆樱院"和"小鹞子"这三个叙事装置。

2020年9月11日，在《烟火漫卷》新书分享会上，面对小说如何把各种错综复杂的人物线索安排到一起的提问，迟子建首先指出的就是"护送车"。诚然，假如抛开"爱心救护"车这一特殊的流动工具，故事的很多可能性就难以为继。为了将寻人和谋生结合起来，刘建国找到了开"爱心救护"车这一职业。护送车在小说中承担了非常重要的叙事功能：首先是自然而巧妙地连接了诸多人物关系：翁子安就是因为使用刘建国的护送车而与之建立联系；黄娥也是因为听说了刘建国开着护送车寻人的故事才有心将杂拌儿相托，从而与刘建国建立联系；再接下来，翁子安又因为刘建国而认识了黄娥。可以说，没有护送车，小说的核心情节就无法有效地展开。其次，护送车的行驶运营还使更多的"烟火"、更大范围社会经验的呈现获得可能性。与刘建国一起跑车的助手经常换，第一个跑了一阵看透人生；第二个沉闷而精干，却因为老婆跟一个搞传销的有染，把人家打残废而坐了牢；第三个是个肥胖的富二代，干这行纯粹是为了找虐减肥。这些助手每一个都携带着自己的故事和命运，跑车的过程更是一幅幅城市地理景观和世俗生活画卷的展开过程。借着"爱心护送"车这一移动镜头，迟子建将哈尔滨的阳明滩大桥、松花江的"文开江""武开江"等自然景观尽收眼底。同时，刘建国和黄娥也一路收集着人间百态、贤愚不肖各色人等排队进入他们的生活。因此，"爱心护送"车就是绝佳的经验收集器。尤其重要的一点是，"爱心护送"车还成为某种善良者的分类装置，凝聚了一个善的共同体。比如，翁子安就是"在医院听说了刘建国的故事，深为感动，极想结识，所以才雇用他的车"①。这里已然是一种善的感召，善把一些人从人群中区分开来。黄娥同样是听说了刘建国的故事，深信这样的人正是可以将杂拌儿托付的好人。所以，"爱心护送"车作为一个叙事装置特别之处就在于它将具体的叙事功能和抽象的精神伦理凝聚在一起，成了小说叙事和精神叙事得以赋形的前提和基础，这是非常值得注意的。

在《烟火漫卷》中，当黄娥最初找到刘建国，不容置疑地要后者成为杂拌儿的父亲时，刘建国的第一反应当然是拒绝和逃避，架不住黄娥的死缠烂打，善于处理棘手问题的妹妹刘骄华出场，并将黄娥母子安排到她夫家的一处祖屋——榆樱院中。这段不无自然化的情节值得追问的是：作者将黄娥母子安置在榆樱院这个多户杂处的院落意欲何为？这绝不是为了一般性地解决情节合理性的需要，而是包含着相当复杂多样的叙事诉求——让黄娥母子居住于具有人际开放性的大院跟让他们居住在人际封闭的楼房公寓中效果截然不同。首先，榆樱院作为建筑空间本身就承载着丰富的哈尔滨历史、文化和审美信息，作者不厌其烦地介绍了榆樱院的建筑格局和历史蕴含，城市书写自然地落实在叙事的推进中，落实在具有文化具体性的空间中。其次，榆樱院作为大院的杂居属性同样扩大了小说的现实经验取景框，使小说的根系更深地伸向了众生"烟火"中，因而也更深刻地落实了"漫卷"一词。榆樱院就像一个舞台，诸多命运故事在此交汇。在小说主线之外又铺展了好几条普通生灵的命运副线。如果说小说中黄娥、刘建国等主要人物代表的是更具精神引领性的烟火的话，生活在榆樱院的很多人则代表了更一般也更具普遍性的烟火。由此便形成了"烟火"内在的层次感和对照性。生活在这里的老郭头有些讨厌，有些好色，有些为老不尊。他起初觊觎黄娥的美貌，并行挑逗和引诱之举；未果则又对小米的单身婆婆陈秀大献殷勤并终于同居到一起。老郭与陈秀的同居引起其子女房产被夺的恐慌，房产证被子女以借口没收，老郭在陈秀的怂恿下讨要未果，也因此而跟子女决裂。在老郭和陈秀身上比较典型地体现了某种小市民的劣根性，然而小说并未因此将其脸谱化和妖魔化。老郭为榆

---

① 迟子建：《烟火漫卷》，《收获》2020年第4期。

樱院的供暖出过力，当小刘、胖丫为榆樱院邻里演出时他热心地张罗着零食点心和大家共享，这里虽主要是因为老郭的虚荣，但也使这个人物不失正常的人性。在老郭和陈秀二人身上体现了典型的善恶平均数，他们谈不上大奸大恶，但又有着一般人的缺点、贪念和私欲。陈秀儿子成了植物人之后，陈秀不同意儿媳小米和大秦结婚，她的自私使大秦、小米成了一对苦命鸳鸯，品尝着爱情苦涩的果实。老郭、陈秀他们是人间烟火中燃着黑烟的那一抹，有点呛人却又无比真实。此外，榆樱院中还有做着艺术梦、尝着现实艰辛的年轻二人转演员小刘和胖丫，他们和刘骄华的儿子小李又上演着每一代都在上演的三角恋爱；这里还住过戴着墨镜、形迹可疑的制假罪犯……榆樱院和"爱心护送"车一样有力地使人间烟火由一及多，由孤灯独燃而烟火漫卷。

我们知道，叙事天然地具有时空性，故事必须在具体时空中才能获得生发。所以，无论是古典小说还是现代小说，对空间的依凭和营构早不新鲜。但是，古典叙事显然更依赖于静态的空间，比如《红楼梦》中的大观园，巴尔扎克《高老头》中的公寓、府邸、赌场都是静态空间。榆樱院显然属于具有古典性的静态空间，但"爱心护送"车却是具有流动性、现代性和城市性的空间，它进入小说并非必然，而源于作家的妙思织锦。但在《烟火漫卷》中，"爱心护送"车和榆樱院这两个空间性的叙事装置依然不是最具迟子建特色的，最具迟子建个人特色的叙事装置不是空间，而是物——被唤作小鹞子的一只雀鹰。"爱心护送"车和榆樱院这两个空间叙事装置说到底都是现实性的，它们有着现实的来源和可理解性，但雀鹰在这部小说中的出现，其逻辑却是精神性和超越性的。正是雀鹰的出现使这部小说的叙事装置兼容了现实性和精神性、城市性和自然性、人性和灵性。

雀鹰在小说中第一次出现，是刘建国护送翁子安经过阳明滩大桥时，"刘建国发现了一只灰褐色大鸟，蜷伏在桥栏杆上，似在歇脚。鸟儿生性机敏，他以为汽车靠近时，它会拔头而起，飞向空中，可是刘建国过了主塔，从后视镜发现它岿然不动"，于是放慢了车速观察，随后还下车走近。

"这只鸟抬起头，并没因他们的到来而受惊飞离。它黄色虹膜，目光泛着水波似的亮光，弯曲的上喙紧扣短的下喙，侧面看像叼着一枚黑蓝的戒指，脚趾橙黄，钩爪黑色，灰褐色的羽毛上点缀着褐色横斑，而长长的羽尾则是几道黑褐色横纹，尾尖点点白色，好像拖着一枝珍珠梅花。"

二人根据外形特性很快判断出这是一只鹰。刘建国判断："这鹰估计迷路了，飞到这儿看到一城灯火，不想进城，可又耗尽气力，回不了老窝了，所以等人救它。"

这是小说中非常具有象征性的场景，这只飞到城市入口面对一城灯火，既不想进城又无力返乡的鹰，是一种属灵的象征性存在，它就像是黄娥精神和境遇的外化。这只鹰被刘建国和翁子安几次放生未果，转送给了黄娥，黄娥告诉刘建国这种鹰是雀鹰，在鹰中属于小体量的，他们七码头人唤作"小鹞子"。小鹞子和黄娥才是真正的精神同一物，它不吃黄娥喂养的生肉，而自行到附近的太阳岛和松江湿地去觅食。它拒绝城市化的鸟食方式，而顽强地保留着自身与自然之间的联结方式，恰如黄娥这个自然之子，她被命运牵引着走进了城市，但她既不仰慕城市，也不被城市所驯服，她以自然化的眼光、趣味、生活方式和人格融入城市，为城市带来异质性和启示。

小鹞子在小说中的出现，基于的是隐喻而非现实的逻辑。它和黄娥同属于那个属灵的自然界，它们以刚健而自然的方式生存，提示着城市之外另一个世界的存在。小说中，迟子建多次暗示鸟跟灵性之物的关系，如刘光复年轻时在野外烤了一窝野鸟蛋，吃完躺着晒太阳不觉睡着了，后来被一片黑压压的鸟用尖锐的喙将后颈啄伤。又如小说中描写谢楚薇在听说初恋情人郑医生因公殉职后的描写中用了这样一个比喻："她又重新洗袜子，洗了足足半个小时，最后一手提着一只湿漉漉的袜子，像提着两只被枪打死的鸟，走到窗前。"一个人的失魂落魄，在迟子建眼里就是鸟失去了生命。

小鹞子的存在使《烟火漫卷》的城市书写打上了鲜明的迟子建印记，与一般书写城市的作家不同，迟子建是将故乡放在精神世界中去写作的。这个故乡文学化之后就生成了一个与城市高度协作化、科层化和技术化相区别的自然世界。一般作家写城市，是站在城市的内部写城市，即站在城市的日常和历史谱系中写城市；可是迟子建写城市，既站在城市的内部，《烟火漫卷》当然充满了哈尔滨的日常和历史；也站在城市的外部，她将自然的、属灵的价值尺度引入了城市书写，由此而在城市的价值系统上打开了一个缺口，提供了一片可供瞭望的精神旷野。这既是迟子建以往灵性写作的自然延伸，也是迟子建对城市书写非常重要的贡献。

概言之，在《烟火漫卷》中，"爱心护送"车、榆樱院和小鹞子并非一般性的物象，而是重要的叙事装置，这些装置既有传统的静态生活空间——榆樱院，也有现代的流动性空间——护送车，更有基于象征性逻辑而创生的装置——小鹞子。不妨说，正是借助于这几个叙事装置，"烟火漫卷"的意义才真正得到落实："爱心护送"车和榆樱院拓展了"漫卷"的宽度，而"小鹞子"则开掘了"漫卷"的精神深度。迟子建也借着这几个写实性的叙事装置，重申了写实性写作的技术物质性。

二、城市烟火与自然之子

《烟火漫卷》是一部以"人"为基础的作品，这里的"人"之所以加引号，是因为这个"人"不仅是人物，还是"人道"和"人学"。这不仅是一部以人物刻画等写实手法为基础的作品，还是一部对人的尊严、价值和未来葆有信心的作品。讨论《烟火漫卷》的人物塑造及其对"人"的想象，无法绕开黄娥这个人物。黄娥是个招人喜爱的人物，不但读者喜欢她，作品里的人物也几乎都喜欢她。黄娥的美，不仅在形——她作为妇人却有着少女的体态，更在于她自然之子般的个性。可以说，黄娥是迟子建为中国现当代文学人物画廊贡献的一个具有独特魅力和内涵的形象。黄娥携带着自然的禀赋游荡在城市里，为程式化的城市带来灵的启示；这个形象也投射了迟子建对于人的可能性的独特理解，值得认真分析。

在来哈尔滨之前，黄娥和丈夫卢木头在七码头开一家小旅游客栈，过着恬然自得的生活。黄娥特别之处在于，她身上的一切从未被道德和现实所压抑，她如此发自内心地感知、呼应并热爱着自然里的灵韵。"她贪恋独自驾驶小汽艇返回时，一个人走在拇指河和鹿耳河上，能和岸上垂下的树枝说说话，跟河里的鱼儿说说话，跟灰云中的飞鸟说说话，觉得美好。"每当她"送客途中，在蒙蒙雨雾中，男女单独在一个小汽艇上"，这种环境总会让她无法抑制内在的情欲，与男游客一番云雨。"每当这样的事情发生了，黄娥回家就很羞愧，不敢碰卢木头备下的热酒热茶。她将偶从客人那儿赚来的钱（会比平素多），轻轻搁进卢木头的枕头上，然后换下衣服，丢进洗衣盆，吭哧吭哧地洗。卢木头这时会狠抽几袋烟，然后去灶上炒黄豆吃。黄豆半熟,他就'嘎嘣嘎嘣'地嚼,再把黄娥未碰的茶(那已是凉茶了)喝光,抖搂掉枕头上的钱,蒙头大睡。黄娥说卢木头一夜用响屁,声声谴责她。黄娥次日醒来,先是开窗透气,接着把地上的钱一一捡起,掖到自己裤兜,赶紧去灶房,给卢木头做能消食的萝卜条汤。卢木头喝过汤,再放几声响屁,该忙啥就忙啥去了。"

这段描写让人忍俊不禁。它刻画了黄娥和丈夫卢木头婚姻生活中常态化的危机和化解,黄娥从来无法于自然在前的环境中因为道德或丈夫的尊严而忍住自身的情欲,这甚至像一种病。但黄娥并非主张"我的快感我做主"的女权主义者,她的情欲没有上升到主义的层面;她更不是那种被迫或自愿用身体做交换的人物。她的出轨行为中有主体性,是对自我内心的呼应和满足;但这并不意味着她有意识反道德,她的行为准则只有一个——内心对于自然的感受和呼应。因为自然,她没有被镶嵌进道德的体系中而抑制了欲望;因为自然,她没有被内化于城市化的行为方式而不惮于欺骗;因为自然,她也没有扯起反道德的旗帜来为出轨行为辩护。她既在当时情欲难禁又于事后羞愧难免,但随后欲望与歉意又不断循环。以道德化的眼光看,黄娥的行为难免要被视为荡妇。迟子建自然并非这样,黄娥的行为总是发生于那样恬然自适的自然环境,她的行为听凭内心而无利益诉求,事后又拒绝作假,总是用羞愧的表现不打自招地向卢木头供认一切。由是,她发乎本性而依于自然,作者并未过分否定这种人性内在的自然欲望,这显示了迟子建对人和人性的包容心和理解力。就是卢木头,也总是因为黄娥的率真而原谅了她的出轨。"他甚至想那些被黄娥主动扑倒的男人,是被妻子践踏过的男人,有时见着他们,还生起<u>丝丝缕缕</u>的同情。"如此,他和黄娥缔结的不仅是婚姻共同体,还是基于认同的价值共同体,他们都是自然和真的信仰者。因此,黄娥真正伤害卢木头的,不是平素的出轨,而是她主动去找刘文生这一行为。与其说卢木头难以接受黄娥与刘文生发生关系(实际上并没有),毋宁说他无法容忍他和黄娥内在情感的唯一性受到了威胁和伤害。黄娥平素的出轨,因临时起意而可以获得豁免;可是主动去找刘文生,却带着蓄谋已久的味道,因而伤害了她和卢木头基于自然的某种心理契约。

卢木头死后,黄娥带着巨大的愧疚感活着。她来到哈尔滨,名为寻找卢木头,实是为杂拌儿寻找养父。她用一种最"自然"的方式葬了卢木头,也想用一种"自然"的方式追随丈夫。小说中,黄娥就是一个典型的自然之子,她的性格自始至终都稳定而统一,小说中的人物也围绕着这种自然价值观而形成了一个自然共同体。几乎每个人都喜欢黄娥,卢木头、刘建国、翁子安、刘文生、老郭,他们对黄娥的感情虽有程度之别,但都属于男女之间的爱慕,这种设置意味着黄娥作为自然之子的精神属性获得了最大面积的接纳。与其说它呈现了一种现实,不如说它投射了作者的价值倾向和想象。特别是翁子安对黄娥的一见钟情,意味着在迟子建看来,所谓阶层、学识、经历的差异性所构成的鸿沟并无法隔断心灵在审美和价值上的共鸣。

让所有的男人都喜欢同一个女人,这是传统"圆形叙事"的模型,女人处在中心点,其他人处在这个圆心构成的圆周上。黄娥这个人物不仅让人想起雨果《巴黎圣母院》中的艾丝美拉达,同样是带着某种异质性的女性,同样使用这种圆形叙事模型,《烟火漫卷》和《巴黎圣母院》呈现了非常不同的女性想象。在《巴黎圣母院》中,撞钟人加西莫多、副主教克洛德、皇家卫队队长弗比斯等人都是艾丝美拉达的爱慕者,他们围绕在以艾丝美拉达为圆心的圆周上。《巴黎圣母院》十分伟大,但其女性想象却相对传统,艾丝美拉达无疑是作为一个完美女性来塑造,但是艾丝美拉达身上体现的特质则是善良、美丽等传统的女性美德,艾丝美拉达为加西莫多送水、救下流浪诗人甘果瓦等行为,呈现的不是某种女性主体性,更多的是男性欲望和传统道德要求的投射。艾丝美拉达作为吉普赛女郎,并没有获得一种具有主体性的异质性,她所投射的女性美,依然不脱外貌和良善两端,以更具现代性的性别立场看,《巴黎圣母院》的女性想象是有待反思的。

在传统的文学叙事中,女性的几种正面角色有:可怜的母亲、可欲的情人、可敬的妻子和可爱的女儿,这都是围绕着男性而存在的社会身份。传统叙事中,女性有时会作为一种具有魔力的破坏者出现,换言之,当女性不再可欲可爱时,就会被指认为可怖。此间,男性作为主体、女性作为客体的二元结构始终存在。在女性主义崛起之后,很多女性文学作品中,这种性别的二元结构与其说被解构了,不如说被翻转了。这些作品中,女性确立自身主体性的同时，有的陷入了盲目的弑父和厌男症之中，这些女性固然感知到自我，却无法感知到完整的性别和社会，因而无法对人构成普遍的启示。这种女性形象，只是反对者，而始终无法作为启示者存在，这不能不说是另一种遗憾。由此回看黄娥这一形象，就会发现，在迟子建这里，她不是一个具有主体性的反抗者，而是一个具有启示性的精神引领者。这在中国文学既有的女性形象中，无疑是独特的。黄娥不是祥林嫂、曹七巧，不是翠翠、三三，不是莎菲女士、江姐，不是王琦瑶、林多米……黄娥是一个全然新的女性形象：她带着自然的本性闯进城市里，她没有因父权制的规训而折断了翅膀，她更没有性别斗士的意识和自觉。她不是一个性别秩序的被压迫者，更没有想过要翻转这种秩序。她的一切全然发乎本性自然，对于各种形式的虚伪造假有着本能的排斥和厌恶。她本真的个性使之成为一个独具审美魅力的形象，她甚至就是对匍匐于城市现实秩序的人有着启示和引领性的灵的存在。

终究，迟子建透过黄娥，不仅是要为文学立一新人，更是要通过文学去省思人的困境和人的可能。因此我们禁不住问：这部小说埋藏在故事背后的精神叙事究竟是什么？

三、精神叙事：善和苦难的拯救

对于一部长篇小说而言，假如在故事和叙事的背后不能矗立起有效的精神叙事，那便不能称之为成功。在刘建国和黄娥的故事背后，究竟潜藏着迟子建怎样的精神思考？

在我看来，《烟火漫卷》首先是一部关于善的作品，这种善最初就表现为一种生命的歉然和宽恕。在刘建国这里，歉然是针对于大卫和谢楚薇夫妇的，因为他把于大卫夫妇托由他照管的孩子弄丢了。遇到这样的事情，歉意当然是所有人都会有的，但搭上大半生的时光去寻找丢失的孩子，从年轻力壮到垂垂老矣，刘建国用终生去偿还一笔心灵的债务，这里就见出了刘建国非同凡响的善了。一般人的心理惯性，总免不了为自己的错误辩护，在潜意识上倾向于合理化自身的行为。事到如今，刘建国固然有直接责任，可是于大卫夫妻难道就没有过错吗？凭什么让刘建国用自己的大好人生去弥补一个偶然的过失？这是很多人都会有的想法，就是刘建国也有过怨恨，可是不论子承父职在工厂里工作还是后来开起了"爱心护送"车，他从未放弃对铜锤的寻找，他从未以时间漫长作理由为自己免责。这种在精神上对自身责任的过度承担，却映照了一种令人高山仰止的善。

同样地，在黄娥的身上，我们既看到那种作为自然之子的率真，也看到她内在的自责和伦理承担的决心。最初，我们以为黄娥和刘建国一样都在寻找丢失的亲人；到了后面，我们才知道，黄娥要找的根本不是丈夫卢木头，而是一个可以成为杂拌儿养父的人。因为她在丈夫离世之后已经下定了决心，要追随丈夫而去。这个情节设计，令人想起了《史记·赵世家》中程婴的故事。在《史记》的赵氏孤儿故事中，还没有程婴用自己儿子替换赵孤的情节，这个情节要到纪君祥的元杂剧《赵氏孤儿》中才有。但是它同样有令人动容之处，那不仅在于公孙杵臼和程婴相互争着以死来转移屠岸贾的视线从而使赵孤金蝉脱壳，更在于多年以后，赵孤已经报仇雪恨，本可以享受赵孤报恩的程婴，突然提出他要自杀并终于践行这一行为，他的理由是：多年前故人公孙杵臼将赵孤托付于他，希望他养育赵孤成人并助赵孤报仇，如今事成，他必须去向朋友报告，不然故人地下必然始终记挂。可是，程婴难道没有别的办法吗？何须亲自跑到阴间去传递这一消息。究其实，在程婴看来，多年前公孙杵臼把生的机会让给了他，他虽然接受了这个安排，但内心始终无法排解某种对于朋友的歉意。只有死，才能消除他内心对朋友的歉然。以现实的逻辑看，他的死毫无必要；可是，从伦理的角度看，这种对责任的过度承担却矗立起一种大义和大善。我不知道，《烟火漫卷》中黄娥去死的漫漫长途这一情节设置是否受到赵氏孤儿故事的启发，但黄娥这种以死追随卢木头的决心却使小说同样由歉然而矗立起某种人性之善。

可是，《烟火漫卷》难道仅仅是关于心灵债务的偿还故事吗？我们会发现，它在更大范围内，还建构起一种苦难及其精神救赎的命题。

小说中有一个不能忽视的"巧合"：刘建国寻了大半生的铜锤居然是早就出现在他身边的翁子安；而他本人居然是一个父母不明，被丢弃在中国的日孤。这是一个令人辛酸的命运故事，刘建国大半生的努力是让铜锤和他的亲生父母获得血缘上的接驳，到后来，当铜锤这只漂流已久的孤帆重新在人海茫茫中被辨认出来时,刘建国却发现,自己才是那只无法停靠在血缘之岸的不系孤舟。这里不仅意在解构一种血缘情结,更暗示着个体始终处在命运无常的风雨中。《烟火漫卷》将不同烟火统一起来的不是灿烂,而是苦难:几乎每个人都以自身的方式承受着生命风霜和无常的侵袭,请想想:谢普莲娜、于大卫、谢楚薇、刘鼎初、刘光复、刘建国、刘骄华、翁子安、卢木头、黄娥,联系他们的确实不是生命的灿烂,而是命运的风雨和苦难。可是,他们难道就只有绝望吗?《烟火漫卷》显然不是绝望之书,而是星火之书;苦难中的烟火如何面对烟火中的苦难,才是小说更大的精神命题。大概,在迟子建看来,她虽然看不到生命有彻底免于苦难的可能性,但她坚定地相信,善和真堪为生命自我救赎的精神资源。

现代主义叙事经营了太多人的危机,将人置于万难拯救的残酷境地,以此探测人的边界和极限。很多作家在这一路上一往无前,由此便看出迟子建的意义,她对于人始终抱着善意,她对于人从苦难中得救始葆有信心。《烟火漫卷》这个标题,"烟火"当然是指人,所谓人间烟火和万家灯火常连在一起,这是千家万户所散发的云蒸霞蔚的光芒。在迟子建这里,漫卷的烟火既属于庸常俗世,又被赋予了足以抵抗苦难的能量而成了向上和向善的烟火。不妨说,迟子建书写的既是一样的烟火,又是不一样的烟火。烟火之所以一样,是因为芸芸众生都在遭受着命运和无常的戏弄,都在与苦难的对抗中不觉耗尽半生;烟火之所以不一样是因为人性在驳杂的现实欲望之上依然有歉意和良善,是它们升腾起人性内在的光辉,使身处苦难深渊中的人依然不失远行的希望。从叙事伦理来说,迟子建服膺的不是见证黑暗的伦理,而是挖掘微光的伦理;前者发现人的危机,后者却在人的危机中寻找生机。这种哀而不伤的写作对于今天这个价值迷茫的时代不无启示意义。

结语:城市书写的不同生成路径

迟子建既往的写作并不以城市书写著称,《烟火漫卷》对哈尔滨这座城市的切入和展开方式也迥然有别于王安忆、邓一光等城市书写名家。不同类型的城市在召唤着不同的文学打开方式,比如哈尔滨和深圳就不仅是两座城市,而且是两种城市,对它们的书写不可能一致。哈尔滨是历史悠久、文化深厚的有根之城,那种深厚的传统映照于日常生活中,就有很多别具特色和韵味的可写处;深圳则是典型的移民城市,是时刻发生变化的改革最前沿阵地,因此"变"就是这座城市的"常"。邓一光不能用老舍书写北京、王安忆书写上海的方式去书写深圳,迟子建也不能用邓一光书写新城市深圳的方式去书写传统城市哈尔滨。可是,哈尔滨和上海虽然同为具有独特文化内涵的有根之城,但王安忆打开上海的方式难道就可以无缝移置于迟子建的哈尔滨吗?说到底,有效的文学书写都必须是独一无二的"这一个",好作家必须在问题意识、思想资源和审美趣味等方面确立自身的辨识度。

就大的写作倾向看,迟子建和王安忆大抵都可归入写实一脉,但就城市书写来说,她们却有不同的现代性意识。王安忆的城市书写背后有着某种历史寓言的思维。她不管是写王琦瑶还是陈书玉,都是希望通过一个人去勾连起一座城的历史变迁。因此,王安忆的城市书写更多独传,而少群像。这跟叙事的结构能力无关,而跟叙事的问题意识有关。王安忆小说的前景当然是人,她也写人的日常、人的悲辛、人的命运,但她作品里的人多是作为"类"存在的,这是经典现实主义中常见的"典型"思维——王琦瑶是作为千千万万的王琦瑶们存在的。王安忆的独创处,是于千万人中立一人,又于此一人之心去立一城之心,将此一人的命运映照一城的历史。这是王安忆城市书写以人立城的艺术路径,她由是寓言性地写出了历史和现代性的进程。但这显然不是迟子建的问题意识,迟子建城市书写的出发点是人,归宿处依然是人。所以她要写的不仅是一生,而是众生,烟火漫卷就是芸芸众生,她当然也写芸芸众生中具有启示性的心灵,但她并不以为"这一个"可以代表其他的"很多个"。她的问题意识依然是以自然灵性去反省日益祛魅的技术现代化生活。迟子建曾说:"人类文明的进程,总是以一些原始生活的永久消失和民间艺术的流失做代价的。从这点看,无论是发达的第一世界还是不太发达的第三世界,在对待这个问题上,其态度是惊人相似的。好像不这样的话,就是不进步、不文明的表现,这种共性的心理定式和思维是非常可怕的。我们为了心目中理想的文明生活,对我们认为落伍的生活方式大加鞭挞。现代人就像一个执拗的园丁,要把所有的树都修剪成一个模式,其结果是,一些树因过度的修剪而枯萎和死亡。"① 显然,《烟火漫卷》延续了这种反思现代性的问题意识,书写黄娥这个闯入城市的自然之子,就是要为现代生活挽留一个具有灵的启示的精魂。

概言之,《烟火漫卷》探索了一种具有迟子建个人印记的城市书写。通过三个特别的叙事装置,小说有效地勾连起某种具有总体性的城市生活,写出城市烟火之漫卷,为故事推动提供可能性,连接了更普遍的城市生活经验并凝聚起善的共同体。迟子建的城市书写,既站在城市的内部书写了城市的建筑、文化和地理,城市人的日常、悲辛和命运;更站在城市的外部,塑造了黄娥这一别具神采的自然之子的形象,既丰富了中国当代文学的人物谱系,又对城市生活的困境和拯救提供了灵的启示。迟子建的城市书写,延续了她以往写作那种属灵的精神线索和现代性反思意识,开创了中国当代文学城市书写新的生成路径。

---

① 迟子建、胡殷红:《人类文明进程的尴尬、悲哀与无奈——与迟子建谈长篇小说〈额尔古纳河右岸〉》,《艺术广角》2006 年第 2 期。

《修改过程》：一组漂亮的假动作之后……

一

毫无疑问，韩少功是在当代文学留下重要印痕的代表性作家。他的《文学的"根"》被视为"寻根文学"的宣言，他的《爸爸爸》《女女女》在1980年代中期的出现，面向民族的文化原型发问，提供了一种更新中国当代小说的新语言。正如朱伟所说，"韩少功是少有极有自己定式的作家"。韩少功也是少有的具有思想力的作家，不管是他的小说、文论，还是他主编《天涯》期间赋予这份刊物的气质，都使人们毫无争议地认定韩少功是中国当代最有思想的作家，至少之一。朱伟认为，在伤痕文学盛行，感伤泛滥之际，韩少功即以其《月兰》"将感伤引向了另一个方向""这篇小说了不起，就在它从汹涌澎湃争先恐后的控诉声中脱身而出。当他人争相历数乡村赋予的苦楚时，他却在痛心检讨自身给贫穷增添的苦难，这真构成了不一样的思维认识"[①]。

作为一个资深而又极有见地的文学编辑，朱伟的意见相当值得倾听。在他看来，韩少功1985年发表的三篇小说——《爸爸爸》《蓝盖子》《归去来》——"构成了1985的文学转折"。以下说法尤其有趣："韩少功通过'寻根'寻到了楚文化，那应是从楚辞中寻到了一种能使自己飞翻凌高，负其奇迈，表达历史现实审视的手段。""难的是，韩少功从楚辞中找到的桥梁，巧合了拉美的所谓'魔幻现实主义'。""韩少功将'批判现实主义'与楚辞的源流接电，就跳过西方的'存在主义'，与'魔幻现实主义'殊途同归了。"[②]

[①] 朱伟：《重读八十年代》，中信出版社2018年版，第52—53页。
[②] 朱伟：《重读八十年代》，中信出版社2018年版，第58页。

80年代韩少功的另一个重要文学贡献是翻译了米兰·昆德拉的《生命中不能承受之轻》（后来通常译为《不能承受的生命之轻》）。在某种意义上，韩少功与昆德拉具有非常相通的气质，倒不是作品主题、风格上的相似，而是他们作为思想型作家气质上的相似。他们都对于小说在艺术史上所应扮演的角色有着独到的思考，他们都从一种独特的社会主义存在经验中成长起来，他们的写作在某种意义上努力跟主流的现实主义形成对话及逸出而走向某种文化诗学，甚至于，他们晚期作品陷入的困境也有着某种程度的相似。

几乎没有人会否定《马桥词典》在韩少功写作史上的界碑地位，这部作品曾成为文学事件引起了争议和官司，文学史家认为其争议也提出"有价值的问题，其中之一是有关叙事虚构在当前的'危机'和'可能性'。在《马桥词典》的争议中，涉及'文类'归属和小说文体探索的方面，即这种与'传统'的，或'经典'的小说叙事分离的方式的可能性和有效性。《马桥词典》是否可以看作是长篇小说？它是长篇探索的'个案'，属于某一作家特定表达需要的选择，还是预示某种前景的征兆？在90年代后期，与对'现实主义冲击波'的热烈欢呼的同时，也存在着对'现实主义'的传统叙事已陷入疲惫、衰落的估计。'叙事的衰落'的感觉和探求出路的意识，已经隐含于《马桥词典》的创作构思中，并在韩少功几年后另一长篇《暗示》中进一步展开"①。

在《马桥词典》《暗示》之后，韩少功推出的重要作品包括《报告政府》《山南水北》《日夜书》《修改过程》等，每一部都获得相当程度的关注和评论。回头看，韩少功的写作轨迹带有鲜明的个人印记。若论韩少功的特质，或许包括：一、作为小说家而具有特殊的思想能力；二、敏感于主流叙事的危机而在审美上另起炉灶的探索勇气。或许正因此特质，而成就了韩少功的贡献：如朱伟所谓从伤痕文学的感伤中逸出，使"寻根"径直与"魔幻现实主义"相遇；以及如洪子诚所谓在90年代"现实主义冲击波"大获欢呼背景下，率先意识到"叙事的衰落"而持续地另寻出路。

---

① 洪子诚：《中国当代文学史》，北京大学出版社2010年版，第446页。

不过，从《日夜书》到《修改过程》，韩少功写作内部的某种内在冲突也在扩大。在毫无疑问地认可韩少功历史地位之余，深入地辨认《修改过程》等作品所携带的症候性信息，同样不无意义。

二

《修改过程》是一部令人迷惑的作品，这种迷惑并非因为它"复杂难解"，无法做出阐释；恰恰相反，我们已经有非常多的理论工具可以给小说中设置的小花招做出漂亮的意义阐释。诸如多声部、复调、戏仿或所谓"记忆诗学"等术语，都可以使这部作品轻易获得"高大上"论述。而且以韩少功的思想能力，这些阐释很大程度并非意图谬误和过度阐释。作为思想型作家的作品，《修改过程》无疑具有巨大的阐释空间。但是，假如我们的意义阐释忠实于自身的阅读体验的话，就会承认这是一部让人游离的作品（至少是我，也包括身边不少作家和研究者朋友），不是因为阅读难度导致的难以进入，而是因为某种叙事上的"低照度"。一部很有想法的作品，却不吸引人。更遗憾的是，这种"不吸引"并非作为一种审美上的挑战、冒犯带来的阅读排斥。这种"不吸引"没有与冒犯性同在的提问能力，因此，这种"不吸引"可能只是艺术失效的结果而已。我迷惑的是，何以功力深厚的韩少功会写出这样"分辨率低下"的"低照度"作品？

《修改过程》的扉页后写着："亲爱的，我回忆，故我们在。我们惦念，故我们在。我们千言万语却总是词不达意，故我们在。"小说腰封的宣传语是："潮起潮落四十年，高考史上最富戏剧性的一代人——无可复制的理想主义者和他们的绝版青春。"[1] 前一段话来自韩少功本人，对于"我回忆故我在"这个被滥用得近乎鸡汤的哲学句式，韩少功既套用又打破，认识到回忆与词不达意同在，这正是韩少功的深刻处。相比之下，宣传语有意隐去小说复杂的思想内涵，而启用历史戏剧性、绝版青春和理想主义等不无煽情的词语，那种确定无疑的语调与小说本身其实是背道而驰的。

---

[1] 韩少功：《修改过程》，花城出版社2018年版。

这部以77级大学生为主角的小说，有很多拧巴和冲突，注定是不合时宜的。它拒绝以一种激情燃烧的怀旧美学来讨很多77级当事人的好，任何怀旧皆是矫饰，韩少功当然明白。《修改过程》并不负责装饰美好的回忆，反而是充满了对确定回忆的深深不信任。《修改过程》无疑是解构性的，就本意来说，韩少功可能想呈现一个"尤利西斯式"主题。《尤利西斯》的潜文本是《奥德修纪》，希腊英雄奥德修斯与庸碌的现代推销员布鲁姆，坚贞不屈的佩涅罗佩与耽于肉欲的莫莉之间存在着"变形记"式的对位。《尤利西斯》中这个三千年历史对人的无情"修改"主题被韩少功迁移到中国改革开放四十年中。当年的大学同窗，在四十年时代河流的转折与风浪中，早已面目全非，如此韩少功又焉能信任"当下"对"过去"的叙述；不仅如此，不同的叙述在小说中也构成了相互的质询和"修改"。正如王威廉所说，《修改过程》中"每个人都在努力说话，说着俚语、俗语、俏皮话和歇后语，这部小说呈现了当代这种众声喧哗的状况，是一种声音的狂欢"①。

声音的喧哗性不仅体现为语调和说话方式的多样性，更体现为这些声音之间的相互抵牾和取消。《修改过程》中有很多种讲述形式，如"网络小说""班会献礼视频文字稿""补述""网络小说留言"，等等。小说主体部分其实是小说人物肖鹏一部发表在网上以回忆M大学中文系77级2班同窗大学校园生活为主题的小说，此外镶嵌了小说网上发表后引发的评论、争议和纷争，以及该班2007年聚会献礼视频脚本等内容。这种小说套小说、文本套文本的方式并不稀奇（卡尔维诺的长篇小说《寒冬夜行人》中甚至嵌套进十个不同的中短篇小说）。如果联想起《马桥词典》，我们会发现韩少功的文学探索总是以形式为起点的。问题在于，何以《马桥词典》的"词典体"成了在当代文学留下重要履痕的作品，而《修改过程》的"仿网文体"却令人生失焦、失重及失效之感呢？

虽然《马桥词典》出版之后遭到了"抄袭"这样的严厉指控，但时间

---

① 韩少功、王威廉：《测听时代修改的印痕——从韩少功长篇小说〈修改过程〉谈起》，《作家》2019年第3期。

终究做出了公正的裁决。虽则"词典体"并非韩少功首创,但绝不能因为借鉴了"词典体"而否定了《马桥词典》更具原创性的内涵。显然,《马桥词典》的形式和内容存在着有效的化学反应。《马桥词典》依据一些词目来虚构,作者认为与其说这些词目是马桥的产物,倒不如说马桥在更大程度上是这些词的产物。与以往那些以方言为语料的小说不同,《马桥词典》是以方言为对象和方法而建构的一个可以由"方言"去透视和省思的马桥空间。马桥人活在"方言"所构筑的文化疆界中,他们的时空观和生命观也都被马桥话给定了。他们的淳朴可爱和呆痴落伍,他们的通达自然和与世隔绝,也都为马桥方言所庇护和规限着。于是,《马桥词典》不仅是一部借用了方言资源的小说,还是一部把"现代"与"方言"的巨大张力作为问题带到我们面前的作品:一方面,"语言是存在的家园",在马桥之外的更大世界,我们将建造一种怎样的可供居住的语言世界?另一方面,深具"方言性"的马桥越来越成为一个普遍现代性世界的他者和零余者,我们既不可能回到"马桥",也不能简单地改造"马桥",我们该如何在马桥与外面世界,在"方言"与"普通话",在差异和统一间,去保持一种必要的张力和平衡呢?《马桥词典》就是这样一部激活了"方言性"内部的现代天问的作品,它指向的不是文学如何使用方言的修辞问题,而是全球化时代和未竟的现代性内部的思想难题。它所开启的当代文学"方言性"难题,至今依然是一个无法回避的思想空间。

  问题的实质是,《马桥词典》是一部具有省思和提问能力的作品,"词典体"固然为其创造了一个有效的文体平台,但它之重要绝不在于"词典体"本身,而在于它提出的思想本身有力地更新了其周边的世界。反观《修改过程》则不然,它虽未"循规蹈矩"使用现实主义,可实际既没有提供有启发性的形式创新,也没有提供有启发性的思想——这种众声喧哗、互相取消的新历史主义叙述事实上从80年代末一直被使用至今,即使是思想者韩少功,也终究未能为当代提供更不一样的思考。这是我读《修改过程》的感受,也是读米兰·昆德拉《庆祝无意义》的感受!

  两个思想型作家的新著,都不难做出漂亮的阐释,可是你心里清楚,他们做了很多漂亮的假动作,没有晃倒对手,球匆匆扔向了一个没有篮筐的篮板……或许,这个责任不该完全由他们自己去承担。

三

我们还可以把视野拉得更大一点。

你会发现,韩少功一直走在一条别样的路上。如果强行命名,不妨称之为小说的文化诗学道路。不同于传统叙事对写实及其相关要素的强调(如故事、性格、环境、冲突、戏剧性等),小说的文化诗学路径探索一种通过"观念装置"来打开小说文化阐释空间的可能性。不同于先锋小说对叙事形式的自足性强调,小说的文化诗学实践的形式实验始终带着主动的文化立场和抱负。就此而言,如果我们说 80 年代以来的现实主义是一种审美右派的话,先锋实验则一度扮演了审美左派的角色,而文化诗学方向的小说则更是左派中的左派。必须申明的是,此处的左右并无褒贬,它们各有自身的针对性和限度。我想借此追问的是:像韩少功这样曾经对当代文学产生巨大推力的审美左派何以变得越来越乏力?

《修改过程》的矛盾在于,这是一部想见证时代的小说,它既想记录 77 级一代人的命运轨迹,但是由于小说建基于一个"消解性"的思想框架,这使得当代四十年的具体性在小说中基本遁于无形。韩少功说,在信与疑之间,他的立场并非完全倾向于疑,但作为文本的《修改过程》却难以摆脱新历史主义的取消性结构。

小说如何书写四十年来的当代进程,很多作家都进行了尝试,不少著名作家还遭遇了滑铁卢。在我看来,其中渗透了两种不同的写作倾向。一种是以写实为基础的右派审美,另一种则是融入包括文化叙事、后现代叙事的左派审美。在某种意义上,"写实"确乎天然地更靠近于书写时代的"见证性伦理";在这个问题上,更热衷于探索的左派激进叙事基本上以失败告终,即使是余华和韩少功。

21 世纪以来,在书写当代这个领域中,现实主义的崛起是一种不争的事实,其间的思想文化症候非常复杂,现实主义的复兴虽在某种程度上有效保证了文学对当代生活的还原度,但内在却体现了一种审美保守主义的回潮。对当代生活更具探索性的思想和审美挖掘并没有获得相应的鼓励,另一方面,某些不尽如人意的"探索"(如韩少功的《修改过程》和余华的《兄弟》《第七天》），被用来证明在书写当代这个问题上偏离现实主义轨道必然的恶果。

　　问题不是这个时代审美左派必然会失败，而是审美左派为什么会在这个时代失败？韩少功的"新探索"既无法提供现实主义那种高清还原带来的审美抚慰，也无法提供现代主义那种由于失真带来的冒犯和提问。如果说写实以造梦而提供了某种抚慰功能的话，现代主义的反写实则因对梦的撕碎而敞开了存在。问题在于，《修改过程》不无聒噪的叙述（一种事实上已经被演绎了非常多遍的新历史主义）并没有提供新的东西。这里的实质问题是，即使是韩少功这样有思想力的小说家也失去了通过对时代发言的能力，这不仅是韩少功的乏力，也是文学界的乏力、思想界的乏力。新历史主义的内在危机在于：我们既无法反驳其相对主义的叙述，但这种叙述又取消了用思想更新世界的可能。其结果就是右派审美的复兴，因为朝着审美左派的探索方向望去并没有路，在后现代主义之后并没有更有说服力的思想方案出现，此时往回走就成了一种普遍的选择。至少在对当代的高清还原中，依然保存着通过兴寄和写意而曲径通幽的可能。这便是近年格非通过对明清古典叙事和现代主义叙事的融汇来书写当代而广受赞誉的路径。在某种意义上，这是审美上的中右路线，恰恰类似于格非本人的思想立场。而韩少功在审美上的左派立场，也近似于他的思想立场。

　　文化诗学希望在文学文本和思想文化之间建构一种深刻的同构性，因此，作为文化诗学文本的《修改过程》呈现的便不仅是韩少功本人的问题，而是整个时代复杂的思想症候。就此而言，"失效"的文本也可能召唤出"有效"的分析。

"现实主义当代化"中的"格非经验"
——从《月落荒寺》说起

对于格非这样成功经受住当代文学时代转型挑战而形成自身丰富写作面貌的作家来说，提出当代文学中的"格非经验"或许并不突兀，甚至是相当必要。只有站在这样的角度，才能免于就格非论格非，而忽略了他对当代文学提供的启示。先锋时期的格非醉心于叙事迷宫和文本实验，90年代以后，格非小说有了更强的现实和历史品格。"江南三部曲"代表了格非书写历史、追问乌托邦的写作面相；《隐身衣》《望春风》等作品则是格非直面当代生活和精神焦虑的结果。在我看来，并不能用从"怎么写"回到"写什么"来概括格非的转型，"写什么"和"怎么写"在格非那里始终是一体两面的问题。如果说存在着一种当代文学的"格非经验"的话，可能是格非始终将小说的史诗性品格、当代性诉求建基于坚实的叙事"物质性"机制之上。写作的历史意识、精神视野当然重要，但如果没有一种牢靠的叙事"物质性"支撑，精神表达很容易失真而难以为继。很多作家在天马行空的文本试验中大放异彩，却在与历史、现实短兵相接中纷纷败下阵来。原因常不在于没有思想，而在于没有随着书写对象和问题意识的变化而变化出有效的叙事机制。所以，提炼当代文学的"格非经验"，就是要深入把握格非驯服历史和现实这两头怪兽的叙事经验。格非并非那种只知"修辞"而不晓"义理"的作家，他的写作始终内置着宏大的历史视野和幽深的精神追问，所以，"格非经验"的另一面就是如何将思想之大和叙事之小有效地结合。此处的"大""小"并无高下之分，更多是"宏观"与"微观"的区分，"小"与"大"在文学叙事中构成一种相互依凭的辩证关系,不立其"小",无法成其"大";不立其"大",则难脱其"小"。在某种意义上,格非发表于《收获》2019年第5期的小长篇《月落荒寺》为我们提供了一个讨论"格非经验"的契机。

一、如何完成当代的精神拼图

在《月落荒寺》的背后,有心的读者可能会读出格非尚未完成的当代版图。格非的写作有几个面向:《青黄》《褐色鸟群》面向叙事、"江南三部曲"面向历史、《欲望的旗帜》《隐身衣》面向当代、《望春风》面向乡土。无疑,《月落荒寺》是又一部面对当代的作品,它与《隐身衣》构成深刻的互文性。从情节看,《月落荒寺》乃是《隐身衣》的前传,《隐身衣》的主角——发烧音响师傅老崔及小老板蒋颂平在《月落荒寺》中一闪而过,而《隐身衣》中影子般隐匿着的毁容女却走到了故事前景,成了小说的主角楚云。简单地看,《月落荒寺》和《隐身衣》通过互文性勾连,大大地拓展了彼此的故事纵深;它们互为倒影,互为隐身海底的八分之七冰山。但这不是最关键的,两部作品的"互文"不是孤立的,而是关联着一种巴尔扎克式的"人物再现法",从而隐藏了一种对当代生活进行拼图式书写的潜能。众所周知,巴尔扎克将其所有作品连缀成皇皇巨著"人间喜剧"的重要方式就是"人物再现"——同一人物在不同作品中的多次出现。巴尔扎克的单部小说往往呈现了社会的一个横截面,而"人物再现"就很好地把这些横截面串起来。比如在《高老头》中伏脱冷是个冷峻的江洋大盗,在小说后面他还被警察带走了;而在《伏脱冷的最后化身》中,时间来到1830年间,伏脱冷周旋于政要之间,成为巴黎警察当局一名身手不凡的警官。巴尔扎克的"人物再现法"是巴尔扎克拓展其作品广度的重要方法。格非启用"人物再现",确乎起到连缀作品的妙用,但目的并非在于拓展同一人物的生命过程,而在于通过视角弥合展现当代生活的纵深。

不难发现,《隐身衣》透过主角崔师傅展现的主要是一个类底层视角。发烧音响行家崔师傅技术精湛,身边不乏经济实力雄厚、精神趣味高雅的社会中上层人士,但他个人生活却相当窘迫,妻子弃他而去,跟姐姐、姐夫也因经济问题而关系紧张。小说也暗示，由于经济地位的变化，崔师傅跟发小蒋颂平的关系也面临着严峻挑战。《隐身衣》以崔师傅的经历和感受为主要线索，事实上潜藏着工人阶层在 90 年代以后社会地位没落的主题。此主题在《隐身衣》中引而不发，仅作为隐藏在景深处的潜在主题，近年倒是在双雪涛、班宇、郑执这几位被戏称为"铁西三剑客"的青年作家的东北书写中大放异彩。

《月落荒寺》的出现，让我们有理由相信：格非一定深深意识到了当代的分层化，以及由此而来的"谁的当代"问题。从某一阶层出发的书写，很难克服视角盲区，作者因此难以回答究竟代表谁书写当代的质询。格非并不信任小说叙事上那种普适的上帝视角，在社会叙事上同样并不相信具有某种超阶层的全包含视角。他对勘探当代生活具有浓厚兴趣，却无意始终从崔师傅这样的阶层视角出发。由此，我们会发现：《月落荒寺》不仅在故事上与《隐身衣》构成互文，在当代书写上也与之形成视角互补。《隐身衣》中的崔师傅属于普通工人阶层，但是《月落荒寺》中的林宜生、李绍基、周德坤、查海立等人则是教育、政界、艺术和金融领域的成功者，因此《月落荒寺》应属于中上层视角：林宜生受惠于国学热和教育市场化大潮，到处授课而年入百万；李绍基曾是中央某部极有希望晋升副部的年轻司长，虽曾遭遇波折而性情大变，后又柳暗花明，志得意满；周德坤从哲学而进入艺术策展领域，在现实声名及经济利益方面都未落下，"在国贸附近买了一套位于顶层的公寓房，算是实现了'在资产阶级头上拉屎撒尿'的人生理想"①；而查海立则是著名会计师事务所高管，又跟证券会有着千丝万缕的关系，经常能给朋友们透露股市的内幕。因此，《月落荒寺》所涉及的当代现实，诸如音乐雅集、留学移民、动物权益保护、私人会所等，显然属于中上层视角下的当代现实。通过这群人，格非让另一种当代景观浮出水面，当代人的内在精神症候也于此水落石出。林宜生这类新生的市场化知识分子，他们身上所体现的更多是务实，而非理想主义和抵抗色彩，他们在现实中左右逢源，经济地位优越，甚至堪称名流。但是林宜生的抑

---

① 格非：《月落荒寺》，《收获》2019 年第 5 期。

郁症仍在提示着他内在深不可测的虚无症。根源在于，即使他不对现实保持理想主义的批判立场，他也不可避免被卷入到错综复杂的当代裂变中。

《月落荒寺》的意义且不止于格非从一个不同社会阶层视角讲述了当代，更在于它展示了一种可能性，一种通过"人间喜剧"的拼图书写来建构具有某种整全性的当代生活的可能性。众所周知，如何书写当代，已经成为大量作家广泛实践却又频遭滑铁卢的课题。书写当代的内在难度至少包括：如何处理好当代的整全性和写作上的幽微及质感，这是一个大与小的矛盾；如何处理好当代纵深性和具体写作上的视角盲点问题，这是一个整全与个别的矛盾。不少作家渴望在一部三十万字内的作品中对当代七十年进行全景、纵深的观照，其结果却是宏大框架下仓促潦草的细节和无法超越的偏狭视角。反观格非，我们会发现：不管是讲述历史，还是讲述当代，他都有一份步步为营，靠"拼图"去完成的耐心和智慧，这委实应视为一种独特的"格非经验"。"江南三部曲"是格非"拼图"百年历史之作，事实证明已经取得了成功。事实上，任何一部试图将百年史囊括其中的作品，假如没有长河小说那样的规模，结构必然局促，必然要诉诸跳跃和省略，其结果可能是宏大内容和相对短小篇制之间的冲突；假如采用长河小说的结构，作家便会被拖入一场漫长的持久战中，作家必须在同一部作品中完成总体性和微观性的统一，其难度可想而知。"拼图"的作用，便在于将长河小说的压力分解在多部作品中。写作的辽阔和景深暗藏于多部作品构成的布局和结构中，在单部作品内部，作家大可耐心地进行精雕细琢的细部经营。格非小说的魅力也常在于此，宏大的思想格局并不影响坚实精致的叙事品质。如果说"江南三部曲"中格非已经完成了中国近现代史的百年"时间拼图"的话，我们从《隐身衣》《月落荒寺》中则仿佛窥见了一种对当代生活进行"空间拼图"的广阔潜能。事实上，《隐身衣》和《月落荒寺》既各自独立，又相互勾连。我们不妨设想这样一种可能：格非所有关于当代生活的作品之间，都以"人物再现"等方式勾连起来，它们有不同的主角和视角，不同的主题和笔法，它们构成散点透视、移步换景、绵延瓜瓞的当代文学"清明上河图"，这部渗透着古典叙事智慧的当代"人间喜剧"，无疑是令人期待的。它一旦完成，其文学格局将发生的不是加法上量的叠加而是几何法则上的质变。

二、"驯服现实":建构小说叙事"物质性"

以"拼图"式结构书写当代生活是"格非经验"的重要一面,但我们不能忽略了"格非经验"的另一面,即是他长期孜孜以求地建立一种小说叙事的"物质性"机制。进入90年代以后,格非小说越来越服膺于《金瓶梅》《红楼梦》的叙事传统。在格非看来:"《金瓶梅》所描绘的自然是市井生活,十分芜杂琐碎,但在不知不觉中,读者就会看到作者的'佛心'所在,就会体会到强大的精神超拔的力量。"[1]将佛心寓于世情是格非对这一叙事传统的概括,因此他便十分推崇一种"雪隐鹭鸶"的境界。这个取自《金瓶梅》第二十五回中诗句"雪隐鹭鸶飞始见,柳藏鹦鹉语方知"的意象"很容易让我们体味到平常的人情世态中所隐藏的深险湍流,让我们想起《红楼梦》中'白茫茫大地真干净'的苍劲悲凉"。[2]如果说佛心指向的是一种意义阐释的话,小说中的世情其实关涉着对坚实物质世界的书写。这其实便是小说如何写实,如何处理高蹈义理与叙事物质外壳之间的关系问题。

小说叙事的"物质性"并非一个新话题,阿城、王安忆、谢有顺等作家及评论家都论述过小说"物质外壳"的重要性。不过,格非从未使用过物质外壳这个说法,我更愿意用物质性而非物质外壳来描述他的小说写实叙事机制,因为物质外壳这个说法对"壳"的强调,依然暗示着某种对现实世界亦步亦趋的临摹式倾向,这并非格非小说写实技艺的真义。相比之下,格非小说非常精心地借用了物元素来激活一种阅读的实感体验,但更重要的是,形形色色的"物"在格非小说中并非被固定在单纯的实物位置,而是具有了指示、区隔、互文、象征等多重意义可能性,因此,格非的叙事物质性机制是一种动态技艺而不是一种静态的临摹技术。

读《月落荒寺》,不能不注意到格非对"物"的强调。诸如茶、音乐、街道、茶社、西府海棠、抗抑郁药物等,格非绝不含糊带过,而是予以具

---

[1] 格非:《博尔赫斯的面孔》,译林出版社2014年版,第129页。
[2] 格非:《雪隐鹭鸶:〈金瓶梅〉的声色与虚无》,译林出版社2014年版,第2页。

体确定的指称。这里关涉的不仅是类似于照片分辨率的叙事具体性问题，而是格非赋予小说中物以装置性的问题。人们一般以为小说的要件是故事、人物、环境、叙事等，殊不知任何小说要素都会落实在具体而微的物质描写上。写一群人吃饭，固然可以抽空物质性来写，不知道他们穿什么衣服，吃什么东西，在一个什么样的环境中吃饭，这些物质性看似跟人物性格、故事发展和叙事经营无关，抛开这种物质性，小说同样可以启动和推进。在不重视写实的小说谱系中，小说叙事物质性确实并没有得到太多重视。然而，中国的明清小说，却有着通过物质外壳的营构来叙事的传统。重视叙事物质性的小说，首先为读者提供了一种纤毫毕现的即视感。反之，小说则像一张只有轮廓而缺乏细节的照片；同样是这一张照片，重视物质性的小说显然具有更高分辨率。分辨率更高的照片，通过将更多细微可辨的"物"安置在画面的景深而保留了传递更丰富驳杂信息的可能。因此，对于好的小说家而言，叙事的物质性并不仅仅是一个写实的精微度问题，而关涉到物叙事和精神叙事的内在勾连。

在这方面，格非确实颇有心得。在《雪隐鹭鸶：〈金瓶梅〉的声色与虚无》中，格非专辟一小节来分析小说九十六回中张胜在街上与陈敬济的偶遇。其时张胜"头戴万字头巾，身穿青窄衫，紫裹肚，腰系缠带，脚穿鞴靴，骑着一匹黄马，手中提着一篮鲜花儿"。在格非看来，张胜作为一名曾经的街头魔王，此时一身皂隶家丁的精致装束，有点不伦不类，"更加让人感到震惊的是，这样一个杀人不眨眼的恶徒，手中偏偏还提着一个装满芍药的花篮"。格非感慨"《金瓶梅》叙事的奇思妙想、自由无拘和灵光乍现，于这篮鲜花上可见一斑。按一般想象的定式而论，这篮鲜花，无论如何也不可能出现在豫让式人物张胜之手"。《金瓶梅》让这种具有超现实意味的安排具有牢靠的现实依凭："原来是春梅打发张胜去田庄上采芍药，张胜在返家的途中，与陈敬济在街头不期而遇。"因此，在格非看来，"让事实扎根于现实，却让想象力飞升于超现实的天空，这正是《金瓶梅》叙事的精华所在"[①]。其实，《金瓶梅》透过这篮芍药花缝合的现实与超

---

① 《雪隐鹭鸶：〈金瓶梅〉的声色与虚无》，译林出版社2014年版，第332—333页。

现实的关系，正彰显了中国古典小说叙事物质性早超越于亦步亦趋、刻板写实的"摹仿"，在驯服现实方面具有更加自由通达、曲径通幽的方式，而格非则深得其中三昧。

小说开篇，四月初的一天下午，林宜生和楚云"穿过褐石小区西门，准备去马路对面的小院喝茶"，此时"中关村北大街上的十字路口，刚刚发生了一场车祸"。小说赋予了事件发生非常确定的空间现实性。小说交代"曼珠沙华"茶社时有这样一句："林宜生还记得，两年前，他曾受邀在茶社隔壁的'单向街'书店讲过一次课。自从书店搬到了朝阳区的'蓝色港湾'之后，茶社的生意就开始一蹶不振。"值得注意的是，这里"曼珠沙华"是一个虚构空间，但其毗邻的"单向街书店"却是一个现实所在，这种打破现实和虚构界限的手法在《春尽江南》中格非已经启用，它将虚构世界架设于具有确定性的现实空间中，大概意在提示小说与当下现实须臾不可分离的品格。事实上，空间的现实确定性，正是环境物质性的一种。对当代读者来说，"中关村北大街"将轻易唤起他/她关于小说物质环境的想象。

"物"在小说中不仅是环境，还具体化为茶、花、药等种种日常物品，格非不仅让它们作为写实之物出现，也让它们承担了其他的叙事功能。以茶为例，小说第2节中宜生和楚云到茶社曼珠沙华品茶，"服务员说，店里新进了一些太平猴魁，问他们要不要尝尝。楚云没有搭理她"，小说上下文并未对"太平猴魁"予以任何交代，不熟悉茶的读者未必知道太平猴魁乃中国历史名茶之一，属于绿茶类尖茶，产于安徽太平县，为尖茶极品，曾获绿茶茶王称号。此处"太平猴魁"除了赋予小说相当精细的细节分辨率之外，也暗示着宜生、楚云相当的经济地位和生活趣味。我们知道，品牌在现代社会的主要意义并不在于它自身，而在于它所区隔出来的社会阶层身份。这方面，保罗·福赛尔在《格调：社会等级与生活品味》一书中有专门论述。值得留意的是，格非除使用了物的身份区隔功能，也不动声色地启用了物讽功能。小说中与茶相关的部分，主要在李绍基身上。李经历过仕途沉浮，在失意之际却迷上了复杂的"茶道"。小说第9节写李绍基为众人演示"古法煮茶"的秘技，借周德坤之口说出："要说今天这壶茶，还真不简单。单说这茶叶，得是武夷山一百零三岁的周桐和老茶师亲手烘焙的牛栏坑肉桂。光有好茶还不成,还得有好水。农夫山泉够可以的了吧,人家偏偏说不能喝,非得是内蒙古阿尔山特供的五藏泉!就差到芭蕉叶上去扫雪了。好水有了,却不兴搁在电水壶里煮,还得备上潮州枫溪的红泥炉和砂铫。炭呢,得是意大利进口的地中海橄榄炭。你说这费劲的!等着吧,等你这铫水烧开了,我们家老宋给泡的这壶杭白菊,早就把大伙儿给灌饱了。"这里的茶、水、炉、炭全是名实确凿的物,从艺术效果说,对日常生活有相当的还原度,更重要的是借助说话者的语调对这种凝结于"格调"中的阶层趣味给予不动声色的反讽,从而使物书写具备了物讽的功能。或许,在格非看来,绝大部分成为上流阶层热爱的物身上的价值都是想象和投射出来的。他们可能是身份的展示,也可能是失意的避风港,却不具备真正内在的精神性。所以,小说中艺术界新贵周德坤的妻子陈渺儿作为动物权益保护者的那份爱心也显得非常可疑,它可能仅仅是一种表征阶层身份的游戏。

  格非对叙事物质性的探索,深层关涉的还是文学与世界之间的关系,对这个问题的理解,将导致完全不同的写作路径。不管是亚里士多德的"摹仿说"还是列宁的"镜子说",都确认了文学通过写实来把握世界的方式。人们通常忽略了看似透明的写实依然是一套充满符号中介性的叙事机制。假如作家不能掌握叙事的内在秘密,就将陷入世界布下的迷宫,不但不能召唤出"内在真实",就连基本"表象真实"都将充满裂痕而备受质疑。卡尔维诺很早就认识到世界在叙事面前的"怪兽性"。在进行了一段时间的写实实践之后,"我就意识到,本来可以成为我写作素材的生活事实,和我期望我的作品能够具有的那种明快轻松感之间,存在着一条我日益难以跨越的鸿沟。大概只有在这个时候我才意识到了世界的沉重、惰性和难解"①。既然现实"狡猾"如一头美杜莎式的怪兽,沉重如一块难解的石头,卡尔维诺便主张用一种更具"超现实"色彩,他称之为"轻逸"的方式来把握世界。文学史上,既有巴尔扎克、托尔斯泰这样正面写实的作家,也有卡尔维诺、博尔赫斯这样绕开写实的作家,那么格非呢?他尊崇托尔

---

①〔意〕卡尔维诺:《未来千年文学备忘录》,杨德友译,辽宁教育出版社1997年版,第2页。

斯泰,却并不继承托尔斯泰的遗产;他学习博尔赫斯,却让博尔赫斯作为养分消融于自己的叙事肌体中。不妨这样说,90年代以后的格非,精确地经营了一种历史情境和当代现实的"实感",再在这种"实感"基础上投射了幽深的知识谱系和精神思辨。认识到现实是一头有待驯服的怪兽,写实是一种类似驯兽的行为,我们便会对格非的驯兽技艺肃然起敬。一个有趣的问题是,同样写实,何以巴尔扎克给我们"书记员"的感觉,托尔斯泰给我们"造镜人"的感觉,而格非却给我们"驯兽师"的感觉?这或许正是因为格非的写实技艺区别于19世纪现实主义"摹仿式"写实那种静态、繁复的叙事,而是一种将镜态、动态、透气性和象征性融于一体的新型写实,而这恰恰是不折不扣的"格非经验"。

三、"现实主义当代化"进程中的"格非经验"

有必要将对"格非经验"的讨论置于"现实主义当代化"的视野。所谓"现实主义当代化",是指在进入新时期文学以后,1950—1970年代那种现实主义的理论规定性和文学经验经历了迁徙和重构。彼时各种现代主义理论话语蜂拥进入中国,但与其说现实主义被现代主义所取代,不如说曾经单一刻板的革命现实主义被终结,取而代之的则是一个现实主义多元化的进程。其实质,是现实主义由一种孤立的单边话语而拓展为一个旁征博采的弹性体系。中国当代文学中的现实主义实践,既在某种程度上延续着十七年文学经验,又从19世纪批判现实主义、左翼革命话语、"五四"启蒙话语、中西古典主义等不同渠道获得文学资源,现实主义也以不同的方式实现了艺术增殖。革命现实主义观念的规定性瓦解之后,现实主义回到外部视角、批判性立场和人道主义价值观构成的基本框架,不同作家在此基础上增加不同的变量,这构成了现实主义当代化的内容。

80年代文学对现实主义的反思有着复杂的历史条件和文化动因,彼时的文坛需要通过对被严重窄化的现实主义的反思,重新释放当代文学的潜能。其结果是,形形色色现代主义形式的引入,既扩大了当代文学的内涵和外延,也在相当程度上凝定了人们对现实主义的刻板理解。假如当我们沿着被窄化、刻板化的现实主义理论来反观现实主义,很容易得出现实主义压抑文学想象，必须被送入历史垃圾堆的结论。可是，稍微具有一定理论视野的话，就会发现在中国当代成为历史现实的革命现实主义仅是现实主义的一种具体形态；事实上存在着更多具有重要思想潜能的现实主义理论方案。现实主义是一套依然没有被耗尽历史潜能的理论方案。聚焦新时期以来的当代文学，不难发现：现实主义并非被淘汰，而是以各种各样的形式延伸、拓展、重构并完成其当代化。一方面，人们可以从路遥的现实主义书写中读出跟"十七年文学"经验深刻的关联；从王安忆的写实主义中看到她对中西文学古典主义、19世纪批判现实主义、20世纪左翼文学和中国抒情文学话语的融化；从陈忠实的《白鹿原》中看到文化总体性透视与新历史话语的结合；从刘震云、池莉等人的新写实中看到总体性的隐匿与日常性话语的涌动；从现实主义冲击波、底层文学中看到重大现实议题在顽强地要求着浮出历史的地表；从近年来方兴未艾的非虚构、科技现实主义中看到现实难题对崭新表达的渴求……

今天，我们有必要在中国左翼文艺思潮的进程中理解革命现实主义话语的历史性生成，更在世界左翼文艺现实主义话语和当代现实背景下理解现实主义的文学潜能。现实主义理论话语并非铁板一块，洪子诚指出，1950—1960年代社会主义阵营内部涌动着一股反思"社会主义现实主义"的"世界性"潮流，这是左翼革命文学内在矛盾而产生的必然现象。这波反思潮流中，有来自苏联的爱伦堡，来自西方左翼的阿拉贡、罗杰·加洛蒂，也有来自中国的冯雪峰、胡风、秦兆阳。[①] 罗杰·加洛蒂出版于1963年的《论无边的现实主义》正是产生于这一左翼文学阵营的内部反思潮流中。此书采用一种被苏契科夫所批驳的"扩大主义"立场，后者认为"不可能把现实主义的边界扩大到可以囊括颓废派艺术"的程度。因为罗杰·加洛蒂甚至把毕加索、圣琼·佩斯、卡夫卡等一贯被视为颓废现代派的作家纳入"无边的现实主义"之中。《论无边的现实主义》于1986年被引入中国，这事实上表明了彼时中国文学界对于现实主义的某种文化态度。此前一年，詹明信应邀在北京做系列演讲，后结集成《晚期资本主义的文化逻辑》

---

① 参见洪子诚：《文学史中的柳青和赵树理（1949—1970）》，《文艺争鸣》2018年第1期。

一书。在《现实主义、现代主义、后现代主义》一文中，他事实上以理论的方式呼应了"无边的现实主义"论述，他提出我们可以尝试"把现实主义看成一个主动的过程，看成一种形式的创新，看成一种对现实具有某种创造能力的过程"①。在列宁主义文学观那里文学与世界观、意识形态的关联在詹明信这里被替换为文学与"文化逻辑"的关联，他基于传统马克思主义理论，却又使文学-文化逻辑论具有文学意识形态论所不能比拟的弹性，以至于他可以设想"从内容的角度来思考现代主义，而从形式的角度来思考现实主义"。这些理论在 1980 年代中国的传播与现实主义的当代化构成互为表里的关系。事实上，如何使现实主义成为一种吸纳和转化崭新存在经验，不断发展新的美学可能，在时间中保持活力的理论话语，是从布莱希特到阿多诺到罗杰·加洛蒂到詹明信一以贯之的理论思辨。

描述复杂的当代文学进程，很难沿用简单的现实主义、现代主义、后现代主义的线性逻辑。事实上，现实主义本身跟古典主义、现代主义、后现代主义结合而产生了极为庞杂的变体。90 年代以后的格非小说，作为一种后先锋写作，其最大的特征是探索了一种写意现实主义，这种写作既有对立体错综的当代生活图景的显影和见证，也有对当代主体精神裂变的洞察和批判。在技艺层面，格非追慕《金瓶梅》"雪隐鹭鸶"那样引而不发的叙事美学；但在精神叙事层面，追问人的精神困境这一现代性主题始终萦绕在怀，由此他的写作便融化了古典与现代的壁垒；格非追求坚实的叙事物质性机制，但他的思想之魂始终逸出叙事之外。

将格非归入当代现实主义，既因为他见证现实裂变的情怀，也因为他在叙事上纤毫毕现的能见度和具体性，但他的现实主义毕竟是作为新变奏出现的，所以在技艺上并非对现实亦步亦趋的反映。这使格非的小说叙事有着很多精致的创新。上面已经指出，物在格非小说中，不仅是一个被反映的客观对象，也常常是作为具有叙事功能乃至于精神象征的装置。《隐身衣》中，发烧音响便作为一个重要的象征装置存在。一方面，发烧音响

---

① 〔美〕詹明信：《晚期资本主义的文化逻辑》，张旭东编，陈清侨、严锋等译，生活·读书·新知三联书店 2013 年版，第 226 页。

正是现代机器工业和资本运作的结果,但另一方面,发烧音响又在极力抵抗着千人一面的工业化,尽力挽留人精神世界的幽微和独特性。所以,发烧音响在此成了展示现代性悖论的有效装置。此外,崔师傅是发烧音响的行家,却不是发烧音响的所有者。发烧音响既成了当代社会进程的重要见证和缩影,也折射出崔师傅阶级身份在此社会进程中的尴尬。同样,在《月落荒寺》中,"月落荒寺"不仅是一个用来概括作品精神意蕴的文学意象,也是小说中几次被提到的德彪西一首名曲的曲名,同时也是小说中杨庆棠所主办的音乐雅集过程中出现的一个场景。因此,"月落荒寺"的命名方式表面上类似于"春尽江南",二者从意境上都表现了对繁华落尽世界的静默哀悼,但"月落荒寺"由于有实指层面的支撑,而有了新的阐发可能。音乐雅集上,仕途重放光明的李绍基作为主宾而被众人簇拥,而林宜生的座位就要边缘得多。高雅的音乐雅集无法自外于权力和资本的秩序,演奏会上德彪西的《月落荒寺》被替换成更通俗的《月光》,这更凸显了当代精神生活中的"月落荒寺"主题,繁华喧嚣与曲终人散始终为一体两面,格非小说的情寄始终曲折幽微地潜藏于看似波澜不惊的生活流中。

值得注意的是,无论是《隐身衣》还是《月落荒寺》,小说书写现实,但并不袭用某种社会问题小说框架而专于社会分析和批判,格非转而用一种谜底空缺的悬疑叙事为小说引入一种哥特式的惊悚氛围。《隐身衣》中崔师傅遭遇丁采臣的经历可谓惊悚,而《月落荒寺》中丁采臣的故事得到更多表露,但读者始终无法获知,毁灭楚云的力量所来何自。或许,在格非看来,那种疑云密布、不可自控、被裹挟着向前的感觉正是不同阶层个体在剧变当代的共通感受。因此,他不愿意将小说作为纯社会分析的材料,去关注崔师傅这个人物所蕴含的"工人命运的当代变迁"议题;而更多地导出一种体验性视角,析出了当代主体在脱轨、错位、动荡以至颠倒的当代现实中的眩晕感。因此,作为一种当代的现实主义变体,格非小说既写实又写意,既有叙事,也有象征,谓之"写意现实主义"并无不可。

若论"现实主义当代化"进程中的"格非经验",可能是使现实主义实现了写实与写意的化合、中西叙事传统的化合,以及现实主义与现代主义的化合。这既是一个转向现实的先锋作家的当代情怀,也是当代作家如何基于当代的问题意识和文化迫切性,破解古典/现代、中国/西方、现实主义/现代主义等二元对立，融汇多种文学资源以为直面"当代精神危机"提供燃料的必然结果。

结　语

格非作为当代作家的重要性，既源自学养所支撑的思想格局，也来自他对小说叙事物质性机制的精准营构。这使他在"现实主义当代化"过程中别开生面、独树一帜。他并不直接追求百年历史和全景式当代叙事，但其苦心孤诣的拼图一旦完成，读者不禁惊叹其间雪隐鹭鸶地潜藏着一幅辽阔的历史及当代精神图景。格非凭着独特的小说问题意识，在先锋时期专注于叙事革新，在后先锋时期将外露的叙事革命转变为一种融合中西资源的内在叙事探索，并以之包裹深刻的历史和当代之问。"现实主义当代化"的实质是让文学始终葆有直面现实的勇气和情怀，又不失跟随着时代变动而做出艺术更新的柔韧和弹性。格非在思想之博大和技艺之幽微、古典叙事资源和当代问题意识、宏大纵深的目标和步步为营的智慧之间所提供的辩证方案，堪为学界精研的绝佳案例。格非的小说实践，也回应着"无边的现实主义"议题，在当代文学进程中，现实主义在一定的规定性中，必然要跟诸多不同的艺术资源化合而呈"扩大主义"的倾向。扩大化不是现实主义的消解，而是现实主义在当代化过程中继续保持活力的必由之路。

《应物兄》：
"现实主义"及总体性之悖论

现在讨论李洱的《应物兄》是一件并不容易的事。这部作品虽为专业读者预留了巨大的阐释空间，但其自身的复杂性使共识性判断不易得出。作品于2018年12月出版之后，迅速激起了评论界巨大的热情，短短一年之内，几乎大半一线评论家或著文或于研讨会发声讨论了这部著作。如此密集的阐释，留给后评者的空间并不太多。本文拟从"现实主义当代化"这个角度来讨论《应物兄》。将《应物兄》置于"现实主义"的论域中同样是危险的，首先面对的质疑是：你如何能确定"现实主义"这个概念抽屉真的装得下《应物兄》？对于这个质疑，我不但不加反驳，还同存此疑。因此，本文谈论的不是凝固"现实主义"视野中的《应物兄》，而是《应物兄》与"现实主义当代化"。换言之，本文不愿将"现实主义"看成一套确定无疑的准则，而将其视为由多种方案构成、内部充满差异和张力的理论话语。更重要的是，"现实主义"依然在变化中。我们只有用一种动态的视角来看待"现实主义"的当代生成，才能检验这一理论体系是否依然葆有面对当下的有效性。另一方面，用动态"现实主义"来观察《应物兄》，我们关注的不是它与某种具有确定边界的"现实主义"严丝合缝的关系，而是它对既往"现实主义"的逸出，以及这种逸出的必要性、问题意识和"现实主义"新可能等问题。

一、"现实主义"的理论张力：摹仿论、典型论、本质论和总体性

将现实主义加上引号，意在强调它是一个有其特定理论边界和复杂性，不能做普泛性理解的概念。理解"现实主义"，无法绕开摹仿论。一般来说，摹仿论强调文学与世界之间的摹仿性或反映性关系。但是，由于哲学观、世界观的不同，不同思想家的摹仿论实质差异巨大。亚里士多德的摹仿论通常被视为最早的现实主义摹仿论，他在《诗学》中认为："史诗和悲剧、喜剧和酒神颂以及大部分双管箫乐和竖琴乐——这一切实际上是摹仿，只是有三点差别，即摹仿所用的媒介不同，所取的对象不同，所采的方式不同。"①亚里士多德的摹仿论背后是一种唯物哲学观。在他看来，艺术摹仿世界，但世界本身具有绝对的现实性，而不是像柏拉图一样认为现实世界只是"理式"的一个影子。因此，柏拉图虽也提摹仿——在《法律篇》中，柏拉图认为艺术在于摹仿；在《蒂迈欧篇》，他把诗人称为摹仿者。在他看来，文艺作品如戏剧和叙事诗是在摹仿，悲剧和喜剧则是一种从头至尾的摹仿——但是，由于不承认现实的真实性，柏拉图的摹仿论重点不在现实世界而在其背后更高的"理式"。不应该把亚里士多德和柏拉图的摹仿论看成一种简单的进化关系，似乎作为更高阶版本，亚里士多德的摹仿论已经完全取代或超越了柏拉图。

在后世不同的"现实主义"方案中，既有亚里士多德的声音，也有柏拉图的影子。事实上，黑格尔哲学里面无疑仍晃动着柏拉图的影子。黑格尔精神哲学的最高阶段是"绝对精神"，在他看来，艺术、宗教和哲学都以"绝对精神"为把握对象，这种"绝对精神"跟柏拉图哲学中的"理式"不无相通处，它们都是世界或历史的内核和本质。因此，我们或许可以说，19世纪的自然主义者是沿着亚里士多德的道路前进，他们将现实的第一性地位绝对化，既然现实就是最终的彼岸，就是意义本身，那么对现实原

---

① 〔古希腊〕亚里士多德：《诗学》，见《西方文艺理论名著选编（上卷）》，伍蠡甫、胡经之主编，北京大学出版社1985年版。

原本本地摹仿便成了写作的正途,由此发展出文学摹仿现实的复杂而烦琐的技艺。相比之下,马克思、恩格斯的现实主义文学观念跟柏拉图、黑格尔则更有某种精神亲缘性。虽然他们强调世界的客观唯物性,但他们更强调世界的内在本质。由于这种本质观,"现实"由此被区分为外在的、现象的"现实"和内在的、本质的"现实",这更像是以另一种方式强调了"现实"背后的"理式"。所谓"典型环境中的典型人物""源于现实,高于现实"等经典现实主义观念,其哲学观正是来自对深度的、更高的、绝对的"理式"的信奉。换言之,在我们所熟悉的批判现实主义和经典马克思主义文艺理论中,"现实"是存在等级性而不能被等量齐观的,并非所有的"现实"都具有相同的价值。由此,写作被想象成一个类似于雕刻的过程,那些无用的部分被削去之后,本质的形象就逼真地呈现出来。写作正是挖掘和寻找被掩盖起来的本质的过程。因此,"现实主义"的典型论就建构了一种个体与集体、个别与一般、现象与本质的平衡术,一种由个体而抵达环境,进而触及时代和历史的写作机制。

在写作实践中,把"现实主义"视为一种写实技艺理论上可溯源至亚里士多德的摹仿论;而要求"现实主义"创造出立体性格,塑造"典型环境中的典型人物",体现的则是典型论。跟典型论相关的还有一种本质论,不仅从艺术角度对"现实主义"提出要求,还对"现实主义"的思想内容、倾向和立场做出了规限。这最突出体现在苏联的社会主义现实主义,以及中国的"两结合"现实主义中。1934年第一次苏联作家代表大会通过的《苏联作家协会章程》"要求艺术家从现实的革命发展中真实地、历史地和具体地去描写现实。同时,艺术描写的真实性和历史具体性必须与用社会主义精神从思想上改造和教育劳动人民的任务结合起来"[①]。社会主义现实主义跟传统的批判现实主义区别何在?南帆认为"前者要求在现实的描绘中展现出明亮的历史前景"[②]。高尔基指出社会主义现实主义必须在

[①]《苏联作家协会章程》,见《苏联文学艺术问题》,曹葆华等译,人民文学出版社1953年版,第13页。

[②] 洪子诚、孟繁华主编:《当代文学关键词》,广西师范大学出版社2002年版,第21页。

写出"过去的现实"和"现在的现实"之后,还写出"未来的现实"。①事实上,这与其说要求社会主义现实主义准确地预见未来,不如说是以未来的名义为"现实主义"捆绑了给定的社会主义立场。因为"现实主义"所携带的真实性、具体性中天然地包含着立场失控的危险,而社会主义现实主义不允许真实细节带来立场上的"云本无心水自流",因此,社会主义现实主义乃是一种规定了本质的现实主义。同为社会主义阵营的中国,在1958年有了自己的理论建构——毛泽东提出革命现实主义和革命浪漫主义相结合的倡导。"两结合"现实主义与社会主义现实主义同样都是预制本质的现实主义,区别在于,"两结合"现实主义既规定了特定倾向、立场的本质,又拓宽了"现实主义"的风格规限,使写作上的浪漫化获得了混搭"现实主义"之下的合法性。值得注意的是,在中国当代文学史上,"两结合"现实主义绝不是空泛的口号,它有非常明确的斗争针对性。规定本质事实上就是回收在真实名义下进行社会观察和批判的权力。因此,它反对在真实的名义下描写灰色的小人物、卑污的反面人物甚至是中间人物,反对描写内心的复杂性。换言之,正是因为"两结合"现实主义为中国当代文艺划定了边界,干预生活、暴露黑暗等文艺功能才被宣告回收或取消,高大全、三突出等文艺原则才获得安置在"现实主义"之下的历史契机。

在"现实主义"的多种思想模型中,有必要特别提到卢卡契的总体性理论。事实上,卢卡契的总体性理论虽跟社会主义阵营的"现实主义"本质论有密切关联,但并不完全重叠,这一理论所具有的乌托邦性及其在总体上把握碎片化现代社会的问题意识,并未完全丧失其思想潜能。卢卡契的总体性理论与他出版于1923年的《历史与阶级意识——关于马克思主义辩证法的研究》一书有密切关系,不同于伯恩斯坦对黑格尔辩证法的蔑视,卢卡契认为马克思主义继承了黑格尔的辩证法,他把马克思主义的辩证法总结为总体性范畴。所谓"总体性",是指整体对各个部分的全面、

---

① 〔苏〕高尔基:《在苏联作家协会理事会第二次全体会议上的演讲》(1935年),见《苏联作家论社会主义现实主义》,人民文学出版社1960年版。

决定性的统治地位。总体性是反映事物本质的范畴，反过来，现实世界的本质及社会历史的发展规律就蕴含在总体性之中。不难发现，总体性就是理解个别与一般、局部与整体、偶然与必然等关系的理论范畴。从柏拉图到黑格尔到马克思，都相信一个更高的历史本质的存在，因此他们也相信从总体上把握世界的可能性。与柏拉图"理式"的简化和唯心相比，黑格尔到马克思，对更高历史本质的理解向辩证性更靠近一步。卢卡契的总体性理论不仅是对黑格尔、马克思思想方法的提炼和显形，从总体上辩证把握世界从而认识历史本质一旦被置于总体性概念之下，就将本质从一种确定的结果转换为一种认识方法。换言之，我们在黑格尔和马克思哲学中可能孜孜以求的是"历史本质"是什么的问题，通过卢卡契总体性的概念转换，认识的重点变成了如何总体性地认识历史本质。这很可能是卢卡契的总体性理论在今天依然具有思想潜能的原因。

有必要指出，在苏联和中国，本质论虽然得到文学制度的授权而成为某个时代的文学的思想芯片，虽然总体性包含着跟本质论不可分割的联系，但我们并不能将总体性完全等同于本质论。在卢卡契的时代，对无产阶级阶级意识的推崇尚没有获得现实体制的加持，总体性并非一个确定无疑的答案，而是人们追寻历史本质的不懈努力。即使在今天，不将总体性视为某个确定的答案，而将总体性视为一种认识视野和方法，视为文学为世界赋形的一种探索方向，恐怕依然在诱惑着很多人。

回到现实的文学实践中，"现实主义"概念通常在如下几个层面被使用：一、指以写实为手段，具有逼真的现实感的作品；二、指以宏大社会和历史题材为表现对象的作品；三、指具有反思现实、批判现实精神的作品；四、指自觉运用典型化、本质化手段的作品。当我们企图探讨《应物兄》与现实主义当代化关系的时候，有必要认识到：那种为世界预制本质的"现实主义"依然在某种范围内延续着，但并没有获得真正的文学认同；相比之下以摹仿论为哲学基础的写实现实主义，以典型论为思想基础的批判现实主义依然为很多作家所青睐。90年代以来，种种结合了现代主义手法和现实批判意识的魔幻现实主义（也有诸如神实主义、深度现实主义等命名）书写也广受欢迎。

李洱是一个有过精彩现代主义探索的作家，将《应物兄》纳入"现实主义"的考察视野,基于以下三点考虑:其一,《应物兄》在基本叙事手法上使用的是写实笔法;其二,《应物兄》的写实性叙事中包含着与以人、事为叙事中心的传统现实主义的刻意疏离,从而体现了某种以言为中心的"饶舌现实主义"倾向;其三,《应物兄》不断宕开一笔的饶舌产生的碎片化背后,依然有着非常清晰的总体性追求。因此,《应物兄》无疑处在正生成的当代现实主义的延伸线上。

二、《应物兄》:"饶舌现实主义"的悖论

出版至今短短一年多,关于《应物兄》的评论很多。这部作品的反讽叙事、知识分子叙事、当代书写、与伟大文学传统的关联、小说与知识等问题短时间内获得了大量聚焦。我更愿意从《应物兄》的饶舌叙事角度来把握这部作品对传统现实主义的改写。从叙事上看,传统现实主义基本是以人或事为中心的。以人为中心,遂发展了种种人物塑造法、扁平/圆形人物论、典型人物等叙事理论。以事为中心,则衍生诸如草蛇灰线、悬念创设、矛盾冲突、一波三折等叙事技巧。必须说,既往现实主义在以人和事为中心的范式上积累了丰富的叙事经验。李洱在写《应物兄》之时,恐怕已为自己立下目标,就是要在这些现成的范式之外另辟蹊径。用"饶舌现实主义"来指称《应物兄》,无关褒贬,只是希望从某种叙事特征来把握其对现实主义的崭新探索。"饶舌"在此既指《应物兄》在实践一种以"言"为现实主义叙事,指它通过不断的叙事宕开来规避冲突型叙事范式的实践,也指它对文化诗学叙事技巧的广泛采纳。

关于《应物兄》以"言"为中心的叙事,我想援引评论家曾念长的观点,他认为《应物兄》"是一部违背了史诗叙事风格的长篇小说",因为他"没有故事情节""没有行动主体""没有总体结构"。在他看来,长篇小说的这种史诗叙事模式源自西方,而《应物兄》则试图召唤中国小说源于稗官野史、发挥"子集"叙事资源的传统。这些观点不无启示,所谓没有故事情节和行动主体不是完全没有。事实上,与很多"反故事"的先锋小说完全没有故事不同,《应物兄》作为一部有具体背景、人物、事件的小说,不仅人物众多,且充满了故事性。就人而言,据统计,《应物兄》中出场

的人物共有七十多个,这相对于《红楼梦》《金瓶梅》《战争与和平》等作品虽然不算多,但也绝对超过一大半的当代长篇小说。《应物兄》同样不缺故事元素,小说主线围绕济州大学邀请美国哈佛大学儒学大师程济世回国筹办儒学研究院展开,涉及的人物诸如应物、费鸣、葛道宏、乔木、双林、程济世、芸娘、文德斯、栾庭玉、邓林、季宗慈、铁梳子、朗月等,这些人涵盖士官商艺,每个人的性格、经历都足以延伸出枝繁叶茂、错综复杂的故事。说它"没有故事情节"和"行动主体"是说李洱放弃了以故事情节(事)和行动主体(人)去建构小说的叙事范式。谢有顺就指出"过去的故事,都是以'事'为中心的,但李洱似乎想创造一种以'言'为中心的叙事,至少,他想把小说改造为一种杂语,把叙与论,把事情与认知融汇在一起。所以,《应物兄》里很多地方是反叙事的,叙事会不断停顿下来,插入很多知识讲述、思想分析、学术探讨"①。这是很精当的概括。

以事为核心的写作,无论再气势恢宏、线索繁多,都很难逃脱主体中心化的规划。无论再复杂丰富而富于象征的事件,其覆盖面都是有限的,这与李洱意欲通过《应物兄》织一张具有总体性视野的叙事网是相悖的。为了打破"事"天然存在的界限,他总是不断地在一事将立之时宕开一笔,由琐事衍生琐事,由一人推及另一人,使"事"本身在小说中不再重要,反而是"衍生"的惯性在无限延展,成了《应物兄》吞吐"总体"的内在潜能。

《应物兄》自始至终都贯彻着一种无限宕开的"人物衍生术"。第一节就事而言只有一条——校长葛道宏意欲将校办秘书费鸣打发至应物兄正筹办的儒学研究院。若采用冲突型叙事模式,则必沿着葛道宏、应物兄和费鸣三人构成的矛盾潜能展开故事,但《应物兄》则迂回得多,它更多的是通过种种细节展示了应物兄无所不在的自我争辩和精神分裂。而后,则以"电话"为延伸媒介,引出了乔木先生和替宠物狗木瓜诊疗的"事"。进入第二节,小说依旧没有奔"事"而去,而是倒叙了乔木先生对应物的提携和教诲,暗示应物兄从一个率直之人变成一个自语者的缘由。第三节

---

① 谢有顺:《思想与生活的离合——读〈应物兄〉所想到的》,《当代文坛》2019年第4期。

顺势宕开逸出到乔木先生及其现任夫人巫桃的家事。第四节才进入到在宠物狗木瓜在动物医院看病事，由此而引出华学明、金彧、商人铁梳子等人。这里事实上已经呈现了《应物兄》"衍网成言"的写作姿态。一般小说，往往以一事或几事为种子，铺演事端而使种子长成大树，如此小说状如枝繁叶茂的参天大树，或诸多大树相互掩映的树林。但《应物兄》却刻意使绝大部分"事"蛰伏如种子，它们包含着种子的生长潜能，却尚未长出。它们在小说中只是成为一个网点，李洱并不试图将任何网点发展成某件重大事件中的关节或机枢。它们只是衍生其他网点的中介，而在"衍网"的过程中，叙事被最大限度转变为"成言"。《应物兄》将枝繁叶茂的故事恢复为种子状态，却将空间留给种种言语所构成的"复调性"。很多论者都论及《应物兄》中不同人声音构成的"喧哗与骚动"，本文不再赘述，我更想将上述"衍网成言"的写作跟卡尔维诺的"时间零"对读。

在一篇题为《你和零》的文章中，卡尔维诺提出了"时间零"概念，用以阐发一种有别于强调故事来龙去脉完整性的新叙事模式。在他看来，传统小说大都苦心经营故事情节的发展机制，着意从时间负一、时间负二、时间负三（所谓故事的来龙）铺陈笔墨，描述时间一、时间二、时间三（所谓故事的去脉）。传统故事遵循着一条完整的时间轴来建构情节链，而一般读者也往往醉心于此，喜欢有头有尾、情节曲折的故事。卡尔维诺却不看重完整的时间轴，而认为"时间零"才是最重要的绝对时间。在他看来，"时间零"就是连接故事来龙去脉的那个中点，它包含了故事发展的前因后果。传统小说由一个点而铺衍成一条完整的线索，卡尔维诺则主张把一条时间轴压缩简化为一个"时间零"点。不难发现，《应物兄》中故事所处的那种蛰伏如种子的状态，跟卡尔维诺的"时间零"有着异曲同工之妙。但是，李洱在《应物兄》中的这种叙事选择，与卡尔维诺却有着十分不同的文化动因。

卡尔维诺的"时间零"是他从现代主义走向后现代主义过程中叙事空间化的一种探索，对于卡尔维诺来说，故事时间性中所寄托的消费性和意义神话已经成为必须挑战的对象。将叙事空间化是对时间所虚拟的意义的祛魅，有效地将各种虚构的"意义"转化为延异的游戏。但对李洱来说，《应物兄》之所以选择一种消解故事的模式，其文化动因不在于走向后现代主义,而在于重构现实主义。对于后现代主义而言,"意义"常让位于"符号"的嬉戏,所以,其解构故事的目的不过在于创造叙事的可能性。但对"现实主义"而言,叙事背后的"意义"犹存。对于李洱而言,《应物兄》并非为了一种新的可能性而叙事,而是为了准确抵达时代和现实而不得不创造一种叙事的新可能。换言之,之所以称《应物兄》为"饶舌现实主义",是因为"饶舌"乃是为了"现实主义"。如果不是为了建立一种跟这个圣言不再、大道炸裂、众声鼎沸的时代同构的"现实感",《应物兄》的"饶舌"便属于"现实主义"范畴。

所以,在"现实主义"的论域中来看《应物兄》,是因为它深刻地关联着"现实主义"的失效和重构的必要性问题。质言之,相对于《应物兄》企图抵达的当代性和总体性,原有的"现实主义"可能是失效的,为此,"现实主义"必须重构其属于当代的新范式,才能继续保持有效性。由此我们不禁要问:这种以言为中心的叙事选择背后,相对于既往"现实主义",究竟有何新创,又藏着怎样的观念转型?

三、总体性危机之后的"现实主义"何为?

在"现实主义"视野中看《应物兄》,会发现它呼应的不是"现实主义"的摹仿论部分,也不是其典型论和本质论部分,而是"现实主义"的总体性方案。《应物兄》最大的企图,可能就是建立一种抵达当代总体性的认识论。从摹仿论出发的"现实主义",很难摆脱完整叙事的执念;从典型论出发的"现实主义",则更倾向于在人物刻画上下功夫。《应物兄》所受到的诟病,很大部分正是基于传统写人叙事标准的论定。譬如有论者认为,《应物兄》"枝蔓繁密芜杂,人物众多纷乱,用力过于分散",这里就涉及了叙事结构和人物刻画两个传统"现实主义"最重要的方面。在叙事方面,《应物兄》"给人以没有精心结构、失之随意之感,好像写到哪儿算哪儿,如山涧水流随物赋形了。尤其是情节枝蔓繁密,推进较慢,加上知识的信息量太大,堪称海量,在这种情况下采取这样的叙事方式,实在是令人透不过气来"。在写人方面,涉及人物七十多,"但用力过于平均、分散,造成很多人物形象的塑造面目模糊,性格漫漶","平均用力的结果就是增加了篇幅,反而冲淡了对主要人物的刻画,次要人物也模糊不清"。①

这种批评基于传统以写人叙事为中心的"现实主义"的标准,论者也可谓有理有据,而且在一般读者中,恐怕引为同调者甚众。但这种批评的盲点在于,没有意识到其所立为不二法门的正是《应物兄》力图规避的。换言之,传统"现实主义"的艺术有效性,在李洱眼中已非颠扑不破。正是意识到"现实主义"的危机,李洱才冒着陷入悖论的危险,来重构一种"饶舌"的"现实主义"。事实上,艺术探索的冒险性在于,新范式在刚出现时并非自明地成为"范式"。一种艺术实践在获得公认前并没有相应的阅读解码器,假如它创造了真正的新质,它就必然要进入已有解码的盲区,因而被误解和苛责就是艺术探索的必然代价。因此,艺术探索不仅要负责创作新范式,还要负责培养新的解读方式。但艺术探险之所以依然充满吸引力,正因为旧范式在新现实面前不断失效,而敏感的探索者往往最早意识到旧范式已然失效。

对《应物兄》而言,"现实主义"在何种意义上的失效支撑起它越界的合法性呢?

有必要提到詹明信的"文化逻辑"概念。在他看来,不管是"现实主义"还是"现代主义"都不可以任意选择。詹明信认为:"现代主义是一个特定的历史阶段,它自身是一个完整的、全面的文化逻辑体系,因此,从现代主义中抽取某部分或者'技巧'来借鉴是没有意义的,仿佛现代主义的'技巧'是中性的、没有价值问题的。"②"现代主义"关联着时代、价值倾向和文化逻辑,"现实主义"亦然。循此出发,我赞同王富仁先生对"现实主义""现代主义"和"后现代主义"的区分,他从认识论和价值论出发,指出,"现实主义"在认识论上秉持可知论,在价值论上则坚持有意义论,世界既可以被认识的,也具有确定的意义;"现代主义"则在认识论上走向不可知论,但依然是价值论上的有意义论者,对于现代主

---

① 刘江滨:《〈应物兄〉求疵》,《文学自由谈》2019年第2期。
② 〔美〕詹明信:《晚期资本主义的文化逻辑》,张旭东编,陈清侨、严锋等译,生活·读书·新知三联书店2013年版,第225页。

义者而言，世界虽然荒诞不可知，但反抗荒诞本身也构成了存在的意义；至于"后现代主义"则是认识论上的不可知论和价值论上的无意义论的结合，世界既不可认识，也无所谓确定的意义，由此便走向了符号的嬉戏和狂欢。这套解释模型，同样基于这样的设定："现实主义""现代主义"和"后现代主义"是跟相应的认识论、价值论乃至历史阶段深刻联系的。

按照某种进化论的观点，在现代主义和后现代主义出现之后，现实主义就被迭代淘汰了，可是事实并非这么简单，事实是：现实主义的某部分失效了，但另外的部分却可能被拓展并激活出新的有效性。再次回到上面的问题，"现实主义"失效的部分是什么？又何以失效？

在我看来，《应物兄》正包含着对"现实主义"可知论及其衍生技巧的某种忧虑。传统"现实主义"之所以对完整叙事和圆形人物具有如此大的热情，正源于这样的设定：它相信事物的现象和本质之间存在着完美无损的相互映照。因此，它在孜孜不倦建构一件或几件"事"的完整链条时坚信，一与多，有限事体与无限本质之间有着和谐的可交往性；它之所以对立体饱满的人物倾注热情，不仅是对魅力性格的爱好，还因为它相信：人物如果足够典型，就可以通向环境，从而成为有效介入时代和历史本质的切片。如此看，"现实主义"对于写人叙事的热情确实源于它坚定的可知论和乐观的价值论。问题是，在经过"现代主义"甚至"后现代主义"冲刷之后的李洱，对这种坚定的认识论和价值论并不抱有很大的信心。《应物兄》折射的正是作家的这份将信将疑：与其说他对认识世界产生了怀疑，不如说他对传统"现实主义"提供的认识世界的方式产生了怀疑。他并不相信认真经营几条主次分明的事件链就能够抵达历史的总体性。然而，《应物兄》依然相信，世界的总体性可能被小说以某种新的方式所把握，否则，《应物兄》就干脆不会存在。

换句话说，《应物兄》丧失了对某种确定的历史本质论的信心，却依然没有失去抵达当代中国之总体性的雄心。或许正是这种矛盾和悖论，使它的重心从"人""事"而转向了"言"。这里暗示着作者这样的判断：从对时代之"言"的诊断去抵达总体性的可靠性远大于从时代之"人""事"出发的诊断。这种写作观念跟 1980 年代开始在大陆广为传播的存在主义语言观或许有内在的关系。与传统的语言工具论不同，存在主义语言观力图确立语言作为世界本体的地位。20世纪以来，西方文论界有所谓"语言学转向"的出现。这种转向的基本立场就是相信现实是由语言建构的现实，而语言作为一个总体体系，对于世界而言是第一性的。由此，海德格尔在《存在与时间》中认为语言是存在的家园；维特根斯坦认为世界的边界就是语言的边界，以及福柯所谓不是主体在言说话语，而是话语在言说主体等论述广为流传。秉持语言工具论，我们就会认为语言不过是事和人的衍生物，即使通过语言可以建立思想体系，但它依然是从属于人的。但假如相信语言才是塑造世界的前置装置，那么语言当然大于人和事，从言出发也具有敞开一条通往总体性的道路。

请想一下，作为一部具有书写当代雄心的作品，《应物兄》为什么要以知识分子群体为中心呢？难道仅仅因为李洱更熟悉知识分子群体吗？答案当然是否定的。知识分子在何种意义上具有对当代社会不可取代的代表性呢？那便是从其与当代社会的"语言"系统的关系上。因此，《应物兄》可能不是要成为一部书写当代知识分子的小说，而是一部通过当代知识分子透视当代"语言系统"裂变并进而抵达历史总体性的小说。读者可以轻易发现《应物兄》采用了某种"戏仿经体"的形式，每一节的小标题都取自该节第一句的前二字，这是对《论语》的戏仿。《论语》和儒学在中国文化上的重要地位不言而喻，古人所谓"半部《论语》治天下"，不是因为《论语》本身有多么强烈的政治指导性，而是因为儒学作为宋以后的奠基性话语地位使《论语》成了政治文化中的关键节点。因此，《论语》地位来自传统社会的话语团结性，《应物兄》中那班力图复兴儒学的知识分子，他们企图恢复的正是这种话语的团结性。问题在于，他们不得不面对当代话语四分五裂的状态。《应物兄》有力地展示出，"言"的分裂而非团结才是当代性的典型症候，而当代性的难题就在于，如何在分裂之言中去重建时代的正言和个体的确信。就此而言，它确实通过"言"的通道触摸到了当代的总体性之核。但《应物兄》并未将某种路径指认为正确的方向，如是它就陷入了它所反对的先验本质论了。因此，《应物兄》是这样一种将信将疑的"现实主义"，他质疑还有某种先验的历史本质存在，却又相信从总体上把握当代的可能性；他不为身处言之迷雾的当代指出一条正言之道，但他也相信，当代人的内心依然应有对言之共同体、言之肯定性的向往。

结　语

　　李洱的《应物兄》在某种意义上归属于"现实主义当代化"这一当代谱系。作为一个内涵难以简单论定的理论范畴，"现实主义"不可一概而论而应化为诸多不同的理论方案，同时"现实主义"依然在新的语境中寻求新的合法性。《应物兄》的写作有意疏离于"现实主义"的摹仿论、典型论和本质论范式，探索着"现实主义"总体性范式的新可能。因为疏离于摹仿论和典型论，《应物兄》刻意打破那种以"人"和"事"为中心的叙事模式，而创造了一种以"言"为中心的长篇叙事模式。因此，对《应物兄》的评价，不能以既定的、静止的"现实主义"标准为尺度，而应基于"现实主义当代化"的视野，看到它从"言"的维度去抵达当代生活总体性的探索。当代总体性的悖论在于，最大的总体性就是生活和话语的碎片化本身。《应物兄》的写作，深刻地命中了这一文化症候。

　　《应物兄》这类探索性小说在文学接受的过程中必然会面临喝彩和指责同在的处境。以既定的"现实主义"艺术尺度来衡量，它在写人叙事上都过于漫漶，并不足观；站在认可其探索的立场，又会发现，它对情节型、人物型叙事所携带的真实幻觉及快感的放弃，对以典型论勾连现象与本质的"现实主义"路径所投的不信任票，才真正激活了当代"现实主义"的有效性。《应物兄》从"言"的分裂性处入手，反而找到了贴近当代总体性的表达。有必要重申一下："现实主义"必须经历不断的"当代化"才可能持续保持有效性，《应物兄》无疑敏锐地觉察到"现实主义"传统模式的危机，但这并不能宣告既往艺术经验的彻底失效，同样也不能将自身确立为可供袭用的新"方程式"。在"一切坚固的都烟消云散了"的时代，唯有承认话语的持久裂变性，才有可能靠近话语的团结性。

《喜剧》：典型、总体性和能动性之辩

自《西京故事》《装台》开始，陈彦的小说就被视为近年现实主义的一大收获，特别是凭七十多万字的《主角》摘得第十届茅盾文学奖之后，陈彦及其现实主义探索更为评论界所重。新近作家出版社推出陈彦最新长篇《喜剧》，仍是与舞台相关的题材，与《装台》《主角》堪称"舞台三部曲"。《喜剧》承袭了陈彦之前小说的基本特点：扣人心弦的情节与冲突、饱满的人物形象、个体命运与时代历史的复杂勾连。"排斥虚无缥缈的幻想，排斥神话故事，排斥寓意与象征，排斥高度的风格化，排斥纯粹的抽象与雕饰，它意味着我们不要虚构，不要神话故事，不要梦幻世界。它还包含着对不可能的事物，对纯粹偶然与非凡事件的排斥。"[①]这是韦勒克对现实主义的界定，陈彦小说很符合这种理论设定，从现实主义视角阐发陈彦小说似已定论。问题在于，现实主义不能被简单视为一种技巧、风格，也不仅是一般的流派、思潮。韦勒克的《文学研究中现实主义的概念》一文，考察了现实主义术语在欧美各国的发生史。现实主义概念最早出自席勒的著作，但并非自觉的理论概念。自19世纪中期法国绘画界、文学界才开始自觉将现实主义作为描述一种新艺术倾向的概念。之后现实主义经多国传播，多方阐释，在不同国家和不同历史阶段形成了一个哲学观和方法论参差多态的话语家族群，其中最有代表性的包括：一、19世纪流行于英法俄，着眼于现实批判的批判现实主义；二、从自然主义以至20世纪新小说，带着物本主义倾向，将物的描摹作为一种现象学还原的物本现

[①]〔美〕R.韦勒克：《批评的诸种概念》，丁泓等译，四川文艺出版社1988年版，第230—231页。

实主义；三、以马克思主义唯物辩证法为思想方法，强调现实现象与历史本质相统一的马克思主义现实主义。进入20世纪以后，现实主义理论在苏联、中国等社会主义阵营国家继续得以发展和更新，现实主义巨大的理论势能日益自明化，成为人们理解和建构所有人类文学史的最重要装置。但在欧美国家，20世纪的现实主义则被视为一种边缘、没落的形式。

现实主义作为一种写作和思想资源于"五四"新文化运动前后引入中国，其后各家各依自身的政治和文学立场而导出对现实主义差异化的理解。从主潮看，"五四"前后接受的是写实现实主义及其内蕴的社会问题意识和人道主义立场；之后，随着左翼无产阶级文学的兴起，受苏联社会主义现实主义深刻影响的中国革命现实主义话语逐渐形成，并在20世纪中国文学中发挥巨大形塑功能，"十七年文学"期间产生了一种以"二结合"为表征的现实主义话语规范。不管中外，在马克思主义现实主义文艺史上，都发生过现实主义的绝对化及由此引发的反思。1956—1958年间，还发生了一场具有"世界性"规模的现实主义辩论。① 事实上，1937—1938年间在苏联《发言》杂志上发生的以卢卡契与布洛赫为代表的"表现主义论争"乃是更早事关现实主义的大辩论。卢卡契基于总体性理论，要求文学书写必须受到历史本质的规约，因而现实主义在表现对象、表现手法上都不应陷于碎片化的表现主义。卢卡契文学立场包含的合理性长时间未被重视，20世纪以降在社会剧变和哲学观念变迁的背景下，面对形形色色的现代派、先锋派的冲击，一个旨在开放现实主义边界，建构"无边的现实主义"的话语运动使布莱希特、阿多诺等人都成了卢卡契的论辩对手。在中国，50年代一度也曾将所有文艺的道路概括为现实主义与反现实主义的道路。80年代是现实主义扩容的年代，扩大现实主义的话语边界，以容纳更多崭新的现实经验、审美创造，现实主义当代化进程作为艺术实践增强了现实主义的活力和可能性。在我看来，探讨陈彦小说，必须将其放置于现实主义当代化的知识背景中。然而，在中国当代文学批评实践中，现实主义这一概念常常被自明化使用，大家虽使用同一概念，可也是各自

---

① 参见洪子诚：《1950年代的现实主义"大辩论"——以两部论文资料集为中心》，《文艺争鸣》2021年第1期。

表述。具体到陈彦的写作,他所依凭的究竟是哪一路的现实主义?现实主义在陈彦的写作中有何发展变化?陈彦于过往的现实主义有何赓续与推进?对此近年也有杨辉、王金平等学者进行学理性阐述,本文借陈彦新作《喜剧》出版之机,拟从陈彦对"典型环境中的典型人物"理论的运用入手,辨析人物与典型、总体性与能动性等关系,以探询现实主义的当代命运。

一、"加贝"的隐喻:什么人物?如何"典型"?

在《西京》《装台》《主角》之后出场的《喜剧》,虽同为陈彦一脉相承的现实主义长篇小说,却必然要面对这样的探询:在陈彦本人的现实主义写作历程中,《喜剧》是否提供了新质素?如有,这种新质是什么?且循着"典型"这一视角,看看《喜剧》主角贺加贝如何区别于刁顺子和忆秦娥。

无疑,《装台》和《主角》的成功,跟人物塑造的成功有很大关系,但是,刁顺子和忆秦娥的人物塑造可谓一样成功,两种写法。《装台》写的是小人物的生活纠葛和命运悲欢,刁顺子在命运面前的忍辱负重既令人佩服,又令人唏嘘,终究只化为一声欲说还休的叹息。《主角》则将秦腔名伶忆秦娥的半生遭际与秦腔在大历史中的起落转折相关联,命运故事的背后暗含"主角"如何修成的精神叙事。刁顺子和忆秦娥都令人难忘,但作为文学形象他们却属于不同的谱系。刁顺子令人想起的是骆驼祥子,忆秦娥令人想起的却是冉阿让,这不是人物性格上的比较,而是基于人物塑造手段的考量。顺子和祥子都是写实主义塑造出的人物,忆秦娥和冉阿让却是理想主义、浪漫主义塑造出的人物。"刁顺子这个人身上几乎没有光芒,他是低的、小的,他是笨的、弱的、羞涩的、窝囊的",但评论家李敬泽以为"这个刁顺子,他岂止是坚韧地活着,他要善好地活着,因此而弱、因此而卑微狼狈,但这一颗嚼不烂、砸不碎的铜豌豆兀自在人间。这就又不是喜剧了,这是俗世中的艰难修行,在它的深处埋伏着一个圣徒,世界戏剧背面的英雄"。[①] 这种解读别开生面,不过陈彦寄托在顺子身上

---

① 李敬泽:《修行在人间》,《西安晚报》2015年11月11日。

这种凡人英雄性可谓埋藏甚深,以致一般读者从顺子身上读到的只是普遍的凡人性,而非常言所谓的英雄性。李敬泽先生以为,在人间坚韧活着,便已是修行,这属于洞见对作品的照亮。到了《主角》的忆秦娥,人物身上的理想性、英雄性便充分凸显出来。不妨说,从叙事上,《主角》和《悲惨世界》分属现实主义与浪漫主义,但从人物塑造看,忆秦娥却和冉阿让一样都属于英雄性人物。这是忆秦娥大大区别于刁顺子之处,同样陷身于生活的罗网和命运的漩涡中,顺子的心法唯一个忍字,此忍中固有常人难及的韧性在;但从境界上说,忆秦娥无疑要高迈得多,评论家杨辉指出"唱戏于她,既为布道,亦属修行。在个人面临精神的死生之际,从禅思中悟得戏曲度己度人之妙要,从而再度选择精神的进取之路",因此"很多时候,忆秦娥恍然如不具自我省察意识的浮士德"①,此非曲意拔高之论。

那么贺加贝呢?贺加贝不是刁顺子与忆秦娥的相加,这全然是另一个人物。刁顺子那种于漩涡中咬紧牙关前行的韧劲化作了在人间修行的精神力量,其日常悲剧性仍生发出感染力;贺加贝虽也在日新月异的演艺世界中与时俱进,但其事业坚守免不了趋时随俗,其情感坚守又颇显走火入魔。他越成功,就越强烈地暴露内心意义坍塌的危机。贺加贝作为喜剧时代的悲剧人物,其悲剧性并不导出催人向上的英雄性和理想性。如果说忆秦娥提供的是秦腔名伶于历史迷宫中百炼成角的精神心诀的话;贺加贝所出示的则是秦腔丑角在时代幻变出的"世界黑夜"中百般辗转而精神陷落、坍塌无依的悲剧注脚。

不难发现,《喜剧》背后还隐藏着一种向总体性进军的现实主义雄心,贺加贝也不是一般意义上的典型,而就是"典型环境中的典型人物"。事实上,不管是刁顺子还是忆秦娥,他们都不是"典型环境中的典型人物"。作为文学性格,其魅力来源于自身。不管是古典现实主义还是批判现实主义,并不着意挖掘从人物通往时代的通道。我们都知道人物是现实主义小说吸引读者、引发读者共鸣和共情的最直接因素。因此光彩照人、力挽狂澜的人物令人欣赏,生活悲惨、命途多舛的人物引人同情,性格复杂富于

---

① 杨辉:《人间随处有乘除——长篇小说〈主角〉读记》,《光明日报》2018年2月13日。

张力的人物发人深思,对于一般现实主义小说而言,衡量人物塑造成败的标准主要是:一、真实性标准,人物性格塑造能否符合真实逻辑;二、丰富性标准,人物性格是否足够饱满、多面,富于张力;三、艺术性标准,人物刻画是否形象、生动、新颖等。这些标准考量的是人物与现实、人物与自身、人物与艺术的关系。千百年来,读者印象深刻的文学形象千千万万,他们激发读者热爱、敬仰、思考、憎恶等感情,但他们都不是"典型环境中的典型人物"。当恩格斯提出"典型环境中的典型人物"时,他事实上提出了人物与时代的关系;更进一步,则是通过建立人物与时代的同构性进而把握历史本质的现实主义方法论。因此,塑造恩格斯意义上的"典型环境中的典型人物",正是实现卢卡契总体性的艺术手段。我不知道陈彦创作《喜剧》时是否自觉地以"典型环境中的典型人物"为指导,客观上,贺加贝这一"喜剧"(娱乐化)时代的悲剧人物,及其置身的演艺行业,却具有时代的症候性和典型性。贺加贝的典型性不在于他概括、提炼或折射了很多人,而在于他深刻地勾连着某种时代症候。

　　从写实角度看,可能有人会从真实性角度提出质疑:《喜剧》是否过于依赖戏剧性?何以贺加贝能在幻变的时代中始终如鱼得水、弄潮而行?虽说贺加贝一直勤勉有加,但贺加贝事业一次次华丽转身,并在公司化、明星化操作中高歌猛进,其成功是否太容易了?这是一个情节铺垫,或者说叙事针眼疏密的问题。但是,我们一定要知道,作为典型,贺加贝跟刁顺子、忆秦娥都不一样。后两位让我们悲悯或敬佩,他们是有精神力量的,差别只在程度。而贺加贝更近于一个被考察和分析的对象,而很难激发读者的共鸣和同情。从叙事学角度看,一开始就出场的人物,容易获得读者的心理认同,但阅读认同的背后还有善的存在。刁顺子虽逆来顺受,但其陷身于命运无法自拔的遭遇激发了读者强烈的同情心;忆秦娥则以其由艺入道的修炼而具备了精神光辉和启示,这些都是激发阅读认同的基础。贺加贝则不然,作者着意经营的是他身上的某种异化感,以及由此而来的精神塌方。这使一般读者很难与贺加贝建立一种正向的认同感。虽然读者一开始会感叹贺加贝独力撑起一个家、一个剧团的不易,甚至会感佩于贺加贝身上的勤力隐忍和一往无前的韧劲。但是,读者也必反感于他的绝情和痴执。绝情和痴执是贺加贝性格的一体两面,他对妻子潘银莲的绝情,和对心上人万大莲的痴执悖论式地结合在一起。

理解这种痴执,就要理解贺加贝内心的意义危机,得到万大莲,便是贺加贝确认生命意义的方式。贺加贝("加倍")这个名字隐含着陈彦对时代精神危机的勘探,这是一个在量和速上都"加倍"的时代,"加倍"是这个时代的重要特征,这个时代物质和娱乐都倍速增长和裂变,却无法解决贺加贝内在的失衡。他越成功,就越渴望得到万大莲;可是他成功,总有人比他更成功,他永远无法填平他和万大莲之间的差距,直至现实的漩涡将他吞噬。贺加贝是一个与异化时代形成强烈同构性的人物,他既分享了时代的喧嚣、繁华和荣光,又复制了时代的精神异化和意义危机,他的疯狂便是时代的疯狂。这可能是《喜剧》区别于《装台》和《主角》的地方,后两部作品即使不算传记式小说,也是以人物为中心的小说。但贺加贝作为《喜剧》的主要人物,却不是小说的"主角";这部小说的真正"主角"是这个以喜剧化、泛娱乐化为表征的碎片化时代。正是通过典型环境与典型人物的同构化,《喜剧》完成了通过人物进行的时代勘探。

上面已经指出,《装台》《主角》的中心在人,《喜剧》的中心却在时代。因此,这部小说的核心任务在于进行时代辨认和精神勘探,具体体现为对"喜剧"和"悲剧"悖论性的指认。小说命名为"喜剧",却时时饱含着正剧失落的悲怆感。正如题记所写:"喜剧和悲剧从来都不是孤立上演的。当喜剧开幕时,悲剧就诡秘地躲在侧幕旁窥视了……"①这不禁令我们想起但丁的名篇《神曲》原名也是《喜剧》,后来才由薄伽丘根据其意蕴命名为《神曲》并为后世所接受。但丁以"喜剧"命名《神曲》,并非出于反讽,而是基于他对"喜剧""悲剧""哀歌"的独特分类,但丁称体裁高雅的作品为"悲剧",称体裁低俗的为"哀歌",把居中的称为"喜剧"。他认为《神曲》是为有一般文化水平的普通人写的作品,所以采用了中等体裁的"喜剧"。但陈彦将小说命名为《喜剧》则出于强烈的反讽意识。

小说中,"喜剧"既是主人公贺加贝从事的工作,也是一种被称为"娱乐至死"的时代倾向,作者着力书写了一种越粗鄙、越流行的时代症候。

---

① 陈彦:《喜剧》,作家出版社2021年版。

饶有趣味的是,《主角》中的主角忆秦娥来到《喜剧》中已经成为配角(严格说,《喜剧》中的忆秦娥跟《主角》中的忆秦娥只是共享了相同的名字和秦腔名伶身份,而不是同一个人),喜剧时代的主角是秦腔舞台上的丑角贺加贝们。因此,贺加贝们在这个时代的粉墨登台,无疑包含着时代的精神变迁:正剧时代所包含的道德人伦受到了喜剧时代的严峻挑战,潘银莲作为喜剧时代的疏离者不断对低俗段子发出质疑,从她朴素的认知出发,戏剧不管悲喜,必须正人心、厚风俗,必须对混乱的现实发出明确的是非判断,可是很多段子津津乐道的却是令"我们村里的人看了都害臊"的桥段。有一细节也值得留意:《喜剧》中贺加贝的父亲火烧天是一位带着独特艺术气性的秦丑老艺术家。换言之,他不仅是伶人和艺人,他和《主角》中的忆秦娥一样,也是因艺修道者,这在他获悉罹患癌症后表现得淋漓尽致,当贺加贝告诉他至少能活两三年时,"火烧天突然如释重负地坐了起来",又生龙活虎地领着贺加贝兄弟投入演出中。此间,是能看出火烧天的精神修为的。反观日后事业如日中天的贺加贝的精神坍塌,便发现作者透过正剧与喜剧的时代变迁所寄托的隐忧:剧不仅是剧,而是时代的精神生态;如果从现实主义把握时代总体性角度看,"喜剧"恰是直击时代精神底片的绝佳视角。小说由此建立起典型人物与典型环境的关系,也建立起由表象到总体性的通道。这恐怕是《喜剧》区别于陈彦以往创作之处。

二、现实主义"典型"的理论张力

当评论界将陈彦小说界定为现实主义时,就不免从"典型"角度来讨论其人物塑造。问题在于,典型却是一个具有张力的理论空间,陈彦小说不同的典型人物也并非基于唯一的典型理论。因此,只有彰显典型的理论张力,才能为剖析陈彦小说的人物塑造确定一个必要的坐标。

谈现实主义,常离不开人物;谈人物,往往要说到典型。事实上,现实主义小说虽高度依赖于人物这一艺术要素,但不同的"现实主义",对"人物"却有不同的理解;另一方面,不同的"现实主义"对于人物"典型"也有差异化的理解。韦勒克发现:"与其他国家相比,俄国的批评家更集中注意主人公的问题,包括消极和积极的主人公。"①南帆进而指出:"这种表述或许表明,更多的西方批评家对于人物性格的分析兴趣并没有想象得那么大——至少,人物塑造不是文学唯一的终极目标。""中国古代批评家没有对人物性格的塑造显示出足够的理论关注。他们的叙事学遗产多半是'分久必合,合久必分'的历史哲学与草蛇灰线、背面铺粉、横云断山、伏脉千里乃至无巧不成书等谋篇布局。很大程度上,这些概念论述的是情节的巧妙设置。金圣叹、毛宗岗、张竹坡的小说、戏曲评点多有涉及人物性格,然而,他们的赞叹仅此而已:这些人物的刻画性情各异、声口毕肖。"②

作为小说叙事核心要素这一判断具有特定的时空限制。应该说,中国古典小说中篇幅精短的笔记和传奇无法支撑起以人物为中心的长篇叙事。到了《西游记》《水浒传》《三国演义》《金瓶梅》《红楼梦》,人物众多,长篇的体量也为人物命运的展开提供了可能性。从某种意义上说,以典型为核心的小说人物论是由18世纪以来欧洲现实主义小说实践中发展出来的。中国古典小说的意义生发方式很多样,所以在人物这一范畴上寄寓更多的是形象化、感染力等审美诉求,而不是西方小说通过典型论建构起社会分析和批判的思想诉求。中国古典小说善于寥寥数笔勾勒人物鲜明个性,因此夸张和对照是中国古典小说最常用的手法。为使人物个性获得鲜明的辨析度,人物往往属于福斯特的"扁平人物",《三国演义》由此导致的夸张失真还被鲁迅讥为"欲显刘备之长厚而似伪,状诸葛之多智而近妖"③。鲁迅的此番讥评意味着他秉持的是18世纪以来西方叙事传统的评价尺度,一种将写实仿真作为小说重要追求的叙事传统。关于18世纪

---

① [美]R.韦勒克:《批评的诸种概念》,丁泓等译,四川文艺出版社1988年版,第234页。

② 南帆:《文学理论十讲》,福建教育出版社2018年版,第118页。

③ 鲁迅:《中国小说史略》,中华书局2010年版,第78页。同样不屑于诸葛亮形象塑造的还有胡适,胡适说:"《三国演义》的作者、修改者、最后写定者,都是平凡的陋儒,不是天才的文学家,也不是高超的思想家。他们极力描写诸葛亮,但他们理想中只晓得'足智多谋'是诸葛亮的大本领,所以诸葛亮竟成一个祭风祭星、神机妙算的道士。"胡适和鲁迅显然都采用了欧洲小说现实主义的评价标准,遂对古典小说颇有讥评。

以来的西方叙事传统,林岗教授有一段精彩论述:"故事情节可以曲折跌宕,但作者叙事一定要紧扣人物和事件的情节一致性,务求每一个叙述节点保持其内部因果的统一性,摒弃与统一的因果链不相干的叙述成分。"①应该说福斯特的《小说面面观》正是基于这样的审美土壤而做出"圆形人物"和"扁平人物"的区分。鲁迅正是内化了这种写实仿真的叙事尺度,才会对《三国演义》的人物塑造提出非议。事实上,诸葛亮、刘备这两个形象在中国民间可谓家喻户晓,就传播而言是极其成功的,只是这种"成功"逸出了西方小说人物论的评价坐标。以诸葛亮这个形象而言,这个神机妙算、未卜先知、运筹帷幄、决胜千里的神奇人物极受民间欢迎,既因为这个人物的聪明、神奇与中国古典小说"尚奇"的审美一脉相承,也因为诸葛亮身上所投射的忠诚、勤勉等儒家人臣的伦理价值在民间具有极深的文化土壤。诸葛亮作为一个奇人是独一无二的"这一个",人们追捧他是因为他具有万人莫及、万众敬仰的英雄性和唯一性,这种形象被塑造出来,既是为了读者惊叹,也是为了满足读者的崇拜心理。这是一种跟"现代性"格格不入的阅读心理,它在"五四"文化转型之际被鲁迅、胡适这样的新文化立场秉持者所唾弃是再自然不过了。

由此我们就发现了西方18世纪以来写实小说与中国古典小说的差异处,中国小说人物尚奇,主角是独一无二的个例;而18世纪以来的西方写实小说却反其道而行之,它要求从一个形象去靠近许许多多的平凡人,这正是典型论的来源。巴尔扎克说作为"典型"的人物身上"包括着所有那些在某种程度上跟他相似的人们的最鲜明的性格特征;典型是类的样本"②。别林斯基认为"典型既是一个人,又是很多人"③。西方18世纪以来的写实小说的"典型"意在解决的是个体与群体、特殊与一般的问题。不难发现,他们的立足点不在个体和特殊,而在群体和一般。甚至于,不

---

① 林岗:《在两种小说传统之间——读〈白鹿原〉》,《小说评论》2016年第3期。
② 〔法〕巴尔扎克:《〈一桩无头公案〉初版序言》,见《古典文艺理论译丛》,人民文学出版社1965年版,第137页。
③ 〔俄〕别林斯基:《同时代人》,见《别林斯基论文学》,新文艺出版社1958年版,第120页。

能通向群体的个体,不能通向一般性的特殊性就会大大贬值。这里包含着一种近代以来的人道主义崛起、平民创造历史的史观转换和文学视点从英雄向普通人下移等诸多背景。

与巴尔扎克们通过典型论来解决个别与一般矛盾的着眼点不同,恩格斯和卢卡契的典型论则有着不同的指向,恩格斯通过典型要沟通的是人物与环境或者说主体与社会之间的关系;而卢卡契的典型论则试图建立主体与历史必然性之间的关联。

1888年4月,恩格斯在致玛·哈克奈斯的信中对其中篇小说《城市姑娘》进行评论并指出"现实主义的意思是,除细节的真实外,还要真实地再现典型环境中的典型人物"①。什么是环境的典型性呢?它指的是环境通向时代本质的可能性,典型环境应该是时代环境的缩影和具体化。在恩格斯这里,典型人物和典型环境是密不可分的。典型人物必须依存于典型环境,而典型环境正是通过典型人物得以显影。不难发现,恩格斯"典型环境中的典型人物"的理论指向在于建构小说人物通往社会环境的深度模式。由此,小说人物的个性就与时代性、社会性和历史性产生不可剥离的关联。通过这一理论,恩格斯建立了通过文学批评进行社会批评的可能性。

与恩格斯相似,卢卡契人物典型论也试图建构一种深度模式;与恩格斯不同,卢卡契试图与人物形象相联结的则是与必然性、总体性密切相关的历史规律。以下这段话呈现了卢卡契典型论的独特立场:

> 使典型成为典型的并不是它的一般的性质,也不是它的纯粹的个别的本性(无论想象得如何深刻),使典型成为典型的乃是它身上一切人和社会所不可缺少的决定因素都是在它们最高的发展水平上,在它们潜在的可能性彻底的暴露中,在它们那些使人和时代的顶峰和界限具体化的极端的全面表现中呈现出来。②

---

① 〔德〕恩格斯:《致玛·哈克奈斯》,见《马克思主义文艺论著选讲》,中国人民大学出版社1999年版,第306页。
② 〔匈〕卢卡契:《〈欧洲现实主义研究〉英文版序》,见《卢卡契文学论文集(二)》,中国社会科学出版社1981年版,第48页。

卢卡契因此使其以典型论为核心的现实主义既区别于写实主义和自然主义，也区别于恩格斯与典型环境及社会分析、时代勘探密切相关的现实主义。卢卡契的"典型"既不是纯粹的个性，也不是寓个别于一般、以个体形象出现的社会平均数。卢卡契的"典型"带有鲜明的理想性甚至于乌托邦性。通过这个形象符征要呈现的一切人和社会的最高可能性。文学理论家南帆特别指出"现实的客观整体性"在卢卡契典型论中的地位："在他那里，这样的'整体'不仅已经明确地分辨出偶然与必然、现象与本质，而且，这样的'整体'还同时决定了现实之中种种性格的不同价值，决定哪些性格可能充任他所喜爱的'典型'。"[①]

不难理解，卢卡契的现实主义典型论以"客观整体性"为最高目标的乌托邦性何以会成为以"二结合"（革命现实主义和革命浪漫主义相结合）为指针的中国革命历史小说的知音。但卢卡契标示的是现实主义靠近"客观整体性"的方向，这无疑是人类认识论上乐观主义的顶峰。如何评价卢卡契的这种乐观，就是如何评价人类认识论上的乌托邦性。当这种乌托邦性没有获得体制授权而成为非此不可的政治任务时，它具有想象人的可能性的功能。但当它被体制性权力所裹挟之后，它的异化就发生了。洪子诚先生正是如此理解中国左翼文学[②]，以之理解带着乌托邦性的卢卡契的典型观似也恰当。因此，在卢卡契的时代理解卢卡契同样有其必要性。

事实上，我们会发现一般文学批评在如下三个层面上使用"典型"概念：一、作为群体平均数，即鲁迅所谓"杂取种种人，合成一个"的典型，这也是别林斯基、巴尔扎克的典型观，它处理的是单个与群体的关系，是从杂多性中萃取出一般性的艺术思维。在某种意义上，《装台》中的刁顺子近于此类典型；二、作为具有特殊人格魅力和精神魅力的典型。这种典型身上具有某种不为一般人所共享的特质，正是此种特质使其典型于普通

---

① 南帆：《当代文学与文化批评书系：南帆卷》，北京师范大学出版社2010年版，第177页。

② 参见洪子诚：《问题与方法：中国当代文学史研究讲稿》第七讲《当代文学的"资源"》，北京大学出版社2010年版，第263—269页。

人,这是某种带有理想性和英雄性的人物。《主角》中的忆秦娥近于此类典型;三、作为与典型环境密切勾连的典型人物。我们无法脱离典型环境来谈论这类典型人物,这类典型的意义不在于自身的特殊性或一般性,而在于它由个体通向时代、由现象通向本质的可能性。由此看,贺加贝则属于这类典型。一个"典型"概念,包含了诸多的理论方案和艺术探索,它们各有其探索与限度。陈彦的写作,则博采众家而做多样的典型探索,同时,更因实践了"典型环境中的典型人物"而靠近了卢卡契总体性理论对历史本质的把握,这可能也是自觉认同于现实主义的陈彦区别于一般作家之处。尤为值得一提的是,《喜剧》所依凭的"典型环境中的典型人物"实是在20世纪现实主义文艺史上应者寥寥的理论。"十七年文学"虽重视典型,但这种典型却在特定的历史文化语境中被建构为"高大全"英雄,突出的是典型的英雄性、理想性及意识形态形塑功能,而不是借由典型去辨认时代的认识功能。从某种意义上,典型的认识和勘探功能在20世纪80年代以来的当代文学中有所恢复。《平凡的世界》中的孙少平、《废都》中的庄之蝶身上显然投射着特定时代的丰富信息;《白鹿原》中的白嘉轩则被认为是行走于20世纪的儒家人格标本,无疑,白嘉轩也是某种"典型环境中的典型人物"。陈彦显然正赓续着新时期以来陕西文学对人物与时代及文化的执着勘探。

三、总体性与能动性之辩:置身于现实主义与表现主义论争之中

有必要强调,卢卡契的总体性理论与恩格斯的"典型环境中的典型人物"的内在关系。洪子诚教授概括为"作家通过典型,通过典型环境中的典型人物的创造,来表现生活的'整体性',来揭示社会生活的本质,表现现实的发展的趋向"[①]。不难发现,卢卡契的总体性与恩格斯的典型论分享着相同的从现象以窥本质的认识论。不妨说,典型论是恩格斯将辩证法运用于文学领域的结果;而总体性则是卢卡契在现实主义话语中贯穿历

---

① 洪子诚:《问题与方法:中国当代文学史研究讲稿》,北京大学出版社2010年版,第255页。

史唯物主义的结果，客观上，它们都是要求个别现象与历史本质相统一的辩证法思维。但是，要求文学提供历史本质的辩证法在现实运用中也曾遭遇机械僵化带来的恶果。事实上，现实主义既是一种向总体性挺进的思维，但也必须是一种向可能性敞开的话语。但这二者在现实主义理论史上发生过强烈的抵牾和冲突，因此，我愿意将《喜剧》置于马克思主义文艺理论史上的表现主义论争中来透视，通过现实主义的总体性和能动性之争，我们将更好把握当代现实主义实践的方法和可能。

1937—1938年，在《发言》杂志上的一场关于表现主义和现实主义的论争经常被提及，论战双方以恩斯特·布洛赫和卢卡契为代表。卢卡契可谓是一个终生为现实主义而战的理论家，1938年，在此场论战中他发表了《问题在于现实主义》一文，事实上1930年代他发表了多篇文学评论来阐述他的现实主义立场，如《巴尔扎克——司汤达的批判者》（1935年）、《托尔斯泰和现实主义的发展》（1936年）、《罗曼·罗兰的历史小说》（1937年）等，事实上，1940年代和1950年代，卢卡契也未停止过为现实主义而战。

卢卡契精读马恩经典，他的文艺思想也根植于马恩文论。理解卢卡契的现实主义理论，离不开"总体性"和"物化"这两个概念，它们构成了卢卡契对世界和文艺的基本认识论和方法论，也解释了他何以排斥包括表现主义在内的现代派艺术。"物化"概念来自马克思的"异化"理论。马克思将资本主义社会分工高度发达及其碎片化倾向加诸人的重压称为异化，基于马克思的异化理论和文艺反映论，卢卡契认为以碎片化为特征的现代派艺术乃是一种腐朽的资产阶级艺术。虽然卢卡契在20世纪50年代的社会主义阵营中受到批判，但这种文艺形式的社会进化论和阶级分析法却深刻影响了中国，作为方法论鲜明地表现在茅盾的《夜读偶记》等文章中。卢卡契之所以反对表现主义，是因为他反对这种致力于表现现实碎片，而不从现象抵达历史本质的文学。他以乔伊斯和托马斯·曼为例，嘲讽表现主义只有碎片化引起的精神破裂，而没有能力探寻更深刻完整的本质："如果托马斯·曼在塑造书中人物时，停留在这一步：直接取来，摄制下来，然后把各种思想和经历的片段加以拼排，那么他也会像布洛赫所崇拜的乔哀斯所干的那样，轻而易举地创造出一幅同样'艺术上进步'的画卷。"①

卢卡契的总体性追求及对现代派的抵抗在当时及后来被很多人所反驳。作为同时代的论敌，恩斯特·布洛赫将卢卡契的总体性思维视为一种古典唯心主义的残余，"卢卡契想当然地认为有一个封闭的完整现实"②。此后像布莱希特、阿多诺、马尔库塞等大名鼎鼎的作家、理论家都对卢卡契表达过反对意见。布莱希特反对将现实主义跟特定写作形式做凝固化处理："现实主义写作不是形式问题。一切有碍于我们揭示社会因果关系根源的形式都必须抛弃，一切有助于我们揭示社会因果关系根源的形式都必须拿来。"③阿多诺则基于其否定辩证法指出："艺术作品恰恰是通过被纳入主体、被主体体验过并以形象的方式表现出来的现实与外在的、未被主体加工过的现实状况的对比来批判现实。"④阿多诺企图以此为陌生化的艺术形式伸张合法性。西方马克思主义强调艺术革命的政治性，马尔库塞批评卢卡契总体性过于理性化、概念化，而忽视了新感性，马尔库塞之所以主张新形式对于新感性的释放，根本上是因为"新感性已成为一个政治因素"⑤，"新感性诞生于反对暴行和压迫的斗争，这场斗争，在根本上正奋力于一种崭新的生活方式和形式；它要否定整个现存体制，否定现存的道德和现存的文化"⑥。循着这种阐释路径，现代派的形式实践不仅

---

① 〔匈〕卢卡契：《现实主义辩》，见《卢卡契文学论文集（二）》，中国社会科学出版社1981年版，第9页。
② 〔德〕恩斯特·布洛赫：《表现主义争辩》，见《现代美学新维度》，董学文、荣伟编，北京大学出版社1990年版，第70页。
③ 〔德〕贝托特·布莱希特：《反驳卢卡契的笔记》，见《表现主义论争》，张黎编，华东师范大学出版社1992年版，第283页。
④ 〔德〕西奥多·阿多诺：《被迫的调和——评格奥尔格·卢卡契〈反对被误解的现实主义〉》，见《二十世纪现实主义》，柳鸣九编，中国社会科学出版社1992年版，第298—299页。
⑤ 〔美〕马尔库塞：《审美之维：马尔库塞美学论著集》，李小兵译，生活·读书·新知三联书店1989年版，第106页。
⑥ 〔美〕马尔库塞：《审美之维：马尔库塞美学论著集》，李小兵译，生活·读书·新知三联书店1989年版，第108页。

不是没落的资产阶级艺术，它本身就是左派社会政治革命的实践形式。

在后来者猛烈的炮火中，卢卡契难逃教条主义者、黑格尔式唯心主义者的责难。自然，在具体的现实主义实践中，透过现象对总体性的探求与给定本质的历史先验论常悖论式地结合在一起。因此，后人对卢卡契有以下反思并不为怪：

> 认识"客观整体性"无异于表明，一个宏大历史叙事已经形成，历史的过去得到了可信的诠释，历史的未来蓝图已经拟定，一切个人的故事、性格特征或者种种琐碎的现实片段不过是这种宏大历史叙事的填充，它们都将在这个历史叙事的编码体系之中分配到适当的一席之地。"所有的情节都将被认为历史的必然。借用黄子平的话说，这种历史叙事担负起'解释"善恶坠赎""我们从哪里来，往哪里去"等宗教性根本困惑的伟大功能'。然而，今天看来，卢卡契是否过于乐观了？20世纪的历史可能证明，这样的乐观本身就制造了一系列重大的盲区。如果人民将某些局部的历史片段断定为'客观整体性'，那么，众多的历史判断都有可能以偏概全。"①

可是，我们依然要申明，在揭示卢卡契理论局限的同时，不能忽略了卢卡契理论的合理性。特别在今天，在碎片化时代趋向日益明显，现代派形式革命鲜有继者之际，把握总体性的呼声又渐渐高起来。卢卡契与诸多反驳者之间，其实蕴含着现实主义总体性与能动性的紧张。总体性基于一种认识论上的乐观和进取心，将文学的诉求设定为向历史本质进军；能动性则基于时间的流动性而要求现实主义向未来敞开，以接纳新经验、新感性和新形式，并发挥其革命性潜能。在卢卡契那里，总体性和能动性是冲突的，这是他无法接受现代派的原因。然而，在时代的变迁中，总体性也在发生着位移。今天，我们一方面要意识到总体性应是一种认识论上的追

---

① 南帆：《当代文学与文化批评书系：南帆卷》，北京师范大学出版社2010年版，第177页。

求,而不是本质论上的给定,因此,总体性和能动性可以兼容,也必须兼容。另一方面我们也应对卢卡契的坚持有足够的理解之同情。1938年,卢卡契在"表现主义论争"中说:"我们的讨论是一场纯文学的讨论吗?我认为不是。我认为,如果这次讨论的最终结果,不是对于一个与我们大家都有关的、同样激动着我们大家的政治问题——支持反法西斯人民阵线——说来那么重要的话,那么这场文学流派及其理论主张之间的斗争就不会造成这样大的声势,也不会引起人们这样大的兴趣。"[1]我们千万要记得,文学在卢卡契置身的时代和社会场域中所发挥的功能跟今天大不一样,跟很多卢卡契的反驳者所置身的时代和社会也不一样。在他那里,文学论争不是"纯文学的讨论",而被设定为直接的阶级斗争。如此,历史本质的有无,整体性还是碎片化,认识论上的乐观或颓废就不是任意的,而事关对历史的想象和革命事业的前景。后来的法兰克福学派将革命的激情移置于文本的内部,这是理论的发展,却也是文学直接政治功能在社会场域中失效的结果。

洪子诚先生就感慨:这就是为什么法兰克福学派最终只是强调艺术的"自律"。像阿多诺、本雅明他们都强调艺术的革命性不在于它表达的思想,而在于形式自身,形式所带来的震惊性。"震惊性",就是突破习惯的、常见的表达方式。……这种"震惊",就是法兰克福学派所说的"形式的自律"所达到的革命效果。他们的主张是不是一种回退?或者说是失败主义的最后使用的一种解释?他们认为要用形式的震惊性来摧毁已经被异化的日常心理,这就是文学的革命作用,以激起革命的能量。但在我看来,这里面已经表现了一种挫败感。[2]

从这场文艺史上的重要论争返回,我们要重申:今天的文学所充当的已经不是卢卡契时代的角色,今天我们也不可能对卢卡契的遗产照单全收。文学在今天,兼有认识、审美和教育和社会反思功能。今天的现实主

---

[1] 〔匈〕卢卡契:《现实主义辩》,见《卢卡契文学论文集(二)》,中国社会科学出版社1981年版,第27页。

[2] 洪子诚:《问题与方法:中国当代文学史研究讲稿》,北京大学出版社2010年版,第283—284页。

义对总体性的追求就是基于认识和反思功能。面对日新月异的新经验和碎片化加剧的新现实，我们是否有勇气、有能力对其做出更整体、全面而内在的把握？抑或甘心于在繁复断裂的片断经验中经营可消费的碎片？这不仅关乎乐观与悲观，更关乎人在未来是否还拥有尊严。因此，渴望总体性的现实主义依然拥有非凡意义。但是，文学在今天，在民族复兴和社会建设中不再是发挥直接战斗的作用。因此，它是允许多样性也理应多样性的，对总体性的追求也应兼容能动性的诉求，或者说，只有基于能动性的总体性，才是有效的总体性。

回到陈彦的《喜剧》，我们不难发现他对现实主义的执着。《喜剧》实践的不是一般写实派意义上的现实主义，而就是从恩格斯到卢卡契，通过塑造"典型环境中的典型人物"来把握时代"总体性"的现实主义。通过贺加贝等秦腔演员在泛娱乐化时代精神变形记的书写，《喜剧》表达了对主体在碎片化、娱乐至死时代中的精神异化的忧心，也对喜剧化时代的精神症候及文化病灶做出了自身的勘探和诊断，由此而扬起向总体性进发之帆。值得注意的是，在现实主义的总体性与能动性两端，《喜剧》显然更执着于总体性的勘探，而似无意于语言、叙事形式的更新。事实上，随着新经验的发生，有效的现实主义表达总是必须通过新叙事的发现来落实的。在《喜剧》的中间部分，作者也将传统现实主义全知全能视角切换为一只狗的动物视角。在某种意义上，限制视角是现代主义区别于传统现实主义的重要因素，虽然《喜剧》后半部分并未彻底切换为限制叙事，但作者显然意识到能动性之于现实主义向未来敞开的意义。作为一个有现实主义自觉的作家，陈彦显然已经意识到总体性与能动性兼容的问题，其未来的现实主义当更令人期待！

结　语

现实主义无疑是19世纪中期以来最聚讼纷纭的巨型话语之一。现实主义一度被绝对化，全部文艺史被划分为现实主义与反现实主义两条路线的斗争；又一度被弃之如敝屣，视为一种过时的形式。事实上，假如我们超越于古典主义－浪漫主义－现实主义－现代主义－后现代主义的线性的进化论叙事，我们就会发现，现实主义依然充满活力。"再现危机非但没有摧毁现实主义，反倒给现实主义的当代变革提供了内驱力，进而导致了从古典现实主义聚焦现实的再现，转向当代现实主义彰显艺术特性的现实再现。这一转变不但改变了现实主义再现之重心，同时也改变了古典现实主义的观念和惯例，助推当代现实主义文学艺术趋向对现实的重构。"①重新激活和提取现实主义的艺术能量，要求我们打破一种片面、静止的思维，将现实主义理解为跟一切新形式相隔绝的绝缘体。事实上，现实主义代表了人认识自我、认识时代、反思社会、探寻历史总体性和人的完整性的诉求，现实主义者是认识论上的乐天派和探索者，但现实主义在总体性探求中也曾误入机械主义的泥沼，而成了先验本质的唯心主义者。当下与未来的现实主义者，当是现实主义当代化的实践者，也是总体性和能动性的有效调停者。

---

① 周宪：《再现危机与当代现实主义观念》，《文学评论》2019年第1期。

水墨现实主义和"厚"的历史书写

——读王尧长篇小说《民谣》

《民谣》一出,文坛侧目。有认真叫好的,有好奇猜测的,有腹诽而不语的,更多是看热闹的。大家关注之一在于:王尧主要身份是学者,也是散文家。但散文家不见得会写小说,何况还是长篇。近年评论家转型写小说者众,多一部《民谣》本不稀奇。但在《民谣》正式出版前,我已反复研读文本几月。我读《民谣》,有几个阶段:初时在手机和电脑上读,辄为小说语言的活力所惊,为"杂篇""外篇"的仿写所乐;继而又深入文本,深感文本之跳跃和留白,很多地方非在纸质文本上目遇之不能解;中间还曾有很强的抵触心理,《民谣》中那么多"破碎不成篇章"的片段,该不是没有处理好局部与整体的关系所致?俟翻读多时,方逐渐悟到:《民谣》并不因循一般那种以主要人事为中心的链条型、透视型写法,这种我且称为"水墨现实主义"的写法因"藏拙"而独辟蹊径,细究起来,有别于追求"透视"感的写作,背后自有一种"众生平等"的叙事伦理在。由技艺而推及思想,《民谣》将"我的少年史"与"江南大队史"合二为一,其写作立场有别于"伤痕""怀旧""乌托邦",它既书写命运的凋零和远逝,也书写村庄内部的本体和生机,这种历史书写立场也值得分析。还有,《民谣》所采用的内篇、外篇、杂篇的结构体式颇有"文化诗学"的意味,这种结构与小说内在思想又构成怎样的关联?小说的"文化诗学"写法是20世纪80年代以来颇为流行的一脉,它既有敞开,又有限度。《民谣》于此是否有新的省思?正是这些问题诱惑着我,促使我写下这篇《民谣》的评论。

一、"江南大队"和交叉命运的村庄

《民谣》最让我惊奇的是人,形形色色的人,来来往往的人,一代一代的人,潮起潮落,世事茫茫,那些动荡辗转和转瞬枯荣,那些一辈子的怅然凝望,还有多年以后的千里还乡,命运的相遇、交叉、伤害、错过,这里都有,《民谣》把一个村庄演绎成交叉命运的城堡。

小说写人,这是常道。小说主角外有配角,主线外有副线,显线外有伏线,个像之外配以群像,都不奇怪。《民谣》独特处在于,它并置了那么多命运,却拒绝分辨高下。叙事人王大头(王厚平)的家族和个体故事固然也穿插其中,但它们也只是"江南大队"这一叙事大树上的几枝几叶。《民谣》有一种去中心化的人物布局,其后则是一种平等的命运观。《民谣》拒绝将任何一条线索上升为主线,用的是一种"打散了写"的写法,小说中王厚平是叙事人,是村庄故事的见证者、收集者和观察者,却并不就是主角。王大头感受、观察、见证和讲述,但他和家人的故事并未被赋予高于其他命运故事的优先性。由于叙事链条的惯性被打破,因此每个个体的命运故事影影绰绰地掩映于《民谣》中,都必须到散落中去寻,但连起来看又都"山断云连",自成一体。这便是《民谣》区别于"透视"的"水墨"写法,后详,此处先略过。必须强调者,将"线"剪落为"点",将"主"分解为无数的"次",便是将讲述对象从"雅""颂"话语中有限的主角移向"风""谣"话语中无数的沉默者,这是《民谣》在叙事伦理上的隐喻。

且从《民谣》中几个人的命运谈起。先说地主胡鹤义的两个儿子胡若鲁和胡若愚。时代变化,胡鹤义这一家风流不再,两个儿子都流落天涯。这本也是叙事之笔可以追踪、深入并完整呈现的,但《民谣》不!它只站在"江南大队"的位置上,收集几处命运的细节。小说中谈及地主胡鹤义次子胡若愚之处并不多,但寥寥几处却立于命运的关节处。

> 二先生告诉母亲,他离开小镇后,去了昆山。在昆山被逮捕前,他和上海的表妹离婚了。表妹带着儿子去了上海娘家,后来改嫁了,儿子跟她姓。三年前,二先生突然收到从上海寄到监狱

的一个包裹，里面有一副手套。

"是她寄的吗？"

"是的，好奇怪。两只手套都是买的，一顺手，都是右手戴的手套，而且一只大，一只小。"

"寄错了？"

"我开始也以为寄错了。后来睡不着觉，突然明白。她是有意的，她是告诉我，小手套是她右手戴的，大手套是我右手戴的，这是说我们手握手。"

二先生泪水挂在苍白的脸上。①

这大概是《民谣》最动人的情景之一了。胡若愚受家庭身份的牵连，从家乡逃到昆山，与妻子离婚，此后又被捕。如此人生沧桑，自当得起浓墨重彩的叙事。但《民谣》于此全然不表，单表这离乱之中的一双手套。此情不能断，又不能不断，怎不令人肝肠寸断。由胡若愚的命运颠沛，则不由令人想起其兄胡若鲁，这是一个干脆下落不明的人。多年之后，胡若鲁的儿子寻了回来，据他说："我从新疆坐飞机过来的。我爸爸死了很多年了。我一直不知道我老家是哪里的，我爸爸说他也不知道。去年我妈妈病危，给了我一封信，爸爸临死之前写的。我这才知道这是我的老家。我就过来了。先到了上海，上海有我爸爸的一个朋友。再到南通。我从南通坐汽车到了台城，再走过来的。"胡若鲁的儿子返乡有多曲折，胡若鲁的去乡就有多艰难，而且程度只有加倍。这个返乡细节标示出村庄里的那些出走者，他们不过是草芥和微尘，为命运之力所摇振，飘落于不知何方的何方。你以为作者单单是同情地主子弟吗？可是比如独膀子、老方（方小朵父亲）、阿梅，哪一个不是村庄里的出走者和命运的流离者呢？假如说《民谣》是"江南大队"的命运博物馆，则每个人在这里陈列的是那三两颗有限又无限的命运之珠。命运虽未尽述，但于此一点也不难想象。这种写法与卡尔维诺的"时间零"叙事，颇有相似处。卡尔维诺认为，传统小

---

① 王尧：《民谣》，《收获》2020年第6期。

说总是将来龙去脉交代得清清楚楚，在时间的坐标轴上从时间 –N 点讲到时间 N 点，为打破此窠臼，他将来龙与去脉尽数砍掉，独留一个叙事坐标轴上之"时间零"点。叙事虽未展开，但"时间零"点却包含了命运的所有秘密，这是一个可以通向无限的命运原点。《民谣》叙事的重要秘密，正是把无数链条状的生命压缩为命运原点，将其错落置放于文本化的"江南大队"中，等待读者去与其生命启示相逢。

再说另一个人——独膀子。独膀子也是祖辈中比较特别的一位，年轻时曾是"我"爷爷油坊的伙计，凭着对一起油坊火灾的分析而得东家赏识（也有人怀疑"火是独膀子故意放的，然后贼喊捉贼"）。独膀子当是精明强干者，当伙计时就生生勾搭了"我"奶奶的丫鬟小云，并播下种子。小云独自将孩子生了下来，由此承受了艰难的一生，并在大批斗时代因此而自杀。因此，明写独膀子，暗处则又有一小云之命运。独膀子是无数精明但生不逢时的小人物的代表。借着到西码头给游击队送油的机会，被动员参加了新四军，之后却又叛变参加了国民党军。独膀子的这段生命历程，小说叙事之笔从未正面进入，"独膀子是怎么从新四军叛变到了国民党军队的？烂猫屎在供销社门口说，独膀子的部队被国民党反动派打散了"。《民谣》对几乎所有人物的命运，都恪守这种旁观的立场。细究起来，谁能够真正进入别人的命运内部呢？旁观才最真切地接近于限知的普通人被隔断于他人和世界之外的视点。限知者（除了上帝谁不是限知者）谁不是靠着片鳞只爪蠡测着云遮雾绕的世界呢？谁也不知道独膀子经历了什么，据他自己的说法："他是在安徽被打散了的。他没有再回新四军部队。他去山东做生意了。他在那里成家。他在那里被抓壮丁了。孟良崮战役中，解放军的炮弹集中轰打了他们的阵地，他的右臂被击中。他和几个伤残的兄弟用枪尖挑起一件带血的白衬衣，向解放军投降了。""独膀子说，他在解放军的医院里昏迷不醒。等他醒来时，他的右臂已经做了截肢手术。"等他再次回到山东那个村子时，他住过的那间屋子已经上了锁。山东媳妇已经重新嫁人。

在风雨飘摇的历史中，精明并不足以让独膀子猜对命运的方向。在不同阵营中反反复复、随遇而安的独膀子自然不可能成为"大队革命史"上王二队长那样的正面人物，在"我"奶奶心里，"独膀子永远是小云的孽障",是"打枪毙的"。在小说诸多人物中,独膀子算是着墨不少的。他既不是地主,也不是贫农;既不是英雄,也算不上恶棍;既不是正面人物,也不是反面人物……他是二元对立之外的一个普通人。带着精明、欲望和随遇而安的处世策略从村庄走向外面的世界;带着一条空荡荡的衣管回到故乡,在历史的风浪中苟延残喘。这样的"人",也是构成茫茫人海的一分子,也是"民谣"之"民"。

我感兴趣的,还在于《民谣》中那种"云断山连"的写法。以独膀子为例,且看写到独膀子勾搭小云的一段:

> (独膀子向小云表白)小云吓坏了,也没有看一眼独膀子,慌慌张张下了台阶,差一点踏空。小云在石板街往回走,耳畔还是独膀子这句话,突然打雷,响了几下,阵雨就落下来,一下子淋湿了身子。她在水龙局门口躲雨,望着突然静下来的石板街发呆,独膀子拿着一把雨伞出现在她面前。雨越落越大,即便撑伞也无法挡住大雨。小云和独膀子都僵硬地站着,独膀子靠近她一步,她就往前移动一步。独膀子说,我有水龙局门钥匙,要不要进去躲雨?

这段单看不觉其妙,需与多年后烂猫屎去世时的描写结合起来:

> 烂猫屎出殡时阳光灿烂。奶奶在家里叹道:"这老蛆子霉了一世,死了,天晴了。"怀仁老头儿说,快用泥土埋棺材时,独膀子赶到了凤凰垛。他左手拿着一把伞,站在坑边说:兄弟走好!说罢,独膀子把雨伞插到棺材板与泥土之间的缝隙中。老头儿说,独膀子会哭。
> 父亲时常说起这个细节,独膀子插好雨伞,本来晴着的天,突然落雨了。在父亲说起这个细节之后,我对独膀子有了一点好感。我后来很少看到独膀子了,有人说他时常会去陶庄,云霞就在陶庄,也有人说,他去山东了,他之前相好的那个女人的男人死了。

连接这两个段落的是"雨伞",正是"雨伞"打开了通向独膀子内心的通道,独膀子和烂猫屎这两个命如烂泥的小人物,是一种同病相怜的感情联结了他们,使独膀子在烂猫屎下葬时落泪吗?小说的内部互文显然给我们提供了更多想象空间,"雨伞"引而不发地使独膀子的眼泪带上了更复杂的追忆性。不着一字,尽得风流。这个人物的心理空间和形象深度被勾连和激活。《民谣》中这样"云断山连"的写法俯拾皆是,要完整地理解小说中人物的故事、个性和命运,就必须有意识地去勾连起来阅读。

《民谣》使我感慨:我们在很多长篇小说中只是看到很多人,而没有看到很多命运,《民谣》却不仅有很多人,也有很多命运。奥秘何在?《民谣》常借用一种"极简主义"的人物和命运叙事,将笔墨落在极具特征性的命运关节处,遂使人物的命运底色尽出,性格与心理内涵也尽在其中。

《民谣》中三小(余光明)之死是令人印象极深刻的部分。三小是王大头的发小,他不是死于身份或恐惧,而是死于疾病和饥饿。有一次放学时,"有两只蜜蜂撞到我身上,余三小苍白无力的手指还是那样敏捷地捉住了一只蜜蜂。他把蜜蜂撕成两段,舌头舔过以后说,好甜。以前我们都放过蜜蜂的,这次余三小分裂蜜蜂,我没有一丝残忍的感觉"。这个细节带着诗意的残忍,又不无悲哀。三小病死前一天下午,王大头去看他,"他缩在床上,眼神好像已经死了。那口薄薄的棺材就埋葬在玄字号的一块麦田里,他直挺挺躺在棺材板上,他死亡之后才舒展了自己的身躯"。三小临死前想吃肉,他婶婶想把狗杀了,他不肯。在他说了会死掉的那个晚上,他咳嗽着到王大头家。

  他捂着嘴巴咳嗽,停下来时对我说:"我们去场头捉麻雀,肯不肯?"他看我没有犹豫,接着说:"我半年没有吃肉了。我想吃肉。"

吃第一只麻雀时,三小是一口吞下去的,吃到第三只,他嚼不动了,他说喉咙里有油,好像不想咳嗽了。麻雀和蜜蜂是村庄里的活物,它们的身体没能帮助三小撑过这最后的一天。叙事人对于三小之死充满着深深的悲哀和同情。三小之死像一块真实的伤口，隐藏着大队生活的种种痛楚。《民谣》中写了诸多种死亡，三小之死是因克制而越发哀伤的一种。

《民谣》中还有"极简"的人物叙事，一处勾勒，风神全出。比如方小朵的父亲老方。叙事人王大头与方小朵之间有简单纯粹的情感，方小朵便是一个右派子女，她的父亲因为爱提意见成了右派，在西鞋庄劳动改造时遇到方小朵母亲。王厚平认识他们时，方小朵母亲已经去世，爱提意见的老方成了命运的惊弓之鸟，"老方站在柜台里面，对谁都微笑。我在这个庄上从来没有见到一位从早到晚都微笑的人，老方真的是个例外"。"对谁都微笑"这句简洁的定义里面已经包含着右派老方的命运悲歌。又如小说中那个因为收听敌台被抓走的张老师，王大头在路上撞见他被一个女人追打，女人说你再跑，打断你的腿。他说："你打我的腿，不要打我的手。"王大头心想这个人喝多了，后来才知道这就是他们的音乐老师，嗜音乐如命的张老师，还要留着手拉二胡。引而不发的一句话里包含着张老师个性与命运之间的巨大张力。

《民谣》还有更简约的命运叙事，来自王大头和方小朵荡舟河上的情境，因了方小朵对命运的恐惧，王大头提及"和尚雨香的儿子，就是在这里淹死的，还俗很多年的雨香不久去了镇江，他又做了和尚"。和尚雨香还俗又再入空门，岂不是又一段波澜四起的命运故事，只是它被压缩为他人口中的一句玩笑话。这无处不在的留白，这无处不在的命运故事。

《民谣》有一种特别的雄心，这种雄心与其说是写出大队与一代人的精神史，不如说是写出大队与一代人的精神模板。大队时代终结，一代人随时间深入历史的纵深腹地，时代话语分裂成各行其是的板块，但在大队时代完成精神塑形的人们，假如没有主体自觉的凝视和清理，可能终生都镌刻着大队时代的话语烙印。曾经到北京串联，在天安门城楼下接受毛主席接见的"我表姐"，无疑是大队青年中光彩照人的一位。表姐是叙事人王厚平的某种意义上的"引路人"——"我当时及后来好长时间的兴趣是从表姐的木箱子里拿回一本本语文书和小说，贪婪地阅读。"她后来做了民办教师，后来又进城成了工人。"1992年出了第一本书。我送给表姐，她很开心，翻过以后对我说：写文章还是要小心点。"一代青年随风潜入夜，散落如尘埃，精神上仍镌刻着时代的烙印。

二、反透视和水墨现实主义

《民谣》让人印象深刻的是,这不是一个人的传记型小说,也不是一代人的群像型小说,它以不足二十万字的篇幅写出了一个几代人命运交叉的村庄,这就涉及它所采用的独特的写法。《民谣》放弃了人的立体化和事的链条化的叙事常规,无数人物如种子般蛰伏于文本的土壤中,小说人物的性格纵深感并未被建立,小说故事的连续性、透视感也并不被作为理所当然的目标,但这并不影响我们去想象小说人物的命运。恰恰是因为对某一个或几个主要角色和命运的经营,《民谣》撒豆成兵,笔触点染,每一个人物背后都隐藏着强大的命运潜能。除叙事人王厚平及其家人(外公、爷爷、奶奶、父母等),"江南大队"几代人的命运都被《民谣》共冶于一炉。其中祖辈如王二大队长、胡鹤义、李春山(王厚平外公)、王厚平爷爷、方天成、独膀子、烂猫屎、胡怀仁、小云等;父辈如王厚平父母、根叔、胡若愚、胡若鲁、方小朵父亲等;师辈如李先生(大先生)、张老师、李老师等;同辈如晓勇、晓东、三小(余光明)、秋兰、梅儿、方小朵等。每一个人物的命运在小说中几乎都获得了自我表达的机会,在寥寥笔墨中,人物个性鲜明、跃然纸上。并不能将此简单归因于作者的笔力深厚,事实上它跟小说独特的写法有关,一种区别于追求透视法的现实主义。

林岗先生的《在两种小说传统之间——读〈白鹿原〉》梳理了西方和中国两种不同的叙事传统:"小说尤其长篇小说在西方是与印刷术流行、都市媒体出现、市民消闲阅读兴起这三者并行的产物。小说在西方世界的身世注定它与案头阅读的天然联系,就是说小说是写给彼此空间隔绝的一个一个读者无声默读的,这种读者环境造就了小说文本的案头性。于是故事可以曲折跌宕,但作者叙事一定要紧扣人物和事件的情节一致性,务求每一个叙述节点保持其内部因果的统一性,摒弃与统一的因果链不相干的叙述成分,哪怕它们作为孤立的叙述节点也不乏精彩。""对读者而言,阅读的惯性必然是沿着作者叙述所提供的因果链条逐步解开叙述节点构筑的环扣,最后通达对故事主旨的领悟。""历经数百年的这种西方小说传统使结构散漫叙述杂多不纯成为写作的大忌和失败的标志。"与西方小说的案头性不同,中国的"话本和章回小说直接承接口头宣讲、演唱佛经故事的民间说唱传统而产生,而讲经说唱与其说是为断文识字的士大夫预备的,不如说是面向远离文字的下层百姓众生。今传以四大奇书为标志的章回长篇虽然明中后期已经整理、增删、定篇成文,但数百年的口头流传在其写定文本里依然留下分量不容忽视的口头痕迹。口头文学的传统天然容许甚至鼓励文本的歧义和杂多性"。①

无疑,20世纪以来,中国现代小说受到西方叙事传统极大的影响。现代小说的阅读天然地以"目读"和书面性为前提,但是中国小说在吸纳和转化西方叙事传统的过程中,也存在着另一种既区别于结构缜密的因果链叙事,又不同于枝丫分叉的章回体叙事的其他传统。《民谣》就属于这种既书面化又枝丫分叉、散点分布的现代小说诗化叙事传统。

事实上,林岗先生所勾画的那个重缜密结构和因果链叙事的西方叙事传统,既跟印刷文化相关,也内在于一种以透视法为前提的认识论,这种认识论构成了古典现实主义甚至是马恩现实主义的基础。

这里借用的"透视法"概念最初来自几何数学原理,此后几何透视法被应用到绘画领域,主要借助远小近大的透视现象来建立对象的立体感和逼真感,绘画上的透视法是艺术再现手法对人视觉心理的顺从和模仿。与西方古典绘画对透视法的服膺不同,中国的水墨画使用的是非聚焦式、移步换景的散点透视法。事实上,西方古典小说和绘画都共享着一种可以称为透视法的认识论。透视法既能模仿现实,也在建构现实。当透视法被视为认识世界的唯一方式,或者说,只有符合透视法的表达才能被识别为"真实"时,透视法就成为一种压抑机制。换言之,"透视之真"的建立是以对透视法以外事物的过滤为前提的。

不难发现,西方古典小说的"写实"背后正是透视法。不管是一个人物还是几条线索,小说叙事链条负责"立体地"讲述人物命运的来龙去脉。这种对个体生命内部的立体认知超越了普通人的认知可能性。我们在街上邂逅了很多人,我们对他们所知甚少。但小说家却以"写实"透视法让读

---

① 林岗:《在两种小说传统之间——读〈白鹿原〉》,《小说评论》2016年第3期。

者进入了主人公生命的细节和过程,让读者建立了对主人公命运的理解。读者因此获得一种更具深度和过程性的"真实感",并将此视为生命本应如此的"真"。事实上,循着这种写实的透视法,小说进入了一个人或几个人的命运内部,同时也就过滤了他们之外的许许多多的人的命运。

透视法是循着一点探求深度的认知模式,西方小说不论通过人物行为探求其精神无意识进而建立心理深度,还是通过人物与环境相关联,进而使小说人物投射着丰富时代信息而建立社会深度,都意味着使人物向深度去,意味着思维的压缩和提纯:在杂多的人物中选取某一类人物,在某类人物中选取最典型的人物,在最典型的人物中向内挖掘出精神深度,向外勾连起社会深度。透视法秉持的是典型化和代表性思维,相信世界可以压缩在一个或几个点、一条或几条线索中。

回头看《民谣》,我们就会发现,它实践的是一种"反透视法"的写作。我把这种写法称为"水墨现实主义",因为中国水墨画并不遵循透视法,不追求事物外在的形似,而更重视意境的表达。水墨画不以笔墨模仿外观,而重视墨色及水墨与纸的关系,通过墨色在宣纸上晕染出的层次造景写意,意在墨中,追求着透视感以外的象征性。事实上,"水墨"作为一个绘画概念跟小说艺术并不能完全对应。此处借用"水墨"这一概念,更多是强调《民谣》在表达上反透视性、非典型化的诗化可能性。

将"水墨"与"现实主义"并置,不是制造概念噱头,实有感于现实主义的解释权一直被透视法和典型论所锁定。事实上,透视法和典型论固然构造了某一重要的现实主义路径,但典型化的提纯思维使其在创造典型现实的同时,也排拒了大量非典型的现实。如此,"水墨现实主义"的目的不仅在于"水墨",而在于"现实主义"。正是为了打捞沉淀于历史深潭中的另一部分现实,才需要将叙事从透视而转换为水墨。

因为对叙事透视法的疏离,《民谣》也解除了那种提纯认识论的压抑性,换言之,《民谣》并不独尊某一人或几人的命运,村庄里几乎所有人的命运都获得了被"水墨笔法"所讲述的可能性。遵循透视法的小说,一般都沿着一个或几个人的故事或命运来展开,他们就成了小说的主角,其他人物与他们区分出主次,次要人物环绕着主要人物而存在,次要人物的讲述服务于讲述主要人物的需要。这种讲述方式内置了一种命运的等级制，也由此常承受代表性和正当性的诘问。比如，讲述"大队史"，究竟应该以谁为主角，应该讲述谁的故事，究竟是在讲述"谁的大队史"，这是近二十年关于这段历史书写最经常遭逢的问题。过分渲染地主苦难，那土地革命的历史合法性和伦理正当性难道可以置之不顾？讲述贫农翻身做主人，那革命史书写之外是否有其他的可能性？《民谣》废透视法而使几乎所有人的命运都弥散于整部小说中，这种非聚焦、散点式讲述，使读者难以轻易从叙事中抓住某个人物的清晰故事线索；但假如你仔细寻味，则又时时从那些散落的故事细节中显影出不同人物的命运轨迹。这种写法，正是中国画里的"山断云连"法。脂砚斋评《红楼梦》第14回王熙凤协理宁国府事，指其是"山断云连法也"。在山水画中，山峰的中断处，正是云雾缭绕。因此，正是云雾把山连成一个整体。"山断云连"法在叙事上跟"草蛇灰线"有一定联系，但指向有所差异。都是指通过隐潜的线索使散落的叙事连成一个整体，但"草蛇灰线"更强调前方叙事为戏剧性情节所埋下的"伏笔"；"山断云连"则相对没有这种叙事的紧张感，强调的是零散与整体的连接方式。

放眼20世纪中国小说史，不遵循聚焦透视和链条式叙事的小说其实也自成一脉，比如沈从文、废名、汪曾祺、林斤澜、阿城，仿佛另有一个小说叙事的诗化传统在。但我们会发现这些小说家基本没有写出过长篇小说，假如将《民谣》的叙事渊源接续于此，我们便会同时发现，它已然别开新枝，完成了诗化小说的长篇小说建构。

不管诗化还是水墨，不管反透视法还是去链条性，其实质都是摆脱某种整体对个别的压抑和宰制，但长篇小说又内在地要求着一种整体性。因此，诗化叙事要营构精致且独特的短篇容易，要从诗化叙事发展出鸿篇巨制则难。因此，我们不能不看到《民谣》的内在的"村庄"结构。不同于以人的故事和命运为线索的传记式结构（不管是单人传记的《包法利夫人》或是双人传记的"拱形结构"），《民谣》的主角是人，但不是某个人，而是所有人；《民谣》孜孜以求地写命运，但不是写某个人的命运，而是写整个村里芸芸众生的命运，以及在此背后村庄的斗转星移和历史变迁。因此，《民谣》是以"村庄"为结构来写历史之中村人的命运。述及于此，则不能不看到《民谣》的历史叙事。

三、"雅颂"之外有"风谣":"厚"的历史书写

《民谣》书写的这一段特殊的历史,这既是作者对自己家乡和少年时代的回望和追忆,也包含着作者重新理解历史复杂性的认识冲动。"江南大队"是小说的典型环境。大队是人民公社化到改革开放之前人民公社的下一级基层管理单位,相当于现在的村。对于历史学而言,大队关联着一段共和国初期的独特社会管理制度,大队只是这种制度的神经末梢。但对文学而言,大队一词则附着 1950—1970 年代中国当代乡村生活史。因此,大队所蕴藏的文学意义可能远大于其历史意义。作为一个学者,王尧深谙隐藏在词与物缝隙间的巨大意义潜能,《民谣》书写的是一个叫"江南大队"的一段中国村庄生活史,小说对大队这一在改革之后已被废黜的基层行政单位命名的启用,已然暗示着特定的历史、社会和现实规定性。小说中写到烂猫屎与"我爷爷"在大队时代仍以"大老板"相称:"在大家都称呼同志或者直呼其名时,这些从旧社会过来的人,还彼此这么客气。我偶尔见到他们彼此寒暄,'大老板'称呼中的那种气息,让我恍如隔世,但两人语气里的快意是那样自然而然。一个时代过去了,残留了一些词语,也残留了曾经的一种生活。"时代使一批词成为废品,也使一批人成为幽灵性的人。作者暗示着,每一个词都归属于一套时代性的政治和价值话语,并在其中寻得侧身之所。所以,人既是肉身性的存在,也是符号学的存在。当个体在成长过程中所熟悉的价值话语系统被拆解了之后,假如他不能在新的时代性政治和价值话语中获得自身的位置,他就成为幽灵性的人。

《民谣》与"民谣"的关系何在?就在于,在"风雅颂"这三种话语类型中,来自民间的"风"是最贴近人的肉身性和自然诉求,却又是离宰制性话语最远的。作为一种隐喻,《民谣》力图恢复大队话语凝定剂背后更丰富、生动,被排拒于幽灵位置的乡村生活本体。《民谣》于是显示了一种超越二元对立的历史书写立场。就 1950—1970 年代的中国乡村大队史所触及的社会生活经验,当代文学史上已有大量的作品做出回应。此间,创伤性书写仍是最主要的方式之一,通过对历史和现实创伤的展示,以苦难承受者的身份对历史做出反思,这种伤痕书写是一个时代的重要潮流;

与之相反，理想性书写构成了另一种主要的书写立场。激情燃烧的岁月和阳光灿烂的日子是关于此时代理想性表述的最著名命名。事实上，伤痕或理想其实是书写者在个体或阶层的经验限度中，基于否定性或肯定性立场形成的历史书写和记忆，终难逃脱"谁的伤痕/理想"的质疑。《民谣》的叙事人和主角，有别于既往书写1950—1970年代作品常见的右派、干部、知青、民女等，而是一个本地的大队少年——王厚平。

少年王厚平不是这段历史的主体，历史所激起的漩涡和冲击波并未将其直接裹挟其中，但历史运动的辐射波也在他身上留下痕迹。所以，他是历史的间接承受者，也是大队周遭种种人事的观察者和串联者。放弃叙事视角与历史主体的联结，其实意味着作者对以某一历史主体为中心叙事的怀疑和拒绝，它隐含着这样的判断：历史既是时间性的，也是空间性的，关于历史的叙述不应被某一主体所独占。这在某种意义上回答了此小说何以取名"民谣"，民谣是行走在民众口中的诗篇，民谣既是民间群体语言智慧的结晶，也折射着独特的民间生活态度，因此，民谣既是群体的，又是民间的。按照《诗经》的风雅颂之分，民谣当然属风，它是一种雅颂以外的话语。就与生活的距离而言，颂话语性最强，离生活最远；风话语性最弱，离生活最近。《民谣》警惕着历史的话语建构，"杂篇"对检讨书等社会文类的仿写依然包含着反讽。将小说命名为"民谣"，就意味着作者并不希望循着既有大队历史叙事的轨迹，而是反其道而行之，祛除历史叙事的话语性和单调性，提取政治、创伤、怀旧等话语覆盖下"民谣"世界内在的多样和丰盈。因为，"江南大队"的背后是江南村庄，书写村庄本体，一个既被历史覆盖，被话语浸染，又在话语势能之下依然有所生长的"民间"。显然，《民谣》中的这个"民间"，既不是藏污纳垢、等待救赎和清理的落后之地，也不是自在自为、纯洁无瑕的理想桃花源。它只是生活本身，有人生，有人死；善于斯，恶于斯；向下和向上并存，压抑和可能并生。

可是，这并不意味着《民谣》是取消判断、折中主义乃至虚无主义的。它只是对任何单一的叙事立场的独断性保持高度的警惕。比如说，《民谣》里有没有伤痕叙事？当然是有的，内篇"卷一""卷二"写"我"外公、爷爷、奶奶辈的故事，他们因为历史问题和身份问题给少年王厚平造成巨大的心理压力,甚至使他小小年纪就患上严重的神经衰弱。至于那个收听"敌台"而被公安抓起来的张老师,他被老婆追打时仍爱惜着自己的手,这个艺术热爱者的悲剧同样隐含着某种伤痕的反思。但《民谣》说的是,在伤痕累累的历史中,自愈、生长和纯粹的情感同样在发生。"卷一""卷二"着重呈现的是先辈历史和身份问题加诸少年王厚平的精神压力,但"卷三""卷四"则开始进入他的自愈阶段。这里非常值得注意的是,作者并不愿意将王厚平拱手让与某一唯一话语的宰制。少年王厚平的成长自然是在时代话语的规划之中,他参加"江南大队"队史编写组,以纯熟的时代话语为大队里的各色人等替写检讨书,为自己家庭中无法产生王二这样的革命英雄而懊悔,为外公李春山的"历史问题"上了大字报而"浑身发抖"。但是,王尧依然认为王厚平作为一个精神主体仍存在能动性空间,比如说,王厚平既"反感奶奶至今在心里守着的旧式家庭,我又被奶奶在小云自杀后的悲伤感动着";虽为晓勇的"理论水平"所引领,如晓勇在王厚平转述外公对地主胡鹤义的评价(是地主,但没有民愤)时便从理论高度告诉他"这是人性论",但这并不意味着他没有自己的判断力,在关于陆定一的《老山界》的评价问题上,他非常笃定地认为"我看文章不反动",晓勇思想虽然"进步",也并未完全被时代话语所"石化"。在爱情与政治前途的抉择时,晓勇还是选择和家庭成分不好的秋兰结合。这说明对政治的追求并没有使他内心对爱的真诚有所磨损。当然,小说还暗示了晓勇由于某种自主性导致的内心变化:

> 我曾经认为勇子将是外公他们这一代之外的另一种可能,现在他就像爬树一样,爬到很高了,但滑落到地上。但我很快否定了自己的这个比喻。勇子应该是爬到高处,他在空中已经看见和看清了很多东西,于是他自己从树上顺势而下。就像季节转换一样,我和勇子换了一个角色,他从树上下来时,我期望自己成为小鸟,能够栖息在树枝上,然后再飞翔。

这说明,晓勇不仅有情,同样有思。在严丝合缝的话语氛围中,他的内心也在做出自己的甄别和判断。换言之,王尧始终试图强调:"人"从没有窒息，"人"总是在种种缝隙中绽出根芽。

《民谣》中有多处体现出对人性美的流连和赞叹，但它依然区别于80年代站在人性论立场对革命中国的反思。小说中，诸如外公坚持认为地主胡鹤义人好，身上没有血债；在胡家落魄之后，奶奶和妈妈在我出世时坚持给"地主婆"大奶奶送红蛋和糖粥；尤其是，"卷四"的最后，李先生投河自杀，给王厚平留下了一张纸条，纸条上是一段《孟子》中的话："由是观之，无恻隐之心，非人也；无羞恶之心，非人也；无辞让之心，非人也；无是非之心，非人也。恻隐之心，仁之端也；羞恶之心，义之端也；辞让之心，礼之端也；是非之心，智之端也。"李先生之死隐含着很强的人性论批判潜能。在此之前，以这种方式来进行历史反思的文学叙事甚至曾是一时主潮。但《民谣》却以某种复调立场超越（但并未取消）了人性论的单一性。

由于"杂篇"和"外篇"的存在，李先生之死作为小说结尾位置被取消了。在传统的阅读心理中，将小说文本的结尾视为故事的大结局，结局从而被赋予了与作家价值立场有着密切关联的特殊意义。如果没有"杂篇"和"外篇"，读者就有理由相信李先生遗言的人性论立场，就是作者本人的立场。但是，"杂篇"却引入了新的叙事时间——大队时代过去的多年之后；"杂篇""外篇"激活了叙事话语性、历史叙事性视域，既然历史叙述都很难免于话语构造的性质，我们虽未必要取消对所有历史叙述的信任，但显然不能对任何单一的叙述深信不疑。在"卷一"开端，作者就写道："在后来很长时间，1972年5月的大水，让我觉得自己的脖子上挂着几根麦穗。记忆就像大水沉浸过的麦粒，先是发芽，随即发霉。我脖子上的几根麦穗，也在记忆中随风而动，随雨而垂。"此时我们以为这不过是少年王厚平梦呓般内心的映射，在"杂篇"开端，多年之后，已经四十岁的王厚平盘点少年时代留下的"文章"，再次发出感慨："我在记忆中去虚构，在虚构中去记忆。所以，我发现我记忆是发霉了，我又回过头来，在小说开头第一节的结尾加了记忆像挂在脖子上的麦穗，发霉了。"这段文字与"卷一"开篇的文字无疑形成呼应，但它更重要的作用在于使叙事从单向的线性链条变成一种具有高度自反性的循环。换言之，借由"杂篇"对元叙事的启用，内篇四卷的叙事性同样被映照出来：读者没有理由将其视为绝对且唯一的真实反映,如果说"杂篇"之文字乃少年王厚平被大队时代话语塑形的结果,内篇四卷又何尝没有后设记忆的修改和改造,这就是所谓的"在记忆中虚构,在虚构中记忆"。如此便取消了人性论垄断阐释的可能。

我尝试概括王尧的历史认识论:历史虽常为"雅颂"话语所赋形,但在关于大队的种种历史话语之外,还有一种村庄本体在倔强地生长。所谓"民谣",便是村庄内部万物生。当然,"民谣"话语并非对伤痕等反思话语的取消,《民谣》中也有伤痕叙事,也有人性论立场,但它更愿意看到事物的复杂性。所以,王尧"民谣"话语的实质不是民间性与知识分子及政治话语的对抗,而是复杂性认识论和透明化认识论的博弈。

2020年11月14日,厦门大学徐勇、刘奎两位教授组织的"两个世纪的对话:新文学与新时代"学术研讨会上,当时王尧先生在场,我表达了这样的意思:今天我们的文学史研究,借鉴很多历史研究的概念,霍布斯鲍姆的"短二十世纪"大家耳熟能详,汪晖也着力阐释了他的"短二十世纪"。与"短二十世纪"相对,则有历史学者杜赞奇的"长二十世纪"。中国当代文学内部,与"世纪"最密切相关的则是"二十世纪中国文学"这一概念。我想说的是,在"短和长"二十世纪之外,可能还应该有"厚与薄"二十世纪的区分。很多人谈"二十世纪文学",不论"短长",常有"薄"的危险。不是启蒙的立场放逐了革命的文学,就是"政治的"把"审美的"的位置全盘占据。今天我们看很多人理论话语的装备不断升级,论证之繁复令人眼花缭乱,做的还是"翻烙饼"这样的简单事情。烙饼一翻,就把事情片面化了。因此,"厚二十世纪"要求我们认识时间内部的断裂性和空间性,要求我们的文学史研究,能重构一种统摄差异性甚至对抗性的非排他性史观和认识论。在此赘述这一陋见是因为,在我看来,王尧先生《民谣》的历史书写,恪守和践行的正是这种将历史往"厚"处写,往复杂丰富处写的史述立场。小说主人公小名王大头,学名王厚平。此一"厚"字,当是巧合,却别有意味。

四、岩层叙事和文化诗学叙事的限度

读《民谣》，有一个重要的参照——洪子诚先生的《材料与注释》。何故？洪先生的《材料与注释》出版于2016年，主体部分是对《1957年毛泽东在颐年堂的讲话》等文献的注释。洪著一出，即受到广泛的关注和肯定。洪著《材料与注释》虽借用注释之形式，但此注释已不仅有解释，也包含着引而不发的阐释。让阐释穿上注释的外衣，实质是将阐释装入注释的紧身衣。以寡言的注释作为话语标准来要求自身的历史阐释，体现的是洪子诚对强势的叙事判断的警惕和疏离。阐释和判断虽酣畅淋漓、光彩夺目，但气势并不意味着真理。恰恰是，强大的话语势能很可能是通过对话语杂质的过滤来实现的。将历史阐释装入注释的笼子中，意味着一种高度自限性的史述伦理；然而，洪著《材料与注释》之所以被重视，不仅在于它在材料中嵌入了注释与阐释的张力，还因为其"材料与注释"结构，同时也敞开了一种独特的历史岩层结构。这是《材料与注释》尤其重要，又少被述及的价值。如《1957年中国作协党组扩大会议》，主要引述的材料有：邵荃麟写于1966年10月16日的《关于1957年我在作协整风动员会上擅自宣布摘掉丁陈反党小集团帽子的罪行》；写于1966年8月19日的《关于为三十年代王明文艺路线翻案的材料》。发生于1957年的事情，由当事人之一于1966年进行自述，由21世纪的研究者进行注释，这里"材料与注释"举重若轻地剥落了历史叙事之上那层时间的油漆，暴露了历史进程中岩层结构。历史作为一种思维存在的前提就在于人们相信不同的时间节点具有内在的连续性，但是，这些被统摄于同一历史的时间节点却常常是异质的。历史的岩层叙事就是暴露历史内部不同时间的差异性和异质性。洪子诚的方法是"对同一事件，不同人、不同时间的相似或相异的叙述。让不同声音建立起互否，或互证的关系"[①]。

《民谣》之所以令我联想起《材料与注释》，是因为《民谣》的"外篇"

[①] 洪子诚：《材料和注释：1957年中国作协党组扩大会议》，《文学评论》2012年第6期。

和"杂篇"就是虚构版的《材料与注释》,并且也呈现了一种类似的岩层叙事。然而,虚构版《材料与注释》毕竟与历史非虚构的《材料与注释》不同。这种差异性正指向了《民谣》的重要特质。

《民谣》有一个隐形的"《庄子》结构",现在通行的《庄子》是郭象编订而成的"内篇/外篇/杂篇"结构,《民谣》也是由"内、外、杂"篇构成。内篇四卷,占全书篇幅的大部分;"杂篇"包含十四篇非虚构的文章,就文体来说,包括中学生作文、新闻稿、信件(个人致单位的信件、私人往来信件、揭发信等)、政治表现总结、检讨书、倡议书、毕业留言、儿歌、书法作品;"外篇"是小说内部镶嵌的小说——"《向着太阳》是我的初中语文老师杨老师的一篇小说,写作时间大约在 1974 年春到 1975 年底之间"。

事实上,《民谣》虽有隐形的《庄子》结构,但这可能更像是一个无心的结果,两者之间并无真正思想的互文。但《民谣》的"内、杂、外"篇之间无疑构成了很大的张力,也打开了广阔的意义空间。

"杂篇"非常有意思的地方在于作者对很多非虚构文本的精心虚构。小说是一种虚构的叙事文体,这是小说最基本的文体规定性。在小说史上,虚构套虚构,小说里镶嵌着小说的实践并不鲜见;以特定文类形式出现的小说——如书信体小说、日记体小说——也颇常见。但《民谣》的特殊性在于,它并不试图以某一特殊文类体式来结构全篇,而是试图在虚构的小说中兼容诸多非虚构社会文体。有趣的是,里面那些非虚构的书信、检举信、检讨书等内容,其实依然是虚构出来的,这种虚构其实质是仿写。那么,作者煞费苦心地在虚构文本中凸显这些社会文本的非虚构性,有何特别缘由呢?原因可能是检讨书、检举信等社会文类确曾在大队社会生活中如此普遍地存在,它们是大队社会史的重要切片,是进入大队精神世界的重要通道。因此,作者才不惜费心劳神地以虚构的方式去仿写这些非虚构的文类。通过对杂多非虚构文体的虚构,王尧将内篇中引而不发的叙事"话语性"问题鲜明地呈现出来。像揭发信、检讨书、倡议书等文体,既承载着丰富驳杂的时代话语,恐怕其本身的存在正是由特定时代话语所催生。话语召唤和创生出其合目的性的文体,这是话语内部重要的规律。像私人信件、毕业留言、政治表现总结等"文类",虽不为特定时代所垄断，但《民谣》中所出示的这些驳杂社会文类，无疑都散发着浓厚的时代性话语气息，它们就如屏幕，使特定时代的话语形象鲜明而活跃。

检讨书、倡议书、检举信等都是具有独特内涵的社会文类。以检讨书为例，这是个体因生活或作风等过错向组织或领导进行自我批评的书面报告。检讨书是集体和组织对个体日常生活进行深入管理的一种重要手段，检讨书的流行，意味着个体在法律责任之外的道德和日常生活必须纳入组织的管辖范畴。检讨书在文字上要求必须是严肃的、诚恳的，并具有特定的"政治认识"高度。果然，从《民谣》"杂篇"中的检讨书文书看，诸如"怀着沉痛的心情""在党组织的培养下""惩前毖后，治病救人"等政治习语使检讨书正文严丝合缝地呼应着其文类规定性。但是在"注释"中，我们却知道，这是少年王厚平替违反计划生育的大队革命领导小组副组长刘杏林写的检讨书，"我在读初中、高中时，帮几个人写过检讨书，这是其中一份"。

> 我印象当中，1975年冬天下大雪时，五队的生产队长和几个人在家里赌博，结果被抓到了。王队长被派出所放回家时，他也找到我，让我替他写一份检查书。我记得，我对这位队长的印象并不好，我寒暑假在队里劳动时，他一直克扣我的工分。我不知道这是什么原因。但他跑到我家里了，我实在无法推掉。我那时不明白他们几个赌博时的心态，所以我就问：你们为什么要赌博？他说，实在无聊得很，除了糠，还能干什么？再说，哪个人不想赢别人的钱。我也是小来来，赢包香烟钱。——在我们的方言里，"糠"是指"做爱"。在苏北一些地方有个顺口溜现在还很流行：点灯靠油，耕田靠牛，文化靠糠。我无言以对，听了王队长的话，觉得无奈，甚至理解了一些人为什么有赌博的恶习。为队长写的这篇检查书现在找不到原稿了。我写好了读给他听，他说好，好。王队长不像在听我读为他代写的检查书，而是在评价我的作文。他说，你再加上一句表决心的话，如果我的手再痒，就把它砍掉。——这句话我到现在还记得。从此王队长对我的态度大变，1976年暑假我的工分比1975年多了很多。

王厚平唯一一次拒绝替人写检讨书，是因为民兵营长与"一个女人搞腐化"，他认为替写检讨书必须了解犯错人的心理，"至少在当时，我无法想象一个人有什么理由瞎粮"。通过"材料与注释"的方式，话语与生活之间的裂缝被充分地打开。"仿写"的检讨书正文在"注释"的比照之下，一本正经的话语秉性被剥落。正文呈现的是生活事件在进入话语世界之后的面貌，注释则将话语的面具撕扯下来，使其在生活世界中落地。

《民谣》"杂篇"将"材料与注释"作为一种展开叙事的小说形式，既非讨巧，更不是噱头。毋庸讳言，实验性的叙事形式需要获得叙事内容内在的支撑，方有真正的价值和根基。而"材料与注释"这一形式，恰好巧妙地呼应着大队社会那种话语和生活的断裂性。大队社会是一种话语和生活无法自然融合的生活，因此"材料与注释"这一形式就有效地标示出这一断裂性；但是，被包裹在注释中依然有大量不能被省略的日常生活。再过二十年，随着社会的变化，那些被压抑在"注释"中的日常生活将胀破社会性的规约，成为这个社会光明正大，甚至是唯一的正文。王尧此处暗示的或许是：我们既必须通过特定的话语形式去理解大队社会史，但我们却不能将大队话语作为理解真实大队生活的全部材料，那些被话语压抑进次级岩层的生活，同样是大队生活极其重要的部分。

何以在"杂篇"中那种时代性的话语气息会扑鼻而来？事实上，任何时代在完成其自身的叙事时都是掩盖其话语性或叙事性的。换言之，当一套时代性的话语被普遍内化之后，话语性往往在叙事中隐身，叙事被直接接纳为真实。只有在某种话语的真理性褪色之后，其投射其中的叙事才会暴露出特定的话语结构。显然，《民谣》的"杂篇"就是为大队时代的话语结构显影而设。站在当下的阅读立场，我们深感大队时代的话语与此在疏离又紧密的联系：因为疏离，我们能从"杂篇"文类一本正经甚至高亢昂扬的气息中读解出某种"可笑"和"荒唐"；因为紧密，我们又不能不感受到历史和此在的联系，此在正是由历史漫游而下，历史雕刻着当代，大队时代所形塑的那批主体已在时间中星散，有的闪烁如星辰，有的隐匿如尘埃，一种提问由是透于纸背：当代的主体该如何在时代的话语模具中找到自身透气和逸出的通孔？

现在，我们会发现王尧的《民谣》和洪子诚的《材料与注释》虽采用相近的岩层结构，却拥有截然不同的问题指向和功能。如上所述，《材料与注释》属于文学史研究范畴，洪子诚其实是以"注释"的方式来写学术文章，通过材料和注释的巧妙安排、历史节点的对照性或岩层性被照亮和强化，从而深化了我们的历史认识。《民谣》则属于虚构文体的小说，《民谣》对"材料与注释"这一叙事形式的使用，既在于通过对"材料"的仿写和"注释"与"材料"的对照启动对时代话语的凝思，也在于通过"材料/注释"所代表的"话语/生活"的割裂来隐喻大队社会精神生活结构。

不难发现，《民谣》的"杂篇""外篇"采用的是文化诗学的叙事方式。80年代，中国小说的文本实验中开始触及了一种文化诗学的写作方式。"不同于传统叙事对写实及其相关要素的强调（如故事、性格、环境、冲突、戏剧性等），小说的文化诗学路径探索一种通过'观念装置'来打开小说文化阐释空间的可能性。不同于'先锋小说'对叙事形式的自足性强调，小说的文化诗学实践的形式实验始终带着主动的文化立场和抱负。"①80年代最为人熟知采用文化诗学写作的作品可能是韩少功的《马桥词典》，小说的文化诗学所推动的实验并非为了形式而形式，它总是试图以形式变革去呼应更大的象征秩序。所以，文学诗学的小说往往具有很强的可阐释性，但这并不意味着植入了文学诗学装置是小说成功的充要条件，事实上，文化诗学虽打开了小说的新可能，但其之于小说，既非充分，也非必要条件。小说启用文化诗学装置，还必须对其可能的陷阱有相当之警惕。简言之，文化诗学的装置性与小说的叙事物质性之间应该是一种融合性关系，而不是一种替代性关系。一部小说如果仅有诗学装置而无叙事质感，就难言成功。小说家对于叙事性有不同理解，因而有简繁、浓淡、紧张与冲淡的区别，但文学诗学的观念性如果没有获得叙事物质性的支撑，就失败了一大半。以卡尔维诺著名的《看不见的城市》为例，这部作品特殊的"晶体结构"及其无所不在的关于小说的隐喻性，都表明这是一部具有文化诗学属性的作品。但是，这部作品的成功，不仅是"晶体结构""城市隐喻"，

---

① 陈培浩：《一组漂亮的假动作之后——从韩少功〈修改过程〉说起》，《芒种》2020年第1期。

还来自卡尔维诺倾心打造的"时间零"艺术——一种将线性的链条性叙事压缩于某一点的叙事方式。因此,《看不见的城市》便是一部可思可感的作品,当我们着眼其文化诗学维度时,它的可思性就呈现了;当我们着眼其具体局部时,它又是那样直观实在具有可感受性。说回《民谣》,这部作品难得之处在于,它并不试图将"杂篇""外篇"作为小说的主体。事实上,正是因为有对"村庄本体"的激活,"杂篇"的"材料与注释"才获得更大的阐释力。

结　语

　　《民谣》以"水墨现实主义"来拓宽和增厚人们对大队史的认识,自有不可忽略的意义。《民谣》启示于我的,还有它对"小与大""新与旧""诗与思"三组关系的处理:一、所谓"小与大"是指小说在去中心化写法与建构长篇小说总体性之间进行弥合的努力。卢卡契认为,总体性是长篇小说艺术内在的哲学基础。今天碎片化的时代投射于叙事形式上,总体性的阙如乃是突出的症候。《民谣》采用的"水墨现实主义"写法更是反透视、去中心化,没有任何主要人物和主要线索,没有任何完整的叙事链条能得以线性呈现。但这并不意味着《民谣》没有自身的总体性,这就是村庄和命运。"江南大队"便是小说的内在结构,所有的命运都附着于大队之上,《民谣》着力勘探了大队的命运交错、话语构成和精神生态学。正是因为处理好了"小与大"的关系,《民谣》才得以新技艺生成长篇小说的内在合法性。二、所谓处理好"新与旧"的关系是指《民谣》在语言上超越凝固的旧语言而保持旺盛活力和创造力。读过《民谣》者普遍为其语言所击节。我曾经说过,一般作家只是用语言写作;优秀作家"在语言中"写作,这种作家处在文学语言共享的前沿经验中;但只有特别有创造力的作家才能"为语言"写作,他们的写作将沉淀进母语,并推动着母语的新生。我并非断言《民谣》已然是为母语增光添彩的写作,但它绝对是有语言抱负的写作。80年代先锋文学曾以语言照亮无数读者的文学阅读,就语言看,不少人以为《民谣》有先锋余韵。本文并未专门谈《民谣》的语言,但仍想指出:文学语言并非一套凝固的、可袭用的、按规办理的条例法规。事实上,并没有一套稳固的"好语言"像锦衣华服一样等待穿戴。"好语言"既是新的,又是在与内容、风格、思想等元素相互对焦中生成的。《民谣》语言创新背后的秘密,仍值得研究者持续聚焦。三、《民谣》也处理好了"诗与思"的关系。王尧主要身份是学者,《民谣》也是有思想抱负的。但学者小说常见的通病是以思想者的方式写小说,假如思想不能自然化入小说的艺术思维中,则"思"不能增益于"诗",反而"以思害诗",这是屡见不鲜的。写作不能没有思想,但思想却不能保证写作必然成立,以思想者的思维写小说必然遭遇艺术的滑铁卢。所以,写作背后的"诗与思"的悖论在于,小说家应该同时是思想者,思想者是小说家的思想教练,扩大其视野,锐化其问题意识,强化其历史思维,但当小说家提笔时,思想教练必须退场,他只能以小说家的思维写作。因这小说家的心曾接通过思想的源流,其艺术运思便自有思想的翅膀加持着翱翔。我以为,写《民谣》时,王尧是以小说家的思维在运思的,此间学者王尧当然源源不断地输送了思想养分,却从未越俎代庖地上场说话。在我看来,《民谣》是一部刚刚问世的新作,其价值的判定还有待时间进一步的检验,但它在艺术和思想上都为当下文学带来新质,并提供讨论契机,又是显而易见的。